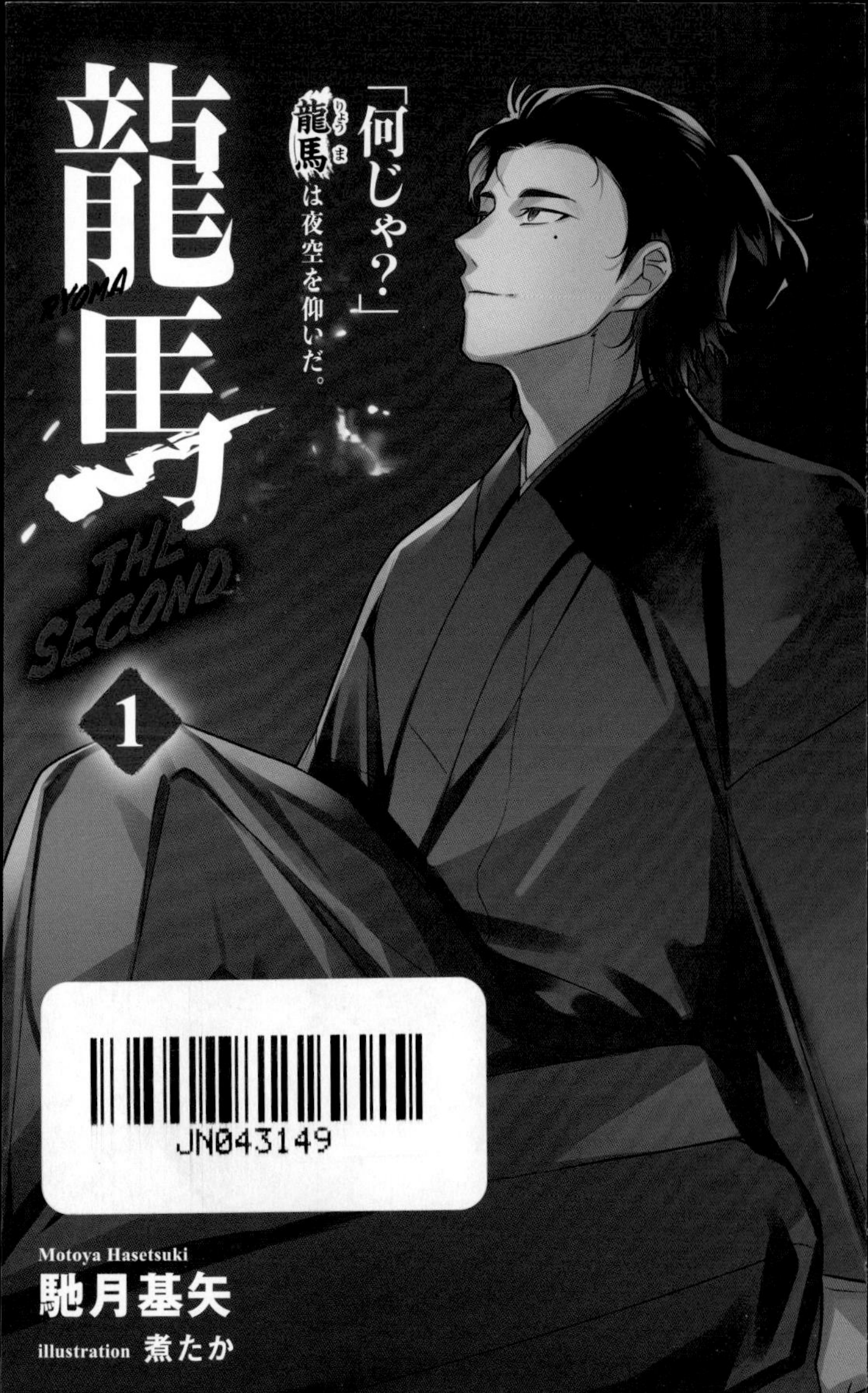
龍馬
RYOMA
THE SECOND
1
「何じゃ？」
龍《りょう》馬《ま》は夜空を仰いだ。
Motoya Hasetsuki
馳月基矢
illustration 煮たか

「武蔵《むさし》じゃと?」
中《なか》岡《おか》慎《しん》太《た》郎《ろう》は
なおも用心深く
木刀を構えている。

山《やま》田《だ》藤《とう》吉《きち》は
体をがたがた震わせている。

友姫《ともひめ》は、着物の袂《たもと》から雲を取り出すと、
そこに飛び乗った。雲はふわりと宙に浮き、
凧《たこ》のようにするすると、
夜明け前の上空へ昇っていく。

「われは、天照大神《アマテラスオオミカミ》。日ノ本の八百万《やおよろず》の神を統《す》べる者にして、太陽の化身よ」
「我は須佐之男命《スサノオノミコト》。姉者《あねじゃ》とともに、いにしえより、この国にある神よ」

岡田以蔵《おかだいぞう》は刀を振り下ろす。
幾度も暗殺に用いられた、龍馬譲りの肥前忠広《ひぜんただひろ》による一撃。

龍馬は、その刃を
陸奥守吉行《むつのかみよしゆき》で迎え撃った。甲高く澄んだ音がした。

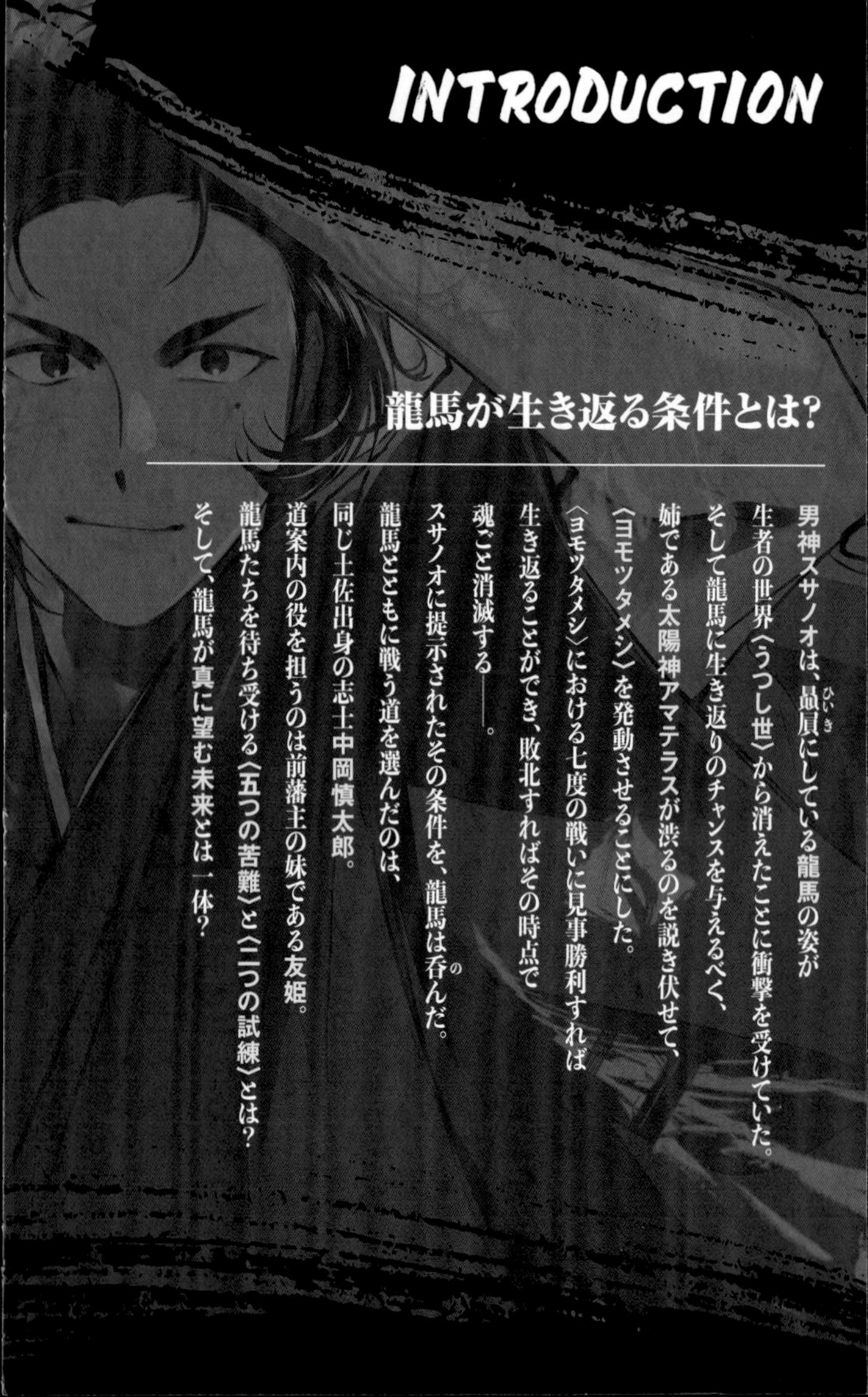

INTRODUCTION

龍馬が生き返る条件とは?

男神スサノオは、贔屓《ひいき》にしている龍馬の姿が
生者の世界〈うつし世〉から消えたことに衝撃を受けていた。
そして龍馬に生き返りのチャンスを与えるべく、
姉である太陽神アマテラスが渋るのを説き伏せて、
〈ヨモツタメシ〉を発動させることにした。
〈ヨモツタメシ〉における七度の戦いに見事勝利すれば
生き返ることができ、敗北すればその時点で
魂ごと消滅する――。
スサノオに提示されたその条件を、龍馬は呑《の》んだ。
龍馬とともに戦う道を選んだのは、
同じ土佐出身の志士中岡慎太郎。
道案内の役を担うのは前藩主の妹である友姫。
龍馬たちを待ち受ける〈五つの苦難〉と〈二つの試練〉とは?
そして、龍馬が真に望む未来とは一体?

龍馬 THE SECOND 1

馳月基矢

ヒーロー文庫

目次

illustration 煮たか

イラスト／煮たか
装丁・本文デザイン／bluelamb design studio
校正／福島典子（東京出版サービスセンター）
ＤＴＰ／伊大知桂子（主婦の友社）

※日付は旧暦、年齢は数えで表記しています。
※本作はフィクションです。史実とは異なる場合があります。

第一章　黄泉路《よみじ》の案内人

突然、階下で誰かが大声を上げた。

次いで、どすんばたん、と派手な足音や物音も聞こえだした。どうやら、幾人かで大騒ぎを始めたらしい。

坂本龍馬《さかもとりょうま》は苦笑した。

「何じゃ、相撲《すもう》でもしゆうがかえ？」

中岡慎太郎《なかおかしんたろう》は眉間のしわを深くした。

「こがな夜更けにか？」

龍馬は、すんと洟《はな》をすすった。

「騒がしい夜が続いちゅうのう。昨今の京は、眠らずの都じゃ。腹に一物《いちもつ》ある者らが夜の闇にまぎれて動き回りゆう。まあ、わしもひとのことは言えん。佐幕《さばく》の連中からすりゃあ、立派なお尋ね者やき、うまいこと立ち回らにゃあ……」

階下の物音はやまない。それどころか、床を踏み鳴らす音はいっそう激しくなってくる。

龍馬は声を張り上げた。

「ほたえな！」

騒ぐな、と、土佐訛《とさなま》りで叫んだのだ。

わずかな間だけ、物音がやんだ。と思うと、間髪《かんはつ》をいれず、階段を駆け上がってくる足音が響いた。

龍馬と慎太郎は目を見交わした。

おかしい。

この乱暴な足音は何だ？　階下の者らが引き留めないのは、一体なぜ？

危うい予感に総毛《そうけ》立《だ》つ。慎太郎の目にも焦りが見て取れた。

穏やかならぬ足音は、違《たが》うことなくこちらへ近づいてくる。

……陸奥守吉行《むつのかみよしゆき》！

龍馬はとっさに愛刀を求めた。兄にねだって譲ってもらった、坂本家の宝刀だ。床《とこ》の間《ま》の刀掛けに手を伸ばす。刀を抜いて迎え撃たねば。

だが遅かった。

襖《ふすま》が開くと同時に曲者《くせもの》が踏み込んできた。身構える暇もなく、白刃《はくじん》の一閃《いっせん》が龍馬を襲った。

ひとたび、すべてが途切れた。

＊

何かが断たれる音がした。耳で聞く音ではなく、体どころか魂までもが揺さぶられるような、凄《すさ》まじい音だった。

「どういたことじゃ？　何が起こった？」

目を開くと、妙にくっきりと部屋の中が見えた。

そんなはずはない。行灯《あんどん》は無残に壊され、割れた油皿は血の海に沈んでいる。あたりは真っ暗だ。

だが現に、闇の中にあるものが何もかもはっきりと、龍馬の目には見えている。

衝立《ついたて》にも壁にも襖にも天井にも、おびただしい血が飛び散っている。誰かが這《は》いずっていったらしい血の痕が、窓の向こうに消えている。

「慎太郎さんじゃな。屋根伝いに逃げた……いや、違う。慎太郎さんのことじゃ。きっと、助けを呼びに行ったにかぁらん」

律義《りちぎ》な慎太郎が、部屋で動けなくなった龍馬をそのままにして、一人で逃げるわけがない。

……動けなくなった？

「わしが？　なぜ動けんがか？　なぜ……」

部屋の真ん中で誰かが倒れている。

一体誰が、などと問うまでもない。わかりきっている。だから、こんなにもくっきりと見える目を、そちらに向けられずにいる。

わかりたくない。確かめたくもない。

しかし、吐き気を催すほどの濃密な血のにおいが、龍馬の目をそちらへと惹《ひ》き寄せる。

否応なしに、龍馬はその光景を見てしまった。

鞘《さや》が、血まみれの手に握られている。抜き放つ間もなく、鞘ごと敵刃《てきじん》を被《こうむ》ったのだ。その鞘の緩やかな反りも赤色の下緒《さげお》も細かな傷も、ありすぎるほどに見覚えがある。

「わしの陸奥守吉行……」

品のよい黒漆塗《くろうるしぬり》の鞘は割れて裂け、朴《ほお》の木の地肌が剥《む》き出しになっている。鞘の割れ目からのぞく刀身《とうしん》の鎬《しのぎ》には一筋、敵刃による切り込み傷が刻まれている。

むろん龍馬も、その一太刀を受けた。

龍馬は思わず額に触れた。

「ほうじゃ。ここに傷を受けた」

額の骨を割られ、刃が脳に達したのがわかった。

その瞬間はまるで時が間延びしたかのようで、龍馬は妙に冷静だった。天井が低く、ろくに刀を振りかぶれない部屋の中で、よくぞこれほどの一撃を、などと思いもした。

刺客《しかく》の顔はしかと見た。

言葉を交わしたことはなかったが、知った顔ではあった。見廻組《みまわりぐみ》の人斬りたちだ。今《い》井《い》、渡辺《わたなべ》、佐々木《ささき》、桂《かつら》、高橋《たかはし》と、あと一人は世良《せら》といったか、小林《こばやし》と呼ばれていたか。

「あの人斬りらが、わしのところへ……新撰組《しんせんぐみ》の連中からさえ、てめえはもっと気をつけろ、らぁて言われちょったけんど。見廻組は本当に話が通じねえぞ、か……」

去年の一月、薩長《さっちょう》盟約の仲立ちに成功した頃から、龍馬のまわりには常に刺客の姿が見え隠れしていた。

伏見《ふしみ》の寺田屋《てらだや》で奉行所《ぶぎょうしょ》の連中に襲撃され、あわや命を奪われかけたのが、その最初の出来事だ。寺田屋遭難のときに押収されてしまった手紙や覚書の類《たぐい》が、倒幕に関わる龍馬の罪の証《あかし》として、今や敵方の手にある。

敵方というのは、新政府の樹立を歓迎しない幕府陣営のうち、特に頑固な忠義者たちのことだ。

あの連中は、頭で考えた理念ではなく、骨の髄にまで染《し》み透《とお》った信念だけで動いている。おかげで、対話ができない。初めから聞く耳を持とうとしないのだ。

敵方の実戦勢力は、連中の息のかかった奉行所や、京都守護職の傘下にある新撰組や見廻組である。そうした面々とは、きわどい場面で対峙《たいじ》したためしが幾度かあった。寺田屋遭難では、生きるか死ぬかの瀬戸際で、龍馬も伏見奉行所の捕り方を拳銃で撃った。

明白な敵がいる。あの連中から、龍馬は疎《うと》まれている。激しく憎まれている、とさえ言えるのかもしれない。

護衛をつけろ、身を隠せ、土佐藩邸《とさはんてい》で匿《かくま》ってやる、薩摩《さつま》藩邸に来いなどと、周囲の皆が口を酸っぱくして言っていた。

取り合わなかったのは龍馬だ。

「身動きが取れんがは嫌じゃ。わしは己《おのれ》の足で、好きなときに好きなように、どこまででも行って誰とでも会いたい。いくら安全でも、鳥籠の中は性に合わんぜよ」

そう言って笑い飛ばして、心配する皆の声を突っぱねた。

危ういことは百も承知だった。

それでも、やはり縛られたくなかったのだ。あとほんの数手で、世の中ががらりと変わる。その数手を打つまでは、おとなしくねぐらに引きこもるわけにはいかない。

だが、ついに今夜。

慶応《けいおう》三年（一八六七）十一月十五日の夜のことだ。

もしも龍馬が西洋人であれば、生まれた日を含めてちょうど三十三回目の十一月十五日だから、今宵《こよい》は何か祝いの席でも設けただろう、などと話していた。

まさにその十一月十五日の夜だった。

「わしは……」

血の海に倒れ伏した男は、ぴくりとも動かない。

寺田屋での怪我《けが》がもとで、うまく力が伝わらなくなった左の手指。ほつれたところを繕い、継ぎを当てては「ぼろ衣装じゃのう」と笑った袷《あわせ》の着物。

くしゃくしゃに乱れた癖毛。首筋や頬のほくろ。

鏡や写真で見慣れた、兄姉ともよく似た顔立ち。

ほかならぬ坂本龍馬である。

「莫迦《ばか》な……こがな莫迦なことが……！」

龍馬は髪を掻《か》きむしった。

癖毛が指に絡みつく。おかしなものだ。この手ざわりは、ひどくなまなましい。まるで生きているかのように、ちゃんと体の熱まで感じられるというのに。

「そもそも、何じゃ？　今のわしはどうなっちゅう？　ここはどこじゃ？　わしはほんまに死んだがか？」

血まみれの己《おのれ》の姿を、龍馬はどこから、どうやって見下ろしているのか。

死ねば魂が体から離れる、と聞いたことがある。まさに今、そうしているのだろうか。

龍馬は途方に暮れた。きつく目を閉じ、いやいやをするように頭を振る。

「見たぁない。信じたぁない。こがな光景……夢じゃ。きっと夢に違いない。夢じゃち、誰か言っとうせ。誰か……」

そのとき、不意に。

「龍馬」

呼び声が聞こえた。おなごの声だった。

＊

龍馬は目を開けた。

惨劇の部屋は消え失せていた。何もない薄闇が、四方八方、どこまでも続いている。天井も床もないところに、龍馬はぽつんと立っている。

「どういたことじゃ？　ありえん。これはやっぱり……いや、ただの夢じゃ」

「龍馬、もうこちらに来てしまったのね」

また、その声が聞こえた。

懐かしい声だ、と感じた。いとおしさが胸をよぎった。

とっさに龍馬は呼んだ。すがるような気持ちだった。

「おりょうか？」

いや、そんなはずはない。

妻のおりょうは下関《しものせき》にいるはずだ。九州を旅する間は連れ回っていたが、さすがに京へ伴うことはできなかった。今の京はあまりに危うい。

案の定、薄闇から聞こえる声は、つんとした様子で応じた。

「違います」

だが、その声には確かに聞き覚えがある。気位が高くて一筋縄ではいかないような、それでいて、たっぷりと愛敬《あいきょう》のある声だ。

龍馬はまた、懐かしい名を呼んでみた。

「お元《もと》さんか？」

長崎でねんごろにしていた芸妓《げいぎ》の名だ。頭が切れて物覚えに優れていて、商談の場を取りまとめる手腕は実に鮮やかだった。何でもよく見聞きしており、日本の政情にも世界の動向にも詳しかった。

お元が男であれば、海援隊《かいえんたい》に引き入れて、右腕として活躍してもらったことだろう。

声はまた答えた。

「違います」

その声は薄闇の中で反響し、どこから聞こえてくるのか定かでない。

「佐那《さな》さんか？」

千葉佐那《ちばさな》は、江戸《えど》の剣術道場で鬼小町と呼ばれていた娘だ。女にも使い手のいる小太刀《こだち》や薙刀《なぎなた》はもちろん、男が使う長さの竹刀《しない》を振るっても強かった。龍馬も、十九で千葉道場に弟子入りした頃は太刀打ちできなかったほどだ。

声は答える。

「いいえ、その者でもありません」

ぷんぷんと怒っているのがうかがえる。

「ほんなら、加尾《かお》さん？」

幼馴染《おさななじ》みの名を挙げてみた。

平井《ひらい》加尾。その兄の収二郎《しゅうじろう》が龍馬と同い年で、加尾は三つ年下だった。平井家は上士《じょうし》の家柄で、坂本家よりも家格が高い。しかし、収二郎と加尾は身分を鼻にかけることもなく、龍馬と親しくしてくれた。

加尾は幼い頃から歌に通じ、『古今集《こきんしゅう》』でも『万葉集《まんようしゅう》』でも諳《そら》んじていた。龍馬が大好きだった祖母も歌詠みだったから、加尾は坂本家でもいっとう、かわいがられていた。賢くてしっかりした娘だった。

もしも龍馬が外の世界に憧れを抱いたりなどしなければ、加尾と結ばれて、高知城下《こうち》で平穏に暮らしていたかもしれない。

声は憤然として反発した。

「違いますったら！　よりにもよって、加尾と間違わないでくださらない？」

おや、と思った。今までとは声の調子がずいぶん違う。

「おまさんは加尾さんと知り合いながか」

「そうよ！」

「ちゅうことは、高知のおなごじゃな。けんど、土佐訛《とさなま》りじゃあない、上等な武家言葉でしゃべりゆう」

「土佐の訛りがあまりに強くては、嫁ぎ先で苦労しますもの。我が家では、言葉遣いを厳しく指南されておりました」

そこまで言われれば、もう誰なのかがわかってしまう。

「友姫《ともひめ》さまじゃな」

可憐《かれん》な声が答えた。

「ええ、そのとおり。まったく、まさか五番目にされるだなんて、思ってもみなかったわ。昔の龍馬は、わたしのために一所懸命、忠誠を示してくれていたのに」

薄闇が揺らいだ。

色とりどりの花が、まず見えた。

寒梅《かんばい》、水仙《すいせん》、桜《さくら》、桃《もも》、蘭《らん》、つつじ、牡丹《ぼたん》、あやめ、藤《ふじ》、百合《ゆり》、菊《きく》、山茶花《さざんか》、椿《つばき》。それは見事に染め抜かれた模様だ。豪奢《ごうしゃ》な打掛《うちかけ》に、あらゆる季節の花が一斉に咲き揃《そろ》っている。錦の帯に刺繍《ししゅう》されている赤い実は、熟れた山桃《やまもも》と南天《なんてん》。島田髷《しまだまげ》を結った髪に、あじさいの花を模した珊瑚《さんご》の簪《かんざし》。

だが、咲き誇る花々など、添え物に過ぎない。

その白い顔は、はっとするほどに美しかった。柳眉《りゅうび》はいかにも気が強そうに、きりりとしている。鼻と唇は控えめで、そのぶん目元の印象が強い。

龍馬は、肩の力が抜けるのを感じた。

「久しいのう、友姫さま。ああ、よかった。急にわけのわからんところに放り出されて、困っちょったところじゃ」

友姫は、土佐藩の先代藩主、山内容堂《やまうちようどう》の妹である。一声聞いただけで懐かしさを覚えたのも道理だった。龍馬と友姫は幼馴染《おさななじ》みと言える間柄だ。

藩主の家柄とはいえ分家筋の友姫は、高知城下で生まれ育った。よく屋敷を抜け出して、龍馬の住んでいた上町本町《かみまちほんちょう》にも姿を見せていたものだ。

龍馬が二つ年上だが、幼い頃は女の子のほうが早熟である。友姫は、自分より頭ひとつぶんも大きい龍馬を相手に、わがままを言い放題だった。龍馬も当時は気が弱かったから、友姫の子分の座に甘んじるほかなかった。

友姫のお目付役の吉田東洋《よしだとうよう》も、おてんばな姫君にさんざん手を焼いていた。龍馬が友姫の身代わりになって東洋に叱られたのも、今となってはよい思い出だ。龍馬が友姫がみがうるさかった東洋は、暗殺によって世を去ってしまった。龍馬の幼い日の思い出を彩る人々は、すでに亡くなっている者が多い。

友姫はまっすぐに龍馬を見上げた。

「ほんと、お久しぶりですこと。引っ込み思案で甘ったれだった龍馬が、あちこちでおなごを泣かせる悪い男になったのね。一体、幾人の恋人がいたの？」

龍馬は広い肩をすくめ、目を糸のように細くして笑った。

「わしみたいな男を、英語ではレイディーズ・マンち呼ぶがよ」

「異国かぶれも相変わらずね」

「昔よりもっと異国かぶれになっちゅうぜよ。ほら、見てみい。わしのお気に入りじゃ」

龍馬はブーツのかかとを鳴らしてみせた。

「また背が伸びたのではなくて？」

「友姫さまと最後に会《お》うたがは、友姫さまが十六で、わしが十八の冬じゃったの。あの頃に比べりゃあ、もちろん、身も心も肝っ玉も大《ふと》うなったぜよ」

十六で友姫が土佐を離れたのは、京の公家《くげ》へ嫁いだからだ。友姫の奥女中として、教養があって年頃が近く家柄も申し分ない加尾が選ばれて、ともに京へ上っていった。

今ここにいる友姫は、輿入《こしい》れする前の娘姿だ。記憶にあるとおり美しいが、あの頃の印象そのままとは言えない。

十六の友姫は、こんなにもあどけなかったのか。大の男が無造作に触れたりなどすれば、儚《はかな》いビードロ細工のように、ぱりりんと壊れてしまいそうだ。

「龍馬も、あれからほどなくして土佐を離れたのよね？　龍馬は江戸に行った、と加尾から聞いたわ。加尾にはそういう手紙を送ったんでしょ？」

おもしろくなさそうな友姫の口ぶりに、龍馬は苦笑した。

「公家の奥方さまになった友姫さまには、気安う手紙なんぞ送れんかったんじゃ」

「確かにそうだけど。それで、江戸はどうだったの？　加尾からの伝聞ではなく、じかに話を聞かせてほしいわ」

龍馬は十九の頃を思い起こした。

「ほうじゃのう。剣術修業に励みながら、あれこれと見聞を広めよった。ちょうど世の中が大きく動き出した頃でのう」

「黒船が相模国《さがみのくに》の浦賀《うらが》沖に現れたのよね。龍馬は黒船を見たんでしょ？」

嘉永《かえい》六年（一八五三）六月のことだ。アメリカの軍人、マシュー・ペリーが率いる四隻《せき》の艦船が、江戸湊《えどみなと》の入り口である浦賀に巨大な姿を現した。

黒々とした鉄《くろがね》の船の威容を、龍馬はよく覚えている。恐ろしさは感じなかった。初めて目にするものへの憧れと興味で胸が躍った。

「見に行ったぜよ。それに、黒船騒ぎのときは、ただ見物しただけやなかった。ご公儀の勤め、つまり、幕府命令による仕事もこなしたんじゃ」

「何のお仕事？　どんなふうだったの？」

「黒船の砲撃から千代田のお城を守るちゅう仕事で、ほかの土佐藩士らとともに、品川《しながわ》の台場に駆り出された。台場ちゅうがは、大砲をずらりと配するために、海を埋め立ててこしらえた島じゃ。砲台の場所だから、台場じゃな。急ぎで造りゆうところじゃった」

「江戸湊に砲台を？　でも結局、黒船とは戦わなかったんでしょ？」

「残念なことにな。あの頃は、黒船を沈めて異人の首を取りゃあ土佐の名を日本じゅうに轟《とどろ》かす手柄になるぞ、らぁて張り切っちょったけんど」

「あら、そんなことを考えていたのね。攘夷《じょうい》、というものでしょう？　夷《えびす》を攘《はら》う。要するに、異国の人やものを排除すること。攘夷こそが日本のためになると、その頃は多くの人たちが信じていた。異国かぶれの龍馬もそうだったなんて」

龍馬は頭を掻《か》いた。

「こっぱずかしいにゃあ。若気《わかげ》の至《いた》りやき、大目《おおめ》に見とうせ。あの頃はみんなが過激なことを言いよったきに、わしもつい、勢いに乗せられてしもうた」

「龍馬はお調子者だものね。皆とともに熱くなって、勇ましく騒ぎ立てるのが楽しかったのでしょう？」

「確かにあの頃はそうじゃった。攘夷ちゅう理念の中身をまともに考えることもせんで、ただ騒いで。けんど、日本にやって来た異人をやっつけるらぁて、決してやってはならんことじゃ。日本は異国と親しんで、異国に学ばにゃあならん」

友姫は遠い目をした。

「黒船が来た年から数えて、今年で十五年目よね。若者が成熟するには十分な時が、すでに流れたんだわ。世の中ががらりと変わるにも十分な時だった」

「日本はまっこと様変わりした。わし自身も、いろんな人と会《お》うて話をして、世界の広さを知って、そのたんびに変わってきた。わしはな、時代の変わり目に立って、新しい時代をこの手で引き寄せゆうところなんじゃ」

友姫は確かめるように言った。

「国を開いて、異国と広く商いをするのがよいのでしょう？　そのためには、二百六十年続いた徳川幕府《とくがわばくふ》という枠組みを、一度壊してしまわなければならない。新政府が導いて、日本を生まれ変わらせる必要がある」

「内政も外交も変わらにゃあならん。変わるための鍵は、何じゃ？　知っちゅうかえ？」

「海、でしょう？」

「大当たりじゃ！　重要なことはすべて、海につながっちゅう。海軍をつくること。海運《こじゃんと》による商いを進めること。海を渡って異国へ学びに行くこと。海の向こうのことを徹底的に知って、日本の発展に結びつけること」

「できるのかしら？」

「きっとできるぜよ。日本はひとつらなりの国じゃ。二百数十の藩がばらばらに動いて戦《いくさ》をしゆう場合ではない。ひとつらなりの国として、まわりを取り囲む海を全部使《つこ》うて、学んで商いをして、世界とつながる。そうすりゃあ、日本はでっかく育っていけるちや！」

龍馬は両腕を広げて明るく言い切った。

薄闇の中に、よく通る龍馬の声が反響し、消えていく。

友姫は静かなまなざしを龍馬にひたと据えていた。

「けれど、その続きを見ることは、もう叶《かな》わないのよ。なぜなら龍馬、あなたはすでに死者なのだから」

龍馬はだらりと腕を落とした。心ノ臓を冷たい手で握られたかのようだ。息が苦しくなった。鼓動が嫌な感じで高鳴りだした。

「わしが死んぢゅう？　友姫さま、何を言いゆうが？」

「真実を言っているの。龍馬もその目で見たでしょう？　近江屋《おうみや》の二階で自分の身に何が起こったのか。惨劇の直後の部屋を、あなたはここから見下ろしたはずよ」

龍馬はかぶりを振った。無理に笑ってみせる頬が、情けなくわななないている。

「夢じゃ。あれは夢に決まっちゅう。ほら、わしはあれこれ動き回りゆうき、妙なところで恨みを買うこともあるがよ。ほんで、短気《いらち》な相手から刀を突きつけられたり、仲間を失《うしの》うたりもしてきた。やき、恐ろしゅうなって、悪い夢を見たんじゃ」

友姫は小首をかしげた。

「本当にそう思っているの？　あれほど克明に感じられた死のにおいを、本当に、心から否定できる？」

「やめとうせ。認めたぁない」

「いいえ、認めるしかないの。龍馬も知っているはずよ。わたし、京に嫁いでからほどなくして死んだの。生者の住むうつし世から、死者の住むかくり世へと、魂のありかを移した。わたしは死者なのよ。とうの昔から、死者なの」

「嫌じゃ。聞きたぁない」

「聞いて。すでに死者となったわたしと、龍馬、あなたはこうして再び会っている。その意味がわからないはずもないでしょう？」

「わからん！　わしには、友姫さまが何を言いゆうがか、ちくともわからんぜよ！」

友姫は、幼子《おさなご》をあやすように微笑《ほほえ》んだ。

「駄々をこねないで。わたしだって、こんなに早く、こんなところで龍馬と会いたくなかったわ。わたしはもっと長く、うつし世を生きる龍馬を見ていたかったのに」

友姫の着物で咲き誇る花々の模様に、今さらながら龍馬はぞっとした。

四季すべての花々がいちどきに咲いているのだ。うつし世ではありえない。

高知城下で暮らしていた頃の友姫は、季節の移り変わりごとに、お気に入りの着物が変わっていたものだ。友姫は必ず、その時季の花をあしらった着物を身につけていた。

では、今の友姫の着物の柄は、何を意味するのか？

四季の移ろいを一切忘れた花々は、つまり、時の流れから切り離された友姫そのもの。

友姫がすでに生者ではないことの証《あかし》に違いない。

理解とともに、じわじわと、絶望が龍馬の胸に広がっていく。

黙ってしまった龍馬に、友姫は告げた。

「今のわたしは、黄泉路《よみじ》の案内人を務めているの。うつし世を辞して、かくり世へ向かう人の魂が道に迷わないよう、こうして出迎えるのがわたしの仕事。八百万《やおよろず》の神々から任せられたお役目よ。これから、この薄闇の黄泉路を通って、龍馬もかくり世へ行くの」

「かくり世……死者の国、かえ？」

「ええ。かくり世では、今まで死んでいった人たちと会えるわ。うつし世と違って、かくり世は穏やかなところなのよ。苦しみも飢えもなく、満たされた心地で、永遠にそこにあり続けることができる。それが、かくり世という理想郷」

龍馬はかぶりを振った。何度も振った。

「理想郷やない。平穏があつらえられちゅう？　何の努力もせんでも満たされる？　わしが描いちゅう理想は、違うんじゃ。理想にたどり着くための道は、誰かが整えてくれたところを行くがではない」

面《おもて》を上げた龍馬は、唇を噛《か》んだ。友姫の憂い顔に胸が痛む。

「龍馬？」

友姫に心配をかけている。迷惑もかけてしまうに違いない。

だが、やはりおとなしく受け入れることなどできない。

「友姫さま、せっかく迎えに来てくれたに、悪いけんど、わしは、この道を行くことはできん」

案の定、友姫は柳眉《りゅうび》をひそめた。

「龍馬、駄目よ。そんなことを望んではならない。世の理《ことわり》に反するわ」

「反しちょったら何じゃ？　かくり世に行かんかったら、わしはどうなるがか？」

「ちゃんとかくり世へ行けなかった死者は、その魂が消滅してしまうと聞いているわ。だから、迷わせてはならないの。わたしたち案内人は、死者の魂を、平穏なかくり世まで確かに導いてあげなければならない」

「ほうかえ」

「龍馬もわかっていると思うけれど、このところ世が乱れて、死者が増えているでしょう？　黄泉路《よみじ》の案内をする神々も大忙しで、手が足りていないのよ。だから、わたしもこうしてお手伝いをしている。ほかにも案内人仲間がいるわ。大事なお役目なの」

「魂が消滅するちゅうがは、それほどまでにまずいことながか？」

「ええ、そうね。だって、かくり世で幸せに過ごすという、誰にでも等しく定められた道から外れるということなのよ。それって、わたしは、不幸せなことだと思う。わたしは、龍馬をそんな不幸せな目に遭わせたくない」

龍馬は嘆息し、少し笑った。どうやら龍馬と友姫では、何を不幸せと感じるかが異なるらしい。そのあたりをきちんと明らかにする必要がある。

長丁場を覚悟して、龍馬はどかりと腰を下ろした。鞘《さや》ごと帯から抜いた刀は、己《おのれ》の右側に置く。

「まさしく動乱の時代じゃのう。直接のきっかけは、七年前に桜田門《さくらだもん》外で井伊《いい》大老が暗殺されたことじゃ。あの騒動を皮切りに、世の中の秩序は完全にひっくり返った。人殺しちゅう外道《げどう》な手段で政《まつりごと》を革《あらた》めようとする者ばっかりになってしもうたがよ」

「龍馬たちが近江屋で襲われたのも、そうだったのよね？」

「ああ。わしを憎む者がおるがは知っちゅう。けんど、憎けりゃあ憎いと、言葉で伝えてほしい。訴えたいことがあるなら、きちっと論を立てて、言葉でもって闘うべきじゃ。刀を持ちだすがは間違っちゅう。それが新しい時代のあり方ぜよ」

龍馬は、言葉の力を信じている。

人と言葉を交わすことの強さを。その正しさを。

刀そのものは大好きで、剣術稽古も大好きだ。

だからこそ、刀を用いることの意味を深く考えてきた。

龍馬は武士の身分に生まれた。武士は、人の命をたやすく奪える刀というものを、いつも身に帯びている。その責の重さを思うと、恐ろしくもなる。

「今の世は武士が支配しちゅう。やき、真剣勝負ちゅう言葉もあるがじゃろう。おぞましい意味を持ちうる言葉じゃ」

友姫は怪訝《けげん》そうに顔をしかめた。

「真剣勝負って、悪い言葉ではないでしょう。触れれば切れる真剣を抜いて戦うのと同じように、まじめに真っ向からぶつかり合うことだわ」

「きちんとぶつかり合うがは、えいことじゃ。けんど、論を闘わせるべき場においてさえ、しまいにゃあ真剣を抜くがぁが正しいかのように思っちゅう者も、武士の中にはおる。ならば、抜くべき真剣を持たん身分の者は、論を闘わせる場にも立てんがか？」

「控えなさい、龍馬。それは、ともすれば武士をおとしめる言葉よ」

「腹ん中にあることを率直に言うたまでじゃ。身分の低い郷士《ごうし》のわしが、藩主の血筋の友姫さまの前で、武士が治める世の間違いを口にするがは、いかんことか？」

「嫌な言い方をするのね。土佐の郷士は弁の立つ生意気な者ばかりだと、兄上さまや東洋が愚痴をこぼしていたとおりだわ。昔はよくわからなかったけれど」

「分別がついて、友姫さまにもわかってしもうたがか？」

「だから、そういう台詞《せりふ》が生意気だと言っているの！」

龍馬は己《おのれ》の胸に手を当てた。

「そのとおり、わしら土佐藩郷士は生意気揃《ぞろ》いじゃ。中でも、この坂本龍馬は、群を抜いて生意気ぜよ。郷士じゃ上士《じょうし》じゃ藩主じゃち、身分の縛りの厳しい土佐ではやっていけんきに、脱藩した。今のわしの身分は、ただの日本人《にっぽんじん》じゃ」

「日本人？　何よ、その言い方。土佐という故郷を捨ててしまうの？」

「捨てはせん。わしは土佐が好きじゃ。土佐に生まれたことを恨んでもおらん。ただ、土佐は狭いがよ。どの藩も、江戸や京や大坂でさえも、その枠の中ですべてやっていけるほどには大《ふと》うない。日本に生まれた者みんなが日本人になるくらいで、ちょうどえい」

「ちょうどいいって、どういうこと？　何と比べてちょうどいいの？」

龍馬は腕を広げた。

「世界と渡り合っていくがに、ちょうどえいんじゃ！　日本は今さら国を閉ざしちゅう場合やない。国を開いて、異国と付き合う。その大事な場において、土佐じゃ薩摩じゃ長州じゃ言うて、いがみ合っちょってどうする？」

友姫は首を左右に振った。あじさいを模した簪《かんざし》が、ありもしない光を映してきらきらした。

「どんな話をしていても、結局そこに戻るのね。日本の未来のためには、国を開いて、藩をなくして、武士による政《まつりごと》を終わらせて、それから……」

「生まれによる差をなくしてしまうんじゃ。武士も商人も漁師も、みんなが日本人ぜよ。均《なら》しの世になりゃあ、生まれにかかわりなく、人々の支持を受けた者が政をおこなえるようになる。ほいたら、日本はきっとすごい国になる」

「途方もなく大きな話ね」

「もし一藩の中に留《とど》まっちょったら、わしは藩政にすら関われん。身分も低けりゃあ、儒《じゅ》学《がく》に秀《ひい》でちゅうわけでもないきのう。けんど、藩を飛び出いてみたら、広い広い世界が見えた。もう古い世の理《ことわり》の中には戻っていけん」

友姫はため息をついた。

「だから、かくり世へも行けないと言うの？　死んだことを認めないつもり？」

龍馬は、にっと笑った。尖《とが》った八重歯がのぞくせいで、牙《きば》を剥《む》きながら笑っているようだとも言われる顔だ。

「認めたぁないにゃあ。かくり世に行ってしまえば、もう苦しいこともつらいこともないちゅうがは、人によっちゃあ幸せじゃろう。けんど、わしは、うつし世でなすべき仕事がもうできんちゅうことが、ただただ悔しゅうてならん」

「あなたが死んだという事実はくつがえらないわ。それでも、ここで居座り続けるの？　そんなことをしたら、いずれ魂ごと消えてしまうのよ。先に逝った父上さまや母上さまたちに会えなくていいの？」

「おう、会えんでもかまん。わしは、一度は脱藩の大罪を背負うた身じゃ。日本の国難を丸ごと解決するような一大事でも成し遂げんことにゃあ、いごっそうの父上にも、はちきんのばばさまや母上にも、合わせる顔がないちや」

いごっそうとは、頑固な土佐の男の気質を表す言葉だ。芯の強い土佐の女は、はちきんと呼ばれる。

「わがままを言わないで」

「わしは、うつし世で成し遂げたいことがあったんじゃ。その行く末をこの目で見届けることができんがなら、かくり世に行こうが魂が消えようが同じこと。ほいたら、消えてしまいたい」

「龍馬の莫迦《ばか》、いごっそう！　へらへら軟派な人たらしのくせに、根っこのところはどうしようもない頑固者なんだから！」

「何とでも言っとうせ。友姫さまには悪いけんど、わしはかくり世に移るつもりはないぜよ」

「だったら、どうするつもり？」

「はて、どういたらえいかのう？　友姫さま、わしがうつし世に戻るための手立てについて、何か、あてはないがか？」

龍馬は、あぐらの膝に頬杖《ほおづえ》をついて、友姫を見上げている。

何としても話さねばならない相手を前にしたときは、こうやって何刻でも居座り続け、約束を取りつけてきたものだ。

友姫は草履《ぞうり》を踏み鳴らした。

「死者をうつし世に戻す方法なんて、わたしが知るはずないでしょう！　いい加減にして。龍馬がぐずぐずしているせいで、次の者たちが来てしまったじゃないの！」

友姫は、ひらりと長い袖をひるがえした。いつの間にか、その白い手に提灯《ちょうちん》があった。

薄闇が照らされる。

男が二人、そこに立っていた。

＊

「慎太郎さんに、藤吉《とうきち》さん！」

龍馬に呼ばれて、中岡慎太郎は勢いよく振り向いた。見慣れた羽織袴《はおりはかま》姿である。

「な、なぜ龍馬がおる？　おまん、あの部屋の中で動けんようになっちょったろう？　額の傷はどういた？　いや、そもそも……ここは、どこじゃ？」

いま一人の男、山田《やまだ》藤吉はぐるりと周囲を見回し、たちどころに事情を察したようだった。がくりと膝をつき、藤吉は大柄で肉づきのよい体を丸めて頭を抱えた。

「すんまへん……すんまへん！　わいが油断して、あいつらをよう止めんかったばっかりに、坂本先生と中岡先生が……ああ、わいのせいや！」

藤吉は体をがたがた震わせている。泣いているらしい。

あの夜、龍馬は、従僕の藤吉を近江屋の一階に置いて、警固《けいご》と取り次ぎを任せていた。思い返してみれば、初めに大声と凄《すさ》まじい物音が立て続けに聞こえた。あのとき、藤吉は刺客《しかく》に斬りつけられていたのだろう。

齢二十《よわいはたち》の藤吉は、力が強くて格闘に優れるが、きわめて人が好《よ》い。刺客はきっと、龍馬や慎太郎の知人だと名乗ったのだろう。藤吉は疑うことなく刺客に背を向けた。そして、やられてしまった。

龍馬は立ち上がり、うずくまった藤吉の肩にぽんと手を置いた。

「藤吉さん、落ち込みなや」

「さ、坂本先生……」

「仕方ないろう？　わしと慎太郎さんのために悔しがって泣いてくれて、ありがとう」

龍馬は藤吉の顔を上げさせようとした。肉の厚い肩に触れたところで、横からその腕を振り払われた。慎太郎が龍馬の腕をはねのけたのだ。

慎太郎は、ぎらぎら光って見えるほどの強いまなざしで、龍馬を見据えた。

「龍馬、おまん、本気で言いゆうがか？　仕方ない？　ありがとう？　何をふざけゆう！」

「ふざけちゃあせん。ただ、わしは……」

慎太郎は龍馬の胸ぐらをぐいとつかんだ。慎太郎より七寸（約二十一センチ）ほども背の高い龍馬は、引っ張られて前のめりになった。

「仕方ないち言い方は何じゃ？　ほがに簡単にあきらめれる人生やないろう？　おれらはまだまだ道の途中じゃ。やらにゃあならんことが山のようにある！」

慎太郎は冷静なようでいて、その実、烈火のごとき男だ。年は、龍馬より三つ下の三十。小柄な体に活力をみなぎらせ、ときには龍馬の一歩先を行く勢いで、有力な倒幕派の志士たちの間を駆け回っていた。

龍馬は慌てて、凄まじい目で睨《にら》みつけてくる慎太郎に説明した。

「いや、わしも決してあきらめちゃあせん。むしろ、ここで駄々をこねよったきに、おまんらに追いつかれたんじゃ」

「追いつかれた？　どういう意味じゃ？」

「ここは黄泉路《よみじ》なんじゃ。ここをずっと行ったら、死者の国、かくり世に着くらしい」

「し、死者の国？　おまん、阿呆《あほう》なことを言いなや！　おれはまだ死ぬわけにはいかん！」

「わしも同じじゃ。やき、ここで足を止めて座り込んで、この先に行くがを拒みよったら、慎太郎さんと藤吉さんが追いついてきたがよ。わしはあの場でそれっきりやったけんど、慎太郎さんらはわしよりちっくと長《なご》う生きちょったがじゃろう？」

「……ああ。おまんはあの夜、部屋で倒れたままやったけんど、藤吉はその翌日、おれは二日後まで粘った。とはいえ、二人とも血を失いすぎたき……結局、駄目じゃった」

凛《りん》としてきれいな声が、一同の耳を打った。

「不思議なものよね。己《おのれ》の死期を悟っていた者や天寿《てんじゅ》をまっとうした者は、かくり世への道に至ったとき、満ち足りた顔を見せる。病みついていた者は、やっと苦しみから解き放たれたと安堵《あんど》する。なのに、志士と名乗る男たちは、さだめに抗《あらが》う者が多いこと」

友姫の姿に、慎太郎と藤吉は初めて気づいたようだった。

慎太郎はびくりとして、龍馬の胸ぐらから手を引いた。藤吉は慌てて身を起こし、着物の襟元を整えた。

友姫は、不機嫌そうにつんとした顔で名乗った。

「土佐藩前藩主たる山内容堂が妹、友と申します。今は黄泉路の水先案内人を務めております。慶応三年十一月十五日に近江屋の二階で剣難に遭ったあなたがたを、かくり世に無事導くことが、こたびのわたしの務めなのだけれど」

ため息を一つ。

目配せを受けた龍馬は、にっと笑った。

「友姫さまは、わしの昔馴染《むかしなじ》みじゃ。慎太郎さんも高知城下で見掛けたことがあるかもしれん。友姫さまは、しょっちゅうお屋敷を抜け出して、町の中をうろうろしよったき」

きまじめな慎太郎は目を剥《む》き、居住まいを正した。藤吉はすでに平伏している。

生まれを言えば、慎太郎は武士ではない。高知城からほど近い北川郷の庄屋《しょうや》の跡取り息子である。

庄屋は、いわば村長であり、身分の上では農民だ。郷を治めるという役目柄、武士に準ずる立場として特別に名字帯刀《みょうじたいとう》を許されている。しかし、あくまで「準ずる立場」だ。

慎太郎もそのあたりをよくわきまえている。腐れ縁と言えるほど顔を合わせている龍馬は、慎太郎にとって例外中の例外で、めったな事情がない限り、武家の者の前では態度がきわめて丁重になる。

ましてや、友姫は藩主の血筋である。龍馬は気軽に「昔馴染み《むかしなじ》」などと呼んだが、本来ならば畏《おそ》れ多いことだ。分不相応の振る舞いを咎《とが》められて、切腹を申し渡されてもおかしくない。顔色を変えた慎太郎や、震え上がって平伏した藤吉のほうが、まともなのだ。

友姫は妙に醒《さ》めた目をしていた。白い顔を龍馬に向ける。

「ねえ、龍馬。あなたはやっぱり、かくり世に行くことを拒むの？　かくり世は、うつし世と違って、悩みや苦しみから解き放たれ、安らかに過ごすことができるというのに」

「わしは、行きたぁない。行ったところで、心が安らぐはずがないちや。うつし世のことは、かくり世からも見えるがじゃろう？　草葉《くさば》の陰《かげ》から、ちゅうやつじゃ」

「ええ、そうよ」

「けんど、手を出すことはできん。ほうじゃな？」

「そうね」

「ただ見るだけらぁて、それはわしら志士にとって、あまりに残酷ちゅうもんぜよ。みずから動いてこその維新やき」

龍馬の答えに、慎太郎もうなずいた。

友姫は淡々と言った。

「あなたたちの今感じていることが、わたしにはちっともわからない。わたしは、かくり世というところがあると知って、ほっとしたわ。そこに移り住めば、武家の姫としての務めも何もない。ただのわたしとして、平穏に過ごすことができるのですもの」

「武家の姫としての務めたぁ何じゃ？」

「うつし世でのわたしは、生まれたときから役割が決まっていたの。分家とはいえ、土佐藩主山内家の血を引く姫よ。政略のための道具として、この上ない逸材でしょう？」

「ほうか。友姫さまの婚姻の相手は、行ったこともない京の、顔も知らん公家《くげ》じゃったな。やっぱり、つらいことやったがか？」

「さあ、どうかしら？　でも、とっくにあきらめがついていたし、文句など言わなかったわ。そんな聞き分けのないこと、できるはずもないでしょう？」

「友姫さま……」

「由緒ある武家の娘が嫁ぐというのは、町人の男と女が所帯を持つのとは意味が違うのよ。好いた人とは決して一緒になれないと、子供心にもわかっていた。何をするにも、どこへ行くにも、わたしは必ず見張られていた。本当に窮屈だった」

友姫がいかに敏《さと》く屋敷の者らを出し抜いてみても、所詮は子供の浅知恵だった。城下でたちまち人に見つかって、屋敷に知らせが行ってしまう。

どれほど仲良くなっても、ゆっくり楽しく遊ぶことはできない。そんな友姫のまわりからは、だんだんと友達がいなくなった。それが龍馬には哀れに思えた。友姫を一人にしておけなかった。

ほんの幼い頃のことだ。友姫が十を数える頃になると、龍馬と顔を合わせることは、次第になくなっていった。友姫が十六で嫁いだとき、龍馬は花嫁行列の見物人の一人に過ぎなかった。

友姫は繰り返した。

「あなたたちの感じていること、考えていることが、わたしにはわからないの。あなたたちは、身分の高い武家を押しなべて否定するけれど、姫と呼ばれるわたしがどれほど窮屈で退屈な人生を定められていたか、思い描いたこともないんじゃない？」

龍馬は友姫の前にひざまずいた。並の男より頭ひとつぶん背が高い龍馬は、女と話をするときは身を低くして、相手の顔を下からのぞき込む。

「にゃあ、友姫さま。わしらの目指しちゅうがは、均《なら》しの世じゃ。郷士《ごうし》も上士《じょうし》も藩主もなく、みんなで政《まつりごと》に取り組む世になりゃあ、政略のための婚姻らぁて、きっとなくなる。友姫さまみたいに窮屈な生き方を強いられるおなごも、少のうなっていくはずじゃ」

友姫は、ぷいと顔を背けた。

「均しの世ですって？　考えてみたこともないわ。だって、今の世のあり方に反することや逆らうことなんて、このわたしが望んでいいはずがない。夢に見ることさえ、決して許されないの。それが武家の姫というものよ」

「やき、死んでしもうて、うつし世での務めが終わったことに、ほっとした？」

「そうよ。やっと解き放たれたの」

「悲しいことじゃ。せっかく生まれたに、人はどういて、生きちゅううちに、ほっとする場所にたどり着けんが？　死んで初めてほっとする者ばっかりの世らぁて悲しいぜよ。わしは世の中をざぶざぶ洗濯して、よりよい仕組みにつくり替えてしまいたい」

「今さら、もう遅いわよ。龍馬は死んだの。だから、ここでこうしてわたしと再び出会っているのよ。いい加減にわかってちょうだい」

友姫はとげとげしく言い放った。

龍馬は己《おのれ》の両手を見た。その手で己の肩に触れ、胸に触れる。傍らに置いた愛刀、陸奥守吉行に触れる。

生きているときと何ら変わりない手ざわりだ。

「ぴんと来んのう」

「それでも、あなたはもう、うつし世の住人ではないの。この黄泉路《よみじ》に至れば、幼子《おさなご》でも自分の身に何が起こったのか、きちんと悟っているものよ。龍馬だって、自分の死にざまを確かめてきたでしょう？　なのに、かくり世へ向かうさだめに従わないつもり？」

友姫の呼吸がいつしか乱れている。今にも嗚咽《おえつ》があふれそうで、息を切らしているのだ。

龍馬は友姫をなだめようと、口を開きかけた。

しかし、友姫が畳みかけるほうが早かった。

「龍馬の莫迦《ばか》！　わたし、いつかまた龍馬に会える日を楽しみにしていたのよ。かくり世の誰よりも先に会いたかったから、黄泉路《よみじ》の案内人の役目を引き受けた。龍馬が来たらわたしに案内させてほしいって、天照大神《アマテラスオオミカミ》さまにお願いした！　だから、こんなに早く来るとは思ってなかったけど、それでも、龍馬に会えて嬉しかったのに！」

友姫の大きな両目に涙が膨《ふく》れ上がっている。友姫は幾度もまばたきを繰り返した。

「どうしてわたしがこんなに悔しい思いをしなくちゃいけないの？　わたしは自分なりに生をまっとうしたつもりだった。武家の姫として、ちゃんと生きたの。それなのに龍馬、あなたの夢物語を通して見れば、わたしって、とってもかわいそうなのね」

「友姫さま、かわいそうらぁて、わしは、ほがなつもりで言うたわけでは……」

「そろそろおしまいにして！　龍馬、あなたはこのままでは、ここで消えてしまう。わたしはそんなの嫌なの。かくり世まで、おとなしくついてきてもらうわよ！」

友姫が手にした提灯《ちょうちん》が、ぼっ、と激しく燃え立った。その光が友姫の顔を照らし、双眸《そうぼう》を赤く輝かせる。

「ま、待っとうせ、友姫さま」

龍馬でさえ、ぎょっとした。慎太郎は後ずさり、藤吉はヒッと悲鳴を上げた。

すでに友姫は、かくり世に住まう存在なのだ。人の身よりも、八百万《やおよろず》の神にこそ近いの

かもしれない。

突如。女のため息が聞こえた。

「ああ……」

どこからともなく、だが、まるで耳元でため息をつかれたかのように、妙にはっきりと聞こえたのだ。

ため息の主は、麗《うるわ》しい声で続けた。

「もうよい。友姫、やはり、そなたの手には負えぬようだな。われらがじかに話そう」

薄闇の空間に凄《すさ》まじい風が起こった。風はまた、光をも伴っている。

あまりの風圧とまばゆさに、龍馬は腕を面前に掲げ、目を細めた。

「何じゃ？」

友姫が、凛《りん》とした態度で男たちに命じた。

「控えなさい。神々の御前よ。お二柱《ふたはしら》の神々がお出ましになったわ」

さしもの龍馬も息を呑《の》み、慌てて背筋を伸ばして座礼をした。

第二章　黄泉の験《ヨモツタメシ》

清涼な風が吹き渡った。

龍馬は、はっとして、平伏したまま目を巡らせた。

ほんのわずかな間に、景色が一変していた。薄闇がすっかり晴れている。

いずことも知れぬ草原のただ中だった。晴れた空から降り注ぐ陽光が背中を温めている。足下に広がる柔らかな草は、みずみずしく青い。

女神の麗しい声が、頭上に降ってきた。

「われは、天照大神。日ノ本の八百万《やおよろず》の神を統《す》べる者にして、太陽の化身よ。そなたらの話は聞いておった。志士という者らは、まことに手間をかけさせるものだ」

憂いに満ちた語り口だった。

畏《おそ》れ多いとは思いつつ、龍馬はそっと上目遣いで、声のしたほうをうかがった。

二柱の神が並んで立っている。女神と男神だ。いずれも健やかに丈高く、古風な白い衣をまとい、うっすらと光を帯びていた。

女神アマテラスは、太陽を模した金の飾りを頭に戴《いただ》き、黒髪を風になびかせている。

おお、べっぴんさんじゃ。

龍馬は感嘆し、息をついた。

アマテラスの美しさは、輝かんばかりの華やかなものでありながら、また同時に、柔らかな印象でもある。思わず甘えたくなるような、と表現するのもおかしなものだが、包み込んでくれそうな豊かさと優しさを感じさせる。

と思ったところで、不意にアマテラスが冷たく呆《あき》れた顔をした。目の端で龍馬をとらえて見下ろしている。

「そなたの心の声、聞こえておるぞ、坂本龍馬よ。われをべっぴんと申したな。甘えたくなる、とも。何とまあ、恐れ知らずであることよ。ああ、そういえば、そなたは姉に甘えてばかりの末っ子であったな。もしや、われに姉の面影を見たか？」

万物を温め育《はぐく》む太陽の化身は、ひとたびつむじを曲げれば、暗い穴蔵の奥に引きこもって心を閉ざす、実に気難しいおなごでもある。

やってしまった。龍馬は思わず手で口を押さえ、改めて下を向いた。いや、声に出しては何も言っていないのだから、口をふさいでも無駄ではあるのだが。

友姫にじろりと睨《にら》まれたのを感じた。

男神の笑い声が降ってきた。

「はっはっはっは！　やはり愉快な男だ。我は正直者が好きだぞ、坂本龍馬よ。おぬしは正しい。姉者《あねじゃ》は確かに、べっぴんであるからな！　我は須佐之男命《スサノオノミコト》。姉者とともに、いにしえより、この国にある神よ」

天照大神と須佐之男命。

日本の神話で語られる神々の中でも、最も力の強い二柱《ふたはしら》である。

龍馬は冷や汗をかいている。道理で、ただ立っているだけの二柱から、押し潰されそうなほどの迫力を感じるわけだ。

人の世においては、藩を治める立場の者と向かい合ってさえ、龍馬は堂々としていられた。ふてぶてしいやつだと感心されたり呆れられたりすることもしばしばだった。

だが、神々が相手とあっては、いくら何でもそういうわけにいかない。真《まこと》の畏《おそ》れ多さとは、この凄《すさ》まじい迫力のことだろう。

龍馬の傍らで、慎太郎と藤吉は這《は》いつくばったまま、ぶるぶると震えている。二人とも度胸は据わっているはずだが、やはり、神々の御前は勝手が違いすぎるということか。

ところが、である。

スサノオは屈託なく、龍馬の名を呼んだ。

「どうしたのだ、龍馬よ？　下を向いてばかりでは、顔が見えぬ。せっかくこうして会えたのだ。面《おもて》を上げて見せよ」

名を伴って命じられると、抗《あらが》えるはずもなかった。

龍馬は上体を起こし、スサノオと向き合った。真正面から暴風を浴びるかのようだ。吹き飛ばされそうな心地になりながらも、龍馬は腹の底に力を込め、気息を整えた。

スサノオは、荒魂《あらみたま》然として雄々しい美丈夫である。体つきは均整が取れて、伸びやかで厚みがある。腰には、拵《こしらえ》に水晶《すいしょう》と翡翠《ひすい》をあしらった剣《つるぎ》を佩《は》いている。

猛烈な威圧を発しつつも、スサノオもまたアマテラスと同じように、いや姉神以上に、親しみやすさを感じさせた。開けっぴろげな笑顔のためだ。左右の頬にえくぼができ、垂れた日尻には笑いじわが刻まれている。

「龍馬よ、緊張しておるのか？　まさか怯《おび》えておるわけではあるまい。九州は高千穂《たかちほ》の山頂で、我が父イザナギとその妻イザナミが国産みに先んじて用いた天逆鉾《アマノサカホコ》を、おぬしは引き抜いてみせたな。あの折、噴き出した霊風に吹かれても平然としておったではないか」

「おぉの、あれは……」

妻のおりょうとともに高千穂の峰に登ったのは、一年半余り前のことだ。険しい峰の頂には、大きな矛が刺さっていた。

悪さをしようと思ったわけではない。ただ何となく、吸い寄せられるように近寄ってしまい、気づいたときには、腕の中に矛があった。抱えて、引っこ抜いていたのだ。

それを見ていた者からは、祟《たた》りがあるぞと脅された。今まで天逆鉾にいたずらをした者は皆、その場で雷に打たれたり、足を滑らせて転げ落ちたりと、散々な目に遭ったという。

だが、龍馬の身にそんなことは起こらなかった。

スサノオは、にっと笑って言った。

「神器は、使う者を選ぶのだ。龍馬よ、おぬしは天逆鉾に気に入られたのだな。やはり、類《たぐい》まれなる者よ。そう思わぬか、姉者《あねじゃ》？」

アマテラスは、やれやれとかぶりを振った。

「耳にたこができるほど聞かされたぞ。そなたの龍馬贔屓《びいき》も、大した熱の入りようだこと」

龍馬は耳を疑った。

「な、何とおっしゃったがですか？　龍馬贔屓？」

「うむ、我はおぬしをたいそう気に入っておるのだ。天逆鉾がおぬしを選んだのと同じようにな！」

ぽかんとする龍馬の前で、スサノオは屈託なく笑った。

龍馬はふと、かつてイギリス生まれの武器商人トーマス・グラバーが言っていたことを思い出した。

グラバーたちが信仰する耶蘇教《クリスチャン》の天主《ゴッド》と日本の神々は、まるで異なる存在であるという。

唯一絶対の天主《ゴッド》と違い、日本の神々は森羅万象《しんらばんしょう》のあらゆるものとともに存在し、常に人のそばにある。暮らしの上で身近に感じられ、馴染《なじ》み深いものだ。敬い畏《おそ》れる対象というばかりではない。

日本の八百万の神《オール・ザ・ゴッズ・アンド・ゴッデス》はずいぶんと人間くさいものだ、とグラバーは評していた。

アマテラスはスサノオにうんざりしたような一瞥《いちべつ》をくれると、ひざまずいた友姫の頭を撫《な》でた。打って変わって優しい声になる。

「友姫よ、疲れておらぬか？　黄泉路《よみじ》の案内の務めは、心労が尽きぬであろう」

「いいえ、大事ありません、アマテラスさま。けれど、お役目を十分に果たすことができず、不甲斐《ふがい》なく感じております。面目次第《めんぼくしだい》もございません」

「そなたのせいではない。これは、そう、時代の流れというものよ。国造りの世から時が下るにつれ、人の子らの心は変わってきた。神との向き合い方や、生と死にまつわる観念が、移ろってきたのだ」

スサノオが続きを引き受けた。

「織田信長《おだのぶなが》はみずから魔王を名乗り、豊臣秀吉《とよとみひでよし》は日輪の子と喧伝《けんでん》し、徳川家康《とくがわいえやす》は祟《たた》りをなすまでもなく神として祀《まつ》られた。あの頃も、人の世はたいそう変わったものだと感じたが、近頃はその比ではないな、姉者《あねじゃ》よ」

「まことに。今の世においては、天下人ただ一人が突飛《とっぴ》なことをしでかすのではない。志士と名乗る者らや、ええじゃないかと踊り回る民ら、実に多くの人の子らが、世の理《ことわり》に黙って従うことを拒む。黄泉路を素直に行かぬ者の何と多いことか」

アマテラスは龍馬へとまなざしを転じた。

その途端、龍馬は太陽を直視しているようなまばゆさを感じ、慌てて平伏した。睨《にら》まれたわけでもないというのに、いわく言いがたい恐ろしさにとらわれている。

スサノオの大らかな声が聞こえた。

「まあまあ、姉者。そう龍馬をいじめずともよかろう。我のなしたいことにも許しをくれたではないか」

「許さざるをえなかったのは、そなたがさっさと宣言してしまったからだ。これは誓約《ウケイ》である、とな。まったく、そなたはいつまで経《た》っても、めちゃくちゃなことばかりして。他の神々に何と言って説明すればよいか」

「姉者、すまぬ。苦労をかけておるな」

「ああ、苦労ばかりだとも。とにかくスサノオよ、疾《と》く始めるがよい。われは、いつまでも時を割《さ》いてやれるほど暇ではない」

わかった、とスサノオは姉神に応じ、龍馬に近づいてきた。と思うと、先ほどと同じように、龍馬に命じた。

「面《おもて》を上げよ、龍馬。話をしようではないか」

まるで、顎の下に手を差し入れられて、ぐいと上を向かされたかのようだった。

龍馬はスサノオの笑顔と向き合った。スサノオが龍馬との対話を強く望んでいるためか、畏《おそ》れ多さに凝り固まっていてもおかしくない舌と喉が、案外滑らかに動いた。

「話たぁ何ですろう？」

「おぬしは、うつし世でやり残したことがあり、そのために、死を受け入れることを拒んでおる。己《おの》が信念を貫くべく、魂の消滅さえ厭《いと》わぬと言ったな。それは偽りなき言葉か？」

「むろんです。わしも方便を使うことはあるけんど、さすがに神さまを前にして嘘《うそ》はつけませんき。誓って、偽りなき言葉です」

スサノオは満足そうにうなずいた。

「改めて、聞き届けたぞ。ならば、おぬし、〈ヨモツタメシ〉に挑んでみよ」

龍馬は思わず訊《き》き返した。

「ヨモツ……タメシ？」

「うむ、〈黄泉の験《ヨモツタメシ》〉だ。少し長い話になる」

そう言って、スサノオは〈ヨモツタメシ〉とはいかなるものかを語りだした。

＊

時はいくぶん遡《さかのぼ》る。うつし世の尺度にして二日ほど過去のことだ。

スサノオは、坂本龍馬の姿を追いかけているはずの日矛鏡《ヒボコノカガミ》に何も映らなくなった途端、雄叫《おたけ》びのような嘆きの声を上げた。

「うおぉぉ、何たることだ！」

「何事だ、スサノオよ」

眉をひそめたアマテラスに、スサノオはすがりついた。

「姉者《あねじゃ》ぁ！　見てくれ、姉者！　龍馬がうつし世から消えてしもうた！」

嘆息したアマテラスは、日像鏡《ヒガタノカガミ》を取り出した。

日像鏡と日矛鏡は、二枚で一対の神器である。アマテラスが世々のありさまを眺めるときに使っており、時折スサノオも貸してもらっている。

スサノオは近頃――と言っても、うつし世の尺度にすれば、十五年ほどにも及ぶが――、坂本龍馬という男の様子が気になって、よく日矛鏡越しにうかがっていた。

アマテラスは日像鏡に黄泉路《よみじ》の光景を映してみせた。

「あの者は、こちらに来たようだな」

「ああ、何と惜しいことを！　龍馬があのまま、うつし世を駆け続ければ、時代の相はがらりと転換したであろう。我は、そのありさまを見ることを楽しみにしておったのに！」

「大層な入れ込みようだこと」

「入れ込むとも！　龍馬はおもしろい男なのだ！　刀や鉄砲や戦艦が好きで、軍略を語るときはひときわ目を輝かせておる。武神である我とは、きっと話が合う！」

「そうか。しかし、そなたは神、あの者は人の子だ。関わり合うことはならぬぞ」

「し、承知しておる。ゆえに、鏡で様子をうかがうだけで我慢しておったではないか！」

スサノオは日像鏡《ヒガタノカガミ》を指差した。

しかし、アマテラスは弟の主張をそっけなく聞き流すと、鏡面に映る男に対し、手厳しい批評を口にした。

「月代《さかやき》も剃《そ》らず、癖毛をくしゃくしゃのままにして、襟元もだらしない。日ノ本の武士なら、きっちりと折り目正しく髷《まげ》を結い、頭のてっぺんからつま先、羽織袴《はおりはかま》の隅々までも、ぴんと気を張り詰めているものであろう」

「……姉者《あねじゃ》はそういう男が好みなのか？」

スサノオはそっと角髪《みずら》を整えた。

「好みの話をしておるのではない。徳川幕府が建ってから二百年余りの泰平の世において、武士とはかように気高く身ぎれいなものであった、という話よ。しかし、その秩序が壊れつつある。月代も剃らぬ荒くれ者たちの手によって、壊されつつあるのだ」

「いや、待て待て、姉者。いでたちはそうかもしれぬが、龍馬は決して、荒くれておるばかりではないぞ。見よ、この屈託のない笑顔を！」

日像鏡の中では、黄泉路《よみじ》で友姫を相手に語る龍馬が、顔をくしゃくしゃにし、八重歯《やえば》を見せて笑っている。

「そのように破顔するのもまた、武士らしゅうない」

「型破りでおもしろいではないか！　笑顔を武器に、人の懐に飛び込んで、いつの間にか味方を増やしてしまう。それが龍馬の戦術よ」

「懐に飛び込まれたほうは、たまったものではあるまい。あの笑顔にやられて泣かされたおなごが幾人いたことか」

「姉者は友姫が申すことを真に受けておるのか？」

「真に受けるも何も、事実だ。龍馬と深く関わった幾人ものおなごが、この身勝手な男が自分のもとに帰ってくることはないと薄々感じながらも、龍馬を待つ心を捨てられずにいる。哀れでならぬわ」

「それは、そうかもしれぬが……いや、しかし、龍馬が女泣かせになってしまうのも、無理からぬことだと思うぞ？　龍馬は誰の目から見ても、神である我にとってさえ、魅力のある者だからな。友姫もあのように、龍馬との再会を喜んでおる」

アマテラスはぴくりと柳眉《りゅうび》を逆立てた。

「喜んでおるだと？　弟よ、そなたの目は節穴《ふしあな》か？」

友姫はアマテラスのお気に入りだ。品があってかわいらしく、凛《りん》としている。神々の前に出るときも物怖《ものお》じせず、それでいて礼節も損なわない。案内人としての仕事もそつなくこなしている。

その友姫による黄泉路の案内を、龍馬はあっさり断った。友姫は説得を試みているが、龍馬は応じず、果ては座り込みを始めてしまった。何としてもかくり世へは行かない、といった構えである。

「まあ、龍馬が己《おのれ》の死を受け入れられぬのも仕方あるまい。あまりに唐突であったゆえにな。かわいそうに」

スサノオが龍馬に同情してみせると、アマテラスの眉間のしわが深くなった。

「して、弟よ。この者の死について、何だというのだ？」

「姉者《あねじゃ》、言い方が冷たいぞ。今しがたの龍馬の言葉を聞いて、何も感じなかったのか？」

「今しがたとは？」

「世の中を洗濯して、政《まつりごと》の仕組みをつくり替えて、均《なら》しの世にしたい、というようなことを言っておっただろう！　まったく新しい考え方をする者が現れたものだと、我は感心しておる！」

「ほう。そなた、龍馬が黒船に衝撃を受けた頃から追いかけておったのは、かような理由であったか」

「そうだとも！　姉者は龍馬から何も感じなんだか？」

「特には」

アマテラスはあくまでそっけない。スサノオは頭を抱えて嘆いた。

「おおぉ、なぜわからぬかなあ！」

「なぜであろうな」

スサノオは勢いよく顔を上げた。

「姉者よ！　黒船が訪れたあのとき、日ノ本の歴史は大きくうねって動き出した。そのことに異論はあるまい？」

「ない。確かに、日ノ本という国は勢いよく変わりつつある」

「黒船の姿を目にしたとき、多くの若者らの魂は猛々《たけだけ》しく燃え立った。日ノ本の未来のために闘わねばならぬ、とな。そこまでは龍馬もほかの者らと同じだった。だが、その先が龍馬は違ったのだ。あの者の魂は、猛々しいと同時に、どこまでも柔らかい」

「柔らかい？」

「ああ、龍馬の魂は柔らかい。新しいものを次々と受け入れ、どんどん変わっていく。周囲を巻き込み、呑《の》み込みながらであるぞ。闘うための荒々しさを備えながら、闘わずして前に進んでいく力をも持っておるのだ。大したものだと思わぬか、姉者よ！」

スサノオがしょっちゅう「龍馬が、龍馬が」と騒いでは日矛鏡《ヒボコノカガミ》を見せに行くので、アマテラスもある程度、坂本龍馬という男のことを気に留めているはずだ。

姉者が龍馬を嫌いになるはずはない、とスサノオは思っている。

アマテラスは、一所懸命な姿を見せる人間が好きだ。一所懸命というのは、限りある生を定められた人間ならではの輝きである。その輝きを、アマテラスは慈《いつく》しみ、愛するのだ。

ため息交じりのアマテラスは、スサノオに話の続きを促した。陽だまりのような笑顔が美しい姉神は、憂い顔もまた麗《うるわ》しい。

「弟よ、それで？」

スサノオは拳を握って熱弁をふるった。

「龍馬がそこにいれば、世のありさまがどんどん変わっていく。それをここから眺めるのが、我にとって、たまらなくおもしろい。胸が躍り、心が燃えるかのようだ！」

「そなたは変化を好むからな。われは、人の世に訪れた動乱の時代を憂えておるが」

「人の子らがあまた死んでおると聞けば、我も心が痛い。しかし、力強い時代であると感じぬか？　我は荒魂《あらみたま》の神で、ふとした弾みで破壊をなしてしまう。そのように生まれついたせいだ。その一方で、姉者《あねじゃ》とともに国をよりよく治めようと励んだこともある」

「破壊と、よりよき治世の探求か。まさに今のうつし世の情勢であるな」

「そうとも！　ゆえにこそ、我は龍馬に感じ入るところがあるのだ。龍馬は我と似ておるとすら言えよう。放っておけぬ気持ちが、もう、いかんともしがたい！」

アマテラスは優雅な仕草で額を押さえた。

「スサノオ、神としての生い立ちを思えば、そなたがあの者に関心を寄せるのも道理ではある。しかし……」

アマテラスの言葉をさえぎって、スサノオは詰め寄った。

「なあ、姉者よ。どうにかならぬか？」

「どうにかとは？」

「龍馬をうつし世に戻してはならぬか？」

その途端、アマテラスは眉を吊り上げ、ぴしゃりと言った。

「ならぬ」

「なぜだ？」

「世の理《ことわり》をひっくり返してはならぬ。当然のことであろう」

スサノオはアマテラスの手を取り、ひざまずいて懇願した。

「そこを何とかお頼み申す！　姉者の力があれば、死者の前に再び生き直す道を敷くくらい、わけないことであろう？」

アマテラスは頑として、かぶりを振った。

「ならぬ。できるからといって、おいそれとやってよいことではない」

「しかし！」

「聞き分けが悪いぞ、スサノオ。仕置きをされたいのか？」

「おお、姉者に仕置きをされるのならば、それは甘んじて受けてみたくもあるが」

「たわけ！　そもそも、そなたはこれが初めてではなかったな？　今までも、かくり世に向かわぬ死者を勝手に拾ってきて、二つの世の境目に居所をこしらえ、匿《かくま》っておるだろう？　何たる身勝手な振る舞いであるか！」

「そ、それは……だって、哀れではないか。類《たぐい》まれな者たちなのだ。神器にも近しい宝刀、『天下五剣《てんがごけん》』に選ばれるほどの者たちであるぞ？　あの者たちの猛々《たけだけ》しく輝かしい魂をそのまま朽ちさせるなど、我には哀れでならぬゆえに……」

言い訳をする声がしぼんでいく。

スサノオにも、やってはならぬことをやっている、という自覚はある。

しかし、どうしても放ってはおけなかったのだ。かくり世へ速やかに赴かねば魂が消滅すると聞いても、切なる望みを抱いて、死ぬに死にきれなかった者たちである。どうして見捨てることができるだろうか。

アマテラスは、また、かぐわしくも深いため息をついた。

「そなたはまことに、人の子に対して甘い。他の神々も苦々しく思っておるようだが、神格の差ゆえに誰も口出しできぬそうな。まったく、困ったことよ」

「あ、姉者《あねじゃ》だって、友姫を贔屓《ひいき》にして、かくり世から連れ出し、黄泉路《よみじ》の案内人として手元に置いておるではないか。あれも、本来ならば、世の理《ことわり》から外れたことであろう？」

「われは死者を案内人の役目に就けるにあたって、他の神々の承認を得ておる。そなたのようにならぬことをこっそりおこなっておるわけではない」

スサノオは思案した。

姉の言うことはたいてい正しい。一方のスサノオは、いにしえの頃から、感情や衝動に任せて振る舞っては騒ぎを起こしてきた。

おかげでスサノオは、神格こそ高いものの、すっかり問題児、異端児扱いである。スサノオが何をどれほど主張しても、まともに話を聞いてくれる神はいない。ほかならぬ姉、アマテラスを除いては。

そう、アマテラスは何だかんだ言っても、弟であるスサノオには甘い。スサノオは何度もアマテラスを激怒させているが、そのたびに、しまいには結局赦《ゆる》してくれるのだ。

スサノオは、ひざまずいて手を取ったまま、じっとアマテラスを見上げた。

「なあ、お願いだ、姉者。我の話に耳を貸してくれ。姉者にかまってもらえなんだら、我は悲しい。我は姉者の隣で、姉者と語らいながら、人の世を眺めるのが好きなのだ」

率直に告げると、アマテラスはばつが悪そうに目をさまよわせた。

「しかし、スサノオ。ならぬものはならぬ。そなた、かつて誓約《ウケイ》をした折に、われに対して歯向かう意志がないことをみずから示したであろう？　あまりわがままを繰り返すようでは、あのときの約を違《たが》えたと、他の神々からみなされてしまうぞ」

その瞬間、スサノオは膝を打った。

「それよ、ウケイよ！　姉者、今またここでウケイをおこなおうぞ！」

アマテラスは怪訝《けげん》そうに眉をひそめた。

「急に何を申す？　ウケイだと？　誰が何のために身の潔白を証《あか》そうというのだ？」

「我が、坂本龍馬のために……」

アマテラスは、はっとしてスサノオの手を振り払い、その口をふさごうとした。

「ならぬ、スサノオ！　言挙《ことあ》げをしてはならぬ！」

言挙げとは、あえて言葉を発して意志を表すことをいう。

スサノオは、それで確信した。

すでにウケイは発動している。当然と言えよう。この国で最も力ある神の二柱《ふたはしら》が揃《そろ》って、ウケイという言霊《ことだま》を口にしたのだ。

言霊を得れば、物事は形を持って動き出す。

スサノオは声を張り上げ、さらに言挙げをおこなった。

「我はウケイをおこないたい！　古今東西の英雄に比肩する坂本龍馬に、黄泉路《よみじ》とはまた別の道を示すこと。これが全《まった》き邪悪な望みであるというのなら、我がこれより言挙げをおこなえば、神たる我とてこの身を保つことを許されまい。姉者《あねじゃ》、見届けてたもれ！」

アマテラスは呆然《ぼうぜん》として目を見開いている。

スサノオは、そんな姉の手を再び取ってくちづけ、きっぱりと告げた。

「坂本龍馬に試練を課そう。いわば、〈黄泉の験《ヨモツタメシ》〉である。龍馬が七つの験《タメシ》を戦い抜き、見事勝利できたならば、我が名のもとに龍馬の望みを叶《かな》えてやりたい。安寧なる黄泉へ赴くことを拒んでまで龍馬が何を望んでおるのか、その目に映るものを、我も見たい」

蒼白《そうはく》な顔になったアマテラスが、震える唇を開いた。

「たわけ。何という身勝手を申し並べるのだ。そのように穴だらけの言挙げでは、ウケイの力が正しく働くはずもない。龍馬をどこで何者と戦わせ、験となすつもりだ？」

「天下五剣《てんがごけん》だ」

「……何と申した？」

スサノオは、アマテラスに微笑《ほほえ》んでみせた。

「姉者、焦らず聞いてくれ。我は武神である。その我が、うつし世とかくり世の境で、ウケイの力でもって、戦いの道を敷くのだぞ。この戦いは、龍馬にとっても相手方にとっても、全き公平なものとなろう。苦難と試練の道だ」

「苦難と試練だと？　そんなものを、そなたは、とびきりのお気に入りである坂本龍馬に課すというのか？」

「むろんよ」

「人の子は脆《もろ》い。もしも龍馬がその道を投げ出せば、そなたのウケイは失敗となる。そなたは、その名と力を損なうこととなるのだぞ」

スサノオは拳で己《おのれ》の胸を打った。

「それも承知の上だ、姉者。ここまですれば、我がどれほど龍馬に入れ込んでおるか、姉者にも伝わるであろう？」

アマテラスは硬い顔つきで、しばし黙っていた。日輪を宿した目は、照ったり曇ったりと、せわしなく色を変えた。

やがて、アマテラスは頬を緩めた。

「仕方あるまい。ウケイをおこなうという言挙《ことあ》げは、すでになされてしまったのだから」

「姉者《あねじゃ》！」

「われも手を貸してやろう。さもなくば、〈ヨモツタメシ〉とやらは成り立つまい。人ひとりを生き返らせるのは、そなたが思うよりも難しいことなのだぞ」

「では、では本当によいのだな？」

アマテラスは、ひざまずいたスサノオの額を指でつついた。

「龍馬を贔屓《ひいき》するあまり、勝負に水を差すようなことがあってはならぬぞ。神がなす約束は絶対だ。人の子が破ることはもちろん、そなたが破ることも、決してあってはならぬ」

「わかっておる！　ありがとう、姉者！　さっそくだが、姉者の力を示してくれ。神聖なる験《タメシ》の道、〈ヨモツタメシ〉の成り立ちについて、姉者の言霊《ことだま》でもって宣言してほしい」

アマテラスはうなずくと、少しの間、長いまつげを伏せていた。

じっと考えて、それからアマテラスは目を上げ、告げた。

「これより拓《ひら》く苦難と試練の道を、〈ヨモツタメシ〉と名づける。これは武神たる須佐之男命を主宰とし、日輪の化身たる天照大神の照覧のもと、死せる武者たちが望みと魂を懸け、勝負をおこなう場である」

＊

経緯を龍馬に語ったスサノオは改めて、朗々たる声で告げた。

「龍馬よ、おぬし、〈ヨモツタメシ〉に挑戦せよ！　強敵が待ち受けるその旅路において名乗りを上げ、戦い、見事勝ち残るのだ。さすれば、我と姉者が、おぬしのために神の力を用いてやる！」

びりびりと震えるほどに、この場に満ちた気が張り詰めている。

龍馬は、その緊張感に心地よさを覚えた。

「わしのために神の力を？　勝ち残ったら、何が起こるがですか？」

スサノオは龍馬の問いに答えた。

「〈五つの苦難〉と〈二つの試練〉、合わせて七たびの戦いに勝利したあかつきには、おぬしを生き返らせ、望みを叶《かな》えてやろう！」

アマテラスが付け加えた。

「われらが叶《かな》えてやれる〈生き返り〉とは、死したその時点に戻って再び生き直すことだ。時を遡《さかのぼ》ってやり直すことはできぬ。いや、できぬわけではないが、死すべきその時点で必ず命脈が尽きるのだ。人の子の運命は、そういうふうに定められておるゆえに」

つまり、龍馬は近江屋で襲撃を受けたその場から、再び生きることができるのだ。

それに加え、何らかの望みを叶えてもらえる。望んだ道で生き直せる、という言い方もできるだろうか。

龍馬は二柱《ふたはしら》の神に問うた。

「勝ったときの褒美はわかりました。ならば、途中で負けたときはどうなりますろうか？　かくり世に行くがを拒んだ場合と同じように、魂ごと消えてしまうがですか？」

スサノオが答えた。

「さよう。まさしくそのとおりだ。〈ヨモツタメシ〉は、魂を懸けた戦いの場よ。だが、おぬしはそれでよいのだろう？　勝てば、うつし世に戻れる。負ければ、そこで潔く魂が消滅する。いずれの結果となろうとも、かくり世に行かずに済む」

「その場合、スサノオさまのウケイの結果は？」

「おぬしの勝敗と命運をともにする、ということになろう。我はすでに腹を括《くく》り、懸けるべきものを懸けておる」

「わしは、どがな相手と戦うことになるがですか？　たやすい相手やないことは、想像にかたくないですけんど」

「うむ。類《たぐい》まれな武者たちである。おぬしが天逆鉾に気に入られたように、その者たちも、天下に名だたる宝刀たちによって主として選ばれておった。今ここで種明かしをしてもよいが、挑んでみてのお楽しみというのも一興かと思ってな」

龍馬は背中に脂汗がにじむのを感じ、思わず、にやりとした。

「とんでもない無礼を承知で申し上げますけんど、スサノオさま、武神たぁ、この上ない酔狂者《すいきょうもの》じゃのう。一興、ですかえ。スサノオさまはその神格とお力を、わしは魂を懸けての験《タメシ》やに、興じて楽しめちゅうがは、まっこと酔狂」

スサノオもまたにやりとし、龍馬を見つめて重ねて問うた。

「さあ、龍馬。どうする？」

龍馬は膝を打って立ち上がった。

「その話、乗った！　やらせてつかあさい！」

スサノオは嬉しそうに声を弾ませた。

「聞き入れた！　姉者《あねじゃ》も聞いたであろう？　これより、本当に〈ヨモツタメシ〉を始めることとする！」

アマテラスは、慎太郎と藤吉を指差した。

「始めてもらってかまわぬが、そちらの者らはどうする？　龍馬の仲間であろう？」

いきなり水を向けられたところで、慎太郎も藤吉も、いまだ平伏したまま身動きできずにいる。

龍馬は声を上げた。

「さっきの黄泉路《よみじ》でのわしらのやり取り、アマテラスさまもスサノオさまも聞いちょったがでしょう？　慎太郎さんと藤吉さんも、わしと志を同じゅうする仲間ですき、ほったらかしにせんでいただけますろうか？」

がたがたと震えながら、慎太郎が辛《かろ》うじて応じた。

「り、龍馬の言うとおりです。私も、戦います」

慎太郎の答えにうなずいてみせ、龍馬は藤吉にも問うた。

「藤吉さんはどうじゃ？　来てくれるかえ？」

「……まへん」

藤吉は這《は》いつくばったまま、か細い声で何かつぶやいた。

「何じゃ？　どういた？」

龍馬はひょいと身を屈《かが》め、藤吉の両肩をつかんでその身を起こしてやって、顔をのぞき込んだ。

目と目が合うと、藤吉は呪縛が解けたかのように、今度ははっきりとした声で言った。

「すんまへん、坂本先生。わいは、ここから先はお供できまへん」

龍馬は驚いた。一瞬、何を告げられたのかわからなかったほどだ。

「な、なぜじゃ？　わしと行くがは、嫌かえ？」

慌てる龍馬に、藤吉はかぶりを振ってみせた。

「そない意地悪《いけず》な訊《き》き方、せんとってください。嫌と違います。ただ、わいにはこの先へ進めるほどの器があらへんのです」

「器？」

「英雄の器です」

「英雄？　いや、わしゃあ、英雄らぁて大層なもんでは……」

ない、と龍馬が言い切る前に、藤吉が声を張り上げた。

「ありますよ。坂本先生は大層なお人です。坂本先生には志があるやないですか。命を懸けてでも、あるいは魂をなげうってでも、何としても遂げたい志がある。それこそが英雄たる者の証《あかし》や思うんです。わいのような凡人にはできひんことや」

「けんど、藤吉さんもわしの仲間じゃ。わしの志に心を寄せてくれたき、従僕として名乗りを上げてくれたがじゃろう？」

藤吉は面映《おもは》ゆそうに笑った。

「わいはただ、坂本先生に憧れとっただけです。従僕にしかなれへん器や。志をともにする仲間にはなれへんかったんです。わいも先生と政《まつりごと》や商いについて語り合《お》うてみたかったけど、とてもついていけへん。自分でようわかってます。このあたりでお別れですわ」

「待ちや、藤吉さん。寂しいこと言いなや。一緒に行こう。な？」

またかぶりを振った藤吉は、すがすがしい顔をして深く頭を下げた。

「ここでおいとまするこことをお許しください。この先、〈ヨモツタメシ〉を勝ち抜くには、強い心が必要でしょう。坂本先生への憧れと、その坂本先生たちの命を守れんかった後悔だけで、進める道とは思えまへん。お二人の足を引っ張るのが関の山です」

「後悔なんぞせんでえい。わしは、藤吉さんを責めるつもりはないぜよ」

「それを聞いて安心しました。心残りは、もうあらへん」

「藤吉さん……」

面《おもて》を上げた藤吉は、安らかな笑みを浮かべている。

龍馬は、友姫の言葉を唐突に理解した。黄泉路《よみじ》に至った者はたいてい、この先に穏やかなかくり世があると知って、安堵《あんど》の顔で進んでいく、と。

藤吉がそうなのだ。

龍馬への憧れを告げ、守れなかったことを詫《わ》びて赦《ゆる》され、この笑顔になった。今の龍馬には到底たどり着けない境地へ、まだ二十《はたち》の藤吉が、先に至ってしまった。

体の力が抜けていく。龍馬は藤吉の目を見て言った。

「もう選んだんじゃな」

「へえ、決めたことです。ここできちっとお別れができて、ようございました」

「ああ……きちっと言うてくれたな。おまさんは立派じゃ」

龍馬の胸がしくしくと痛んだ。苦い思い出が呼び起こされたのだ。

かつて龍馬も、師と慕って憧れた人との別れを経験した。あのとき、龍馬は何も告げずに立ち去った。同じ道を歩めないことの苦しみにうちひしがれそうで、だから忘れたふりをして、ただ前を向いて走り去った。

龍馬は藤吉に告げた。

「心残りはわしのほうにある。藤吉さんよ、おまさんを巻き込んで死なせてしもうて、ほんまに悪かった。おまさんは若い。人生、これからやったに、残念じゃ。おまさんの相撲《すもう》ものう、いつか見たかったがやけんど」

藤吉は、もともと京相撲の力士だった。雲井龍《くもいりゅう》という四股名《しこな》で、まだ十代でありながら、幕下では負けなしだったという。

世が平らかであったなら、藤吉は江戸相撲に挑み、日ノ本一の横綱を目指してまっすぐに人生を歩めたかもしれない。だが、動乱の気配が濃い今の世において、それは難しかった。龍馬の従僕となってからはなおさら、人前での興行などできるはずもなかった。

藤吉は照れくさそうに笑い、目にうっすらと涙を浮かべた。

「謝られてしもうたら、困りますよ。坂本先生が責めを負う必要はありまへん。謝らんといてください」

「……ありがとう。謝っちゃあならんなら、ありがとうとしか言えん」

「坂本先生に目をかけていただけて、黄泉路《よみじ》までご一緒できて、わいはほんまに幸せ者です。これから先も、どうか気張ってつかあさい。わいは、かくり世から応援しとります」

「おん。今までありがとう」

龍馬は立ち上がった。慎太郎と目が合った。何か言いたげな表情を、龍馬は見なかったことにした。

「話は済んだか、龍馬よ」

スサノオの言葉に、龍馬はうなずいた。

「済みました。スサノオさま、お聞きになったとおりです。わしと一緒に行くがは慎太郎さんだけじゃ。藤吉さんのこと、かくり世までの案内をよろしゅうお願いします」

「うむ、承知した！」

スサノオが中岡慎太郎の名を呼び上げ、〈ヨモツタメシ〉の開始を改めて宣言した。慎太郎は噛《か》み締めるように、ただ一声、「はい」と応じた。

アマテラスは、あまりの成り行きに目を丸くして固まっている友姫を手招きした。

「友姫よ、おいで。そなたに役目を申しつける。こたびは、このように特異なことと相成《あいな》ってしもうた。〈ヨモツタメシ〉がいかなる旅路となるやら、われにも先見のしようがない。ゆえに、そなたに任せたい。龍馬らの旅路の案内を務めよ」

友姫は慌てた。

「お、お待ちください！　わたしは、ただの黄泉路《よみじ》の案内人です。そのほかの特別なお役目だなんて……時折、傷だらけのまま黄泉路へやって来る者がいますから、その傷を癒やす程度の力なら持っていますけれど、でも……」

アマテラスは優雅なそぶりで手を差し伸べた。

「友姫、手鏡をお出し」

「あ……はい」

友姫は懐から手鏡を取り出した。華やかな着物に反して、みすぼらしいほどに地味で小さな手鏡だ。銅でできた背面には、桔梗《ききょう》の花が彫られている。

何となく見覚えがあった。龍馬は友姫の手鏡を指差した。

「ひょっとして、わしが選んだ鏡かえ？」

友姫はびくりとした。

「な、何でもいいでしょっ？」

龍馬は、顔をくしゃりとさせて笑った。

「ほうかえ。大事にしてくれちょったがじゃな」

坂本家の本家筋にあたるのは、土佐屈指の豪商、才谷屋《さいたにや》である。酒や呉服、日用のこまごまとした品から花嫁道具、はたまた子どものおもちゃや若い娘の好む小間物まで、品揃《しなぞろ》えは実に豊富だ。

友姫がその才谷屋で買い物をしたことがあった。手鏡がほしいと駄々をこね、お目付役の吉田東洋を引き連れて、才谷屋を訪れたのだ。

自分で決めればよいのに、友姫は手鏡を龍馬に選ばせた。あの頃の龍馬は、確か十二だった。十の女の子の好みなどわかるはずもなく、坂本家の家紋と同じ桔梗の花が彫られた手鏡を、とりあえず選んだ。

その手鏡を、いかにも大切そうに、友姫が懐から取り出したのだ。

真っ赤になった友姫は、龍馬をじろりと睨《にら》んで、アマテラスに手鏡を渡した。アマテラスは友姫に柔らかな笑みを向けながら、手鏡を両の手のひらで押し包んだ。

ぽう、と、淡い光がアマテラスの手からあふれ出す。

「これでよい」

アマテラスは独《ひと》り言《ご》ち、手鏡を友姫に返した。

手鏡の面には、何も映っていない。ただ、淡く清涼な光がそこに宿っている。

「あの、アマテラスさま、これは一体どういうことでしょう?」

友姫の戸惑いに、アマテラスは答えた。

「この手鏡に、そなたの知るべきことが示される。これより龍馬らは、まず〈五つの苦難〉を巡る旅に出る。その道筋と、たどり着く場所、戦うべき相手の名や素性《すじょう》、そうした事柄がすべて、ここに現れるのだ」

友姫は慎重な様子で復唱した。

「まずは〈五つの苦難〉なのですね。この手鏡が、アマテラスさまの日像鏡《ヒガタノカガミ》のように神秘の力を帯びて、道しるべになってくれる」

「さよう。そなたは生前、武家の姫として十分な才を持ち、さまざまな教えを受けておったな。お家にとって難しい相手との歌会でも茶会でも、女主《おんなあるじ》として見事に差配してきたであろう。こたびも、その差配の手腕を活かして、旅路の案内をしておやり」

友姫は手鏡を胸にぎゅっと押し当てた。

「承りました！」

「われと弟は常に日像鏡を通して見守っておる。もしも困ったことが起こり、そなたひとりではいかんともしがたいときには、われを呼べ」

「お心遣い、痛み入ります」

「頼んだぞ。藤吉をかくり世まで案内する役には別の者を呼ぶゆえ、気にせずともよい。では、門を開く」

アマテラスが右手をひらりと振ると、何もなかった草原に突如、茅葺《かやぶき》の屋根を戴《いただ》く門が現れた。

門の向こうは薄闇だ。敷砂《しきすな》の白い道が一筋、まっすぐに伸びている。

友姫は、ちらりと手鏡に目を落とし、先に立って足を踏み出した。門のすぐそばで、龍馬たちを差し招く。

「さあ、行きましょう」

「よっしゃ、楽しみじゃ！」

龍馬は勢いよく、慎太郎はまだ青ざめながら、歩きだした。

門前に至って振り向けば、心残りを晴らした藤吉は、まるで地蔵菩薩《じぞうぼさつ》のように穏やかな顔で微笑《ほほえ》んでいた。

「ここでほんまにお別れですね」

「ああ。藤吉さん、達者でな」

龍馬は名残惜《なごりお》しさを振り切って、明るく言い放った。

友姫は龍馬と慎太郎を見上げ、小首をかしげた。

「さて、二人とも。使い慣れた武器は手元に揃《そろ》っているかしら？　実戦に使うものだけをその身に帯びているはずよ。不足があれば、今ここでスサノオさまに申し上げて」

「武器かえ？」

龍馬は愛刀、陸奥守吉行の柄《つか》を握った。手のひらに吸いつくように、しっくりと馴染《なじ》む。

坂本家所蔵の刀のうち、龍馬が幼い頃から特に気に入っていたものの一つが、この陸奥守吉行だった。今より百五十年余り前、元禄《げんろく》の頃に打たれたものらしい。

「おお、吉行は健在じゃな。ほんなら、こっちはどうじゃ？」

龍馬は柄《つか》から手を離し、懐手《ふところで》をした。革製の嚢《ふくろ》に納まった拳銃が指先に触れる。

小振りな拳銃で、龍馬の手にすっぽりと収まる大きさだ。スミス&ウェッソン製のモデル1、という型である。妻のおりょうとおそろいで手に入れた。

今さらながら、龍馬は気がついた。あっと声を上げ、両手を開いたり握ったりしてみる。拳を固め、力を込めてみる。

「怪我《けが》が全部治っちゅう……！　近江屋でやられたときの怪我だけやない。寺田屋で負わされた古傷も癒えて、ちゃんと力も入るじゃいか」

これなら存分に戦える。

見れば、慎太郎も愛刀を検《あらた》め、体のあちこちに触れて怪我がないのを確かめている。武器の備えにも体の動きにも問題はなさそうだ。

友姫が、薄闇を照らす提灯《ちょうちん》を手に、龍馬と慎太郎を待っている。

龍馬は景気づけに慎太郎の背中をはたくと、固く握った拳を突き上げた。

「さあ、出陣じゃ！」

第三章　童子切安綱《どうじぎりやすつな》：大江山《おおえやま》の英雄たち

源頼光《みなもとのよりみつ》の今《いま》わの際《きわ》は安らかだった、と言ってよい。

いずれ物の怪《もののけ》に憑《と》り殺されるか、あるいは鬼に首をねじ切られるか、そういうろくでもない死に方をするものだと、頼光自身は思っていたのだが。

頼光は老い、緩やかな病を得て、眠るように息を引き取った。

とはいえ、物の怪や鬼からすっかり逃れられたわけでもなかった。

頼光の魂がうつし世の体を離れたその途端、魑魅魍魎《ちみもうりょう》が群がってきたのだ。

魂となった頼光は、不敵に笑った。

「おお、懐かしい。いつか見たものばかりよのう」

牛にも似た姿の巨大な鬼女、熱病をもたらす土蜘蛛《つちぐも》、片腕を失った鬼女、毒の吐息をまき散らす大蛇、首と胴が泣き別れとなった鬼。

頼光とその家臣たちがかつて討ち滅ぼした、異形《いぎょう》のものたちである。

「おぬしら、死んでも死にきれず、恨みのあまり、うつし世のほとりに囚《とら》われたまま、儂《わし》が死ぬのを待ち構えておったか」

そうとも、と魑魅魍魎《ちみもうりょう》は一斉に嗤《わら》った。

――頼光よ、おまえの体がうつし世にあるうちは、種々の守りに阻《はば》まれ、我らは手出しできなんだ。

――しかしながら今、おまえは死んだ。うつし世における守護はもはや、おまえにかかっておらぬ。

――さあ、覚悟せよ。安穏《あんのん》として黄泉路《よみじ》を渡っていけるなどと思うな。

「やれやれ。儂《わし》は怪異に親しみすぎたか。死の床に迎えに来たのは、牛御前《うしごぜん》に土蜘蛛《つちぐも》、宇《う》治《じ》の橋姫《はしひめ》、碓氷峠《うすいとうげ》の大蛇《だいじゃ》。おお、酒呑童子《しゅてんどうじ》、眷属《けんぞく》どもを引き連れての出迎えとは盛大なことよ」

生前、頼光はあまたの物《もの》の怪《け》や鬼を倒してきた。

その者らへの恨みや憎しみがあったわけではない。帝《みかど》に命じられたのだ。

人の世は人の世で、おぞましいことこの上なかった。藤原《ふじわら》氏を中心とする泥沼の政争が繰り広げられていたのだ。魑魅魍魎よりも、いっそ、人の妬みや欲のほうが恐ろしいと、いくたび感じたことだろう。

頼光は源氏《げんじ》の者たちのために強くあらねばならなかった。都の守護を担《にな》う武者として、唯一無二の役目を果たす必要があった。

ゆえに、あまたの物の怪を、鬼を、屠《ほふ》ってきた。

その連中が憎しみを募らせ、頼光を待ち受けていた。

「当然の報いというやつかな」

――安らかなる眠りになど就かせはせぬぞ、頼光。

魑魅魍魎は嗤う。

頼光も笑って応じた。

「好きにするがよい。おとなしくおぬしらに呑《の》まれてやるつもりはないがな」

魂ばかりの存在になってなお、頼光は狩衣《かりぎぬ》をまとった武者姿だった。腰には鬼斬りの愛刀を帯びていた。

永久とも思える鬼屋敷への幽閉は、かくして始まった。それから幾百年の時が過ぎたものやら、もはや数えても覚えてもいない。

頼光は今なお、くたびれてはいなかった。ただ、少し飽いていた。

魑魅魍魎《ちみもうりょう》のほうも、時を持て余しているようだ。しかし、始めたものを終わらせる踏ん切りがつかないらしい。あるいは、終わらせる手立てを持っていないのかもしれない。

そんな折、久方ぶりに須佐之男命から便りがあった。

頼光がうつし世とかくり世の境にある鬼屋敷に囚《とら》われて以来、スサノオはこうして時折、手紙や遣いを寄越したり、顔を見せに来たりする。

こたびの便りは、今までとは趣《おもむき》を異にした。

「ほう、〈ヨモツタメシ〉？　スサノオさまのお目に留まった武者が、験《タメシ》に挑むと称して刃《やいば》を交えるとな。勝てば生き返って望みを叶《かな》えることができ、負ければ魂が滅する、か。なるほど、おもしろい。儂《わし》にとっては渡りに船よ」

頼光は、スサノオの誘いに乗った。

＊

門をくぐってすぐに、先頭を行く友姫が前を向いたまま言った。

「この道を行く間、後ろを振り返ってはいけないわ。前だけ向いて歩いて」

「了解じゃ」

龍馬が言うのと同時に、慎太郎もおずおずと返事をした。

薄闇の道を一列になって進んでいく。

龍馬のすぐ後ろで、慎太郎が友姫に問うた。

「あの、友姫さま。この道が行き着く先で、すぐに戦いが始まるがですか？」

「きっとそうだと思う。慎太郎は、戦う覚悟が決まらないのかしら？」

「覚悟ちゅうか……どればぁ勝算があるか、考えてしまうだけです」

龍馬は口を挟んだ。

「慎太郎さんは剣術が苦手やきのう」

「やかましい」

慎太郎が龍馬の背中を小突いた。

「短気《いらち》やにゃあ」

「ふざけなや。スサノオさまからじきじきにお声掛けをいただいたおまんは呑気《のんき》に構えていられるかもしれんけんど、おれは違う。いわば、おまけじゃ。おれには十分な器や力がない、と初めから言われちゅうがと同じじゃいか。やき、藤吉は身を引いた」

友姫は凛《りん》とした声を上げ、慎太郎の言葉をさえぎった。

「はいはい、そのへんでおやめなさい。慎太郎、そんなふうに卑屈な言霊《ことだま》ばかり発していては、己《おのれ》を縛ることになるわよ」

「言霊？　声に出した言葉の持つ力、ちゅうことですよね？」

「ええ。ここは黄泉路《よみじ》とはまた少し違う場ではあるけれど、神々の領域という点では同じ性質を持っているはず。ならば、言霊《ことだま》や念の扱いには、気をつけたほうがいいわ。弱音は吐かないこと。いい？」

「弱音ですか。おれの言い分、ほがなふうに聞こえました？」

「聞こえたわ。いじけているみたいだった。そういうの、よくないわよ。始まりはどうあれ、慎太郎だって、アマテラスさまとスサノオさまから認められて、ここに至っているのですもの。もっと堂々と振る舞ってちょうだい」

龍馬の背後で、ぴりぴりと尖《とが》っていた慎太郎の気配が、ふっと緩んだ。

「確かに。友姫さまのおっしゃるとおりですね。初めから気持ちで負けちょったら、勝てるもんも勝てませんき」

友姫は手鏡に目を落とし、そこに映し出された文字を読み上げる様子で言った。

「この〈ヨモツタメシ〉で問われるのは、武術の腕前だけではないそうよ。後世に伝え継がれていく逸話の強さであったり、前人未到のことを成し遂げてみせようという意志の強さであったり、そういったものが戦う力に反映されるのですって」

「意志の強さながか」

「そうよ、龍馬。そのあたりのことは、わたしも少し勝手がわかるわ。黄泉路の案内人として、うつし世の者とは違う力を使うことができるもの」

「ほうじゃの。提灯《ちょうちん》を出いたり消したり」

「傷を治す力もね。さっきも言ったとおり、神々の領域は、うつし世とは違う理《ことわり》によって支配されている。言葉や意志の力が重みを持っているの。だから、これこそが自分の得手だと信じている戦術で挑めば、龍馬も慎太郎も、強敵と互角に渡り合えるはずよ」

友姫の掲げる提灯は、煌々《こうこう》と明るい。

その光を見つめながら歩くうち、龍馬は一瞬、気が遠くなったように感じた。

「……何じゃ、今のは？」

頭を振ってまばたきを繰り返す。

頬に風が触れるのを感じた。新緑の匂いがする風だ。

いつの間にか、龍馬たちは山の中腹の一本道を歩いていた。

「不思議なもんじゃのう！」

思わず声を上げる。

伸びやかに茂る木々の間から、連なる山並みが見て取れる。湿った土の匂いに、青くさい若葉の匂いが混じっている。鳥のさえずりが聞こえてくる。ちらちらとする木漏れ日がまぶしい。

友姫は、手にしていた提灯をぽんと宙に放った。提灯は赤い蝶《ちょう》に変じてひらひらと飛び、長い袖に吸い込まれて模様の一つになった。

龍馬たちのほうを振り向いて、友姫は手鏡を見ながら言った。

「ここは大江山だそうよ。京の都から街道伝いに北西へ行くこと、およそ三十里《り》(約百十七キロ)。丹後国《たんごのくに》と丹波国《たんばのくに》の境目に横たわる山並みの一角ね」

龍馬は、おお、と歓声を上げた。

「大江山ちゅうたら、酒呑童子の伝説で有名じゃの」

「そうね。龍馬、詳しいの?」

「おん、鬼や妖怪、幽霊なんかの伝説は、子供の頃に大好きやったき」

「そ、そうだったかしら? わたし、龍馬からそんな話はあまり聞いたことがなかった気がするけれど?」

「友姫さまは幽霊話が嫌いやったろう? 昔、わしが百物語《ひゃくものがたり》の草双紙《くさぞうし》を見せたら怖がって、泣いて怒ってしもうた。やき、わしも友姫さまの前では、幽霊や鬼や妖怪の話をせんようにしちょったんじゃ」

「……た、確かに、そういうこともあったかもしれないわ。龍馬ったら泣き虫だったくせに、化け物の話が好きだったのよね」

「化け物の話ちゅうか、それを退治する話が好きだったんじゃ。昔々にやっつけられた化け物なら、もう怖くもないろう? わしは特に、辟邪《へきじゃ》の太刀《たち》の伝説が好きでのう。邪《よこしま》なるものを斬ったり退けたりしたちゅう刀剣の話じゃ」

「龍馬が刀好きだったことは、もちろん覚えているわよ。いにしえの名刀の伝説も、いくつか教えてくれたわよね」

「ほうじゃったかえ？」

「それは覚えていないの？」

友姫は膨《ふく》れっ面《つら》をした。龍馬は笑ってごまかし、話の筋をもとに戻した。

「この大江山にはな、酒呑童子ちゅう鬼が棲《す》んぢょったらしい。酒呑童子は、京の都で貴族の若君や姫君をさらっては、この山に連れ帰ったりなんぞしよった。ほんで、当時の帝《みかど》の一条《いちじょう》天皇が怪異退治の英雄を呼んで、鬼退治を命じたそうじゃ」

友姫は、つんとした顔のままではあるが、話の続きを促した。

「それで？　その英雄って、何者なの？」

龍馬の答えに、慎太郎の声も重なった。

「源頼光じゃ！」

＊

やがて、三人は古風な屋敷に行き着いた。

平らに開けた場所である。屋敷の庭は実に広々として、池に花壇に椿《つばき》の木立、青物の畑に果樹園までも備えている。その庭の向こうに、檜皮葺《ひわだぶき》の寝殿造《しんでんづくり》の屋敷があった。

寝殿の奥から、烏帽子《えぼし》をかぶった狩衣《かりぎぬ》姿の男が一人、現れた。

「おお、やっとお出ましか。待ちくたびれて、酒でも飲んでやろうかと思っておったところよ。おぬしらが、スサノオさまがおっしゃっておった駚《タメシ》の武者だな。こんな山奥の屋敷まで、よう来た、よう来た」

妙に爺《じじ》くさいしゃべり方をする男だ。しかし、姿は齢《よわい》三十といったところだし、目の輝きも身のこなしも溌溂《はつらつ》としている。腰に佩《は》いた太刀は、拵《こしらえ》からして上等そうだ。

友姫が行儀よく、男にあいさつをした。

「お初にお目にかかります。わたしは黄泉路《よみじ》の案内人を務めております、友と申します。こたびはアマテラスさまによって〈ヨモツタメシ〉の案内人に任じられ、こうして駚の武者をお連れした次第にございます」

「うむ、そう堅苦しゅうならんでよいぞ。して、スサノオさまが贔屓《ひいき》にしておられる坂本龍馬というのは、どちらの御仁《ごじん》かの？」

龍馬はこそばゆい心地になりながら、男の前に進み出た。

「坂本龍馬はわしじゃ」

ほう、と男は目を見張った。

と、そのときだ。

四人の武者が、慌てた様子で寝殿から出てきた。

「殿、先走られては困ります！　例のかたがたがいらっしゃれば、まず我らが応対いたします、と申したではありませんか！」

ひときわ見目のよい武者が非難がましく言った。この美男子が四人の筆頭なのだろう。しかし、主君に対して率直な小言をぶつけるとは、なかなか豪胆だ。あるいは、主君がよほど気さくなのか。

「はて、そうだったか？」

「嫌になるほど幾度も申しました。まったく、あなたさまは朝家《ちょうか》の守護を担《にな》う特別な武者であられるというのに、いつもいつも、あまりに腰が軽すぎましょう」

「朝家の守護など、かびの生えたような古くさい話をするでない」

「そのような昔から少しもお変わりなく、殿は軽々しくあられるということですな」

「重い腰を上げん連中より、ずっとよいではないか。評判が評判を呼んで、人々が無理難題を抱えて押しかけ、おかげで儂《わし》らは大活躍だった」

「その無理難題に巻き込まれる我らの身にもなってください！　私など、鬼のおなごに懸《け》想《そう》されて連れ去られかけ、いまだにこの屋敷で追いかけ回されているのですよ。ただでさえ押しの強いおなごは苦手だというのに、よりにもよって鬼！」

「モテ自慢か？」

「断じて違います！」

殿と呼ばれた男は、四人の武者をぐるりと見やると、龍馬たちのほうを向いて、茶目っ気たっぷりに両腕を広げた。

「こやつら、まことに口うるさくてかなわん。ま、それも忠義の心ゆえよな。何のかんのと文句ばかり並べながら、儂《わし》がどこに行くにも、かような屋敷に閉じ込められるとあってさえ、みずから進んでついてきおったのだ。愛《う》い者たちよ」

龍馬は、その男の正体をとっくに察している。信じられないという思いと、今さら何を驚くのかという思いが、胸中でないまぜになっていた。

「おまさんは、もしかして、源頼光どのながか？」

狩衣《かりぎぬ》姿の男は、平然と答えた。

「さよう、儂が源頼光だ」

龍馬は思わず、おお、と感嘆の声を上げた。慎太郎も同様だ。

源頼光の名を知らぬ者はいない。英雄物語に憧れる男児なら一度は通るはずの辟邪《へきじゃ》の武者が、源頼光である。草双紙《くさぞうし》などでは「らいこう」と読まれることも多い。その響きがまた、格好がよい。まさに英雄の中の英雄だ。

龍馬は声を弾ませて言った。

「ほいたら、こちらの四人は、かの有名な頼光四天王《らいこうしてんのう》かえ！　源頼光どのと頼光四天王の物語は、日本じゅうで今でも大人気じゃ。おお、何ともすごいことぜよ。こがな英雄らとじかに会える日が来るとはのう！」

龍馬は四人の武者たちに目を向けた。四人はいずれも齢《よわい》三十ほどの男盛りと見える。烏《え》帽子《ぼし》をきっちりかぶっているのが、頼光同様いかにも古風だ。

四天王筆頭の美男子は、慇懃《いんぎん》な態度で頭を下げた。腰には、品のよい拵《こしらえ》の太刀を佩《は》いている。

「渡辺綱《わたなべのつな》と申します。嵯峨源氏《さがげんじ》の末流に連なる者です」

力士のようにどっしりとした体躯《たいく》の武者は、奴袴《ぬばかま》を身につけるばかりで、肉厚な上半身を剥《む》き出しにしている。その肉体こそが武器なのだ。

「坂田金時《さかたのきんとき》だ！　足柄山《あしがらやま》の金太郎とは、幼き日の俺のことよ！」

四人の中でひときわ背が高く、おそらく七尺（約二百十二センチ）ほどもありそうな武者は、その身の丈に合う巨大な薙刀《なぎなた》を携えている。

「碓井貞光《うすいさだみつ》」

弓を手にし、矢筒を背負った細身の武者が、冷たく感じるほどの静かなまなざしで龍馬たちを見据えた。

「卜部季武《うらべのすえたけ》です」

頼光は龍馬たちに問うた。

「して、おぬしらはいずこから来た？　見たこともないいでたちをしておるのう。遠い異郷から来たか、はたまた、はるか後の世の者か」

「わしらの故郷は土佐じゃ。ただし、頼光どのより九百年ばぁ後の世の土佐ぜよ。やき、髪も着物もこがなふうなんじゃ。礼を失した格好に見えるかもしれんけんど、そのへんは堪忍しとうせ」

「なるほど、承知した。しかし、九百年とな。かように長い時が過ぎたというのか。おお、そうじゃ。そちらの御仁《ごじん》は、あいさつがまだであったな。名乗ってくれぬか？」

慎太郎はまだ驚きの中にいるらしく、何となく落ち着きのない声で名乗った。

「中岡慎太郎と申します。龍馬の言うとおり、土佐の者です」

龍馬は、うつむきがちな慎太郎の肩を抱き、頼光たちにその顔を向けさせた。

「慎太郎さんも日頃はもっと威勢のえい男やけんど、急な成り行きで戸惑っちゅう。おっつけ打ち解けるきに、よろしゅう頼むぜよ。ところで、なぜ大江山に頼光どのの屋敷があるがか？　頼光どのの郷里は摂津国多田《せっつのくにただ》で、屋敷は京にあったと聞いちゅうけんど」

頼光は答えた。

「そうさなあ、せっかくなら、京の屋敷で宴《うたげ》を開き、摂津より酒肴《しゅこう》を取り寄せて、盛大に迎えてやりたかったのだが。この大江山の鬼屋敷はな、儂《わし》の力ではいかんともできんのだ。囚《とら》われておるのよ」

「鬼屋敷？　囚われちゅうたぁ一体……」

「わからぬか？」

頼光は寝殿《しんでん》のほうを指差した。古風な造りの寝殿には、障子《しょうじ》や襖《ふすま》といったものがない。開け放たれた蔀《しとみ》の下には、簾《すだれ》が掛けられている。

ありもしない風に、簾がぶわりと揺れた。

その瞬間、龍馬はぎょっとして声を上げた。

「うぉっ……！」

簾の隙間から目玉がのぞいていた。ぎらぎらと光る異様に大きな目玉が、上から下までびっしりと連なって、こちらをうかがっているのだ。

友姫が龍馬の背中に抱きついた。

「い、いやっ！　ああいうのは苦手なのよ！」

慎太郎は蒼白《そうはく》な顔でまばたきを繰り返している。

しかし頼光は飄々《ひょうひょう》として笑っていた。四天王《してんのう》も平然としている。

「そう驚かずともよい。おぬしらが訪れておる間は寝殿《しんでん》から出ぬよう、あやつらと約を交わしておる。ああ見えて、それなりに話のわかる連中なのだ」

「あ、あやつら？　あれは、何ながか？」

龍馬の問いに、頼光は両手の人差し指を額のあたりで立ててみせた。

「大江山の酒呑童子を筆頭に、鬼の眷属《けんぞく》や物《もの》の怪《け》、異形《いぎょう》の類《たぐい》がひしめいておるのよ。儂《わし》が死んだのをこれ幸いと、群がってきおった。以来、儂らはずっと、あの連中と過ごしておるわけじゃ。もはや儂らも、人より物の怪に近いのやもしれぬ」

寝殿の中から、地を這《は》うような呻《うめ》き声が聞こえてきた。何と言っているのか、しかとは聞き取れない。

だが、鬼や物の怪が一斉に頼光に抗議したのは、龍馬にも何となくわかった。

「あの連中にも何ぞ言い分があるみたいじゃな」

龍馬がつぶやくと、友姫がまだ震えながら応じた。

「よ、頼光は人であって我らの憎むべき敵だ、一緒にするな、ですって。凄《すさ》まじい怨嗟《えんさ》の声だわ……」

うむ、と頼光はうなずいて苦笑した。

「幾百年が過ぎ、どれほど刃《やいば》を交え、あるいはどれほど話を聞いてやろうとも、連中の恨みは晴れぬようでな。殊に酒呑童子は強情だ。ま、無理からぬことよ。毒の酒で酔わされた挙句《あげく》、身じろぎひとつできずに首を刎《は》ねられたとあっては、格好もつかぬゆえに」

のう、と頼光は己《おのれ》の腰の太刀に笑みを向けた。

龍馬は思わず、太刀に飛びついて頬ずりしそうな勢いで、頼光の前にひざまずいた。

「もしや、この太刀が、あの童子切安綱《どうじぎりやすつな》ながか！　酒呑童子の首を刎ねるときに使《つこ》うた、頼光どのの愛刀の童子切安綱！」

頼光は太刀の柄頭《つかがしら》を優しく撫《な》でた。

「さよう。これが儂の相棒だ。酒呑童子を斬ったゆえ、童子切と号することとした。おぬし、儂らのことだけでなく、太刀のことまで知っておるとは」

「当然じゃ！　わしゃあ子供の頃から刀が好きで好きで、高知城下の刀鍛冶《かたなかじ》のもとに通っては、刀を打つがを見物したり、刀の目利きの仕方を教わったり、刀にまつわる伝説を聞かせてもろうたりしよったがやき！」

「ならば、童子切を見てみたかろう？」

「見たいぜよ！　拝ませとうせ！」

友姫は呆《あき》れて笑った。

「龍馬ったら、相変わらずなのね。本当に、刀には目がないんだから。刃物なんて、どれも同じように見えるけれど」

その何気ない一言が、刀好きの武者たちに火をつけた。

「まったく違うちや！　一振一振にそれぞれの持ち味があるぜよ！」

龍馬の訴えに、頼光も四天王《してんのう》も深くうなずいた。

友姫は唇を尖《とが》らせた。

「持ち味だなんて言われても、わたしは刀をよく見たこともないんですもの」

「お守り刀の短刀なら、おなごでも持っちゅうろう？」

「持ってはいたけれど、鞘《さや》から抜くなと固く言いつけられていたの。お手入れも、兄上さまがやってくださっていたわ」

「おぉの、山内家のお守り刀といやぁ、きっと素晴らしい名刀やったはずじゃ。見たこともないらぁて、まっこと、もったいないぜよ」

「今さらそんなこと言われても、どうしようもないでしょ？　だいたい、わたしのように姫として育てられたおなごは、箸や筆より重いものを持つことだって、そうそうないのよ。ましてや刀だなんて」

龍馬は肩を落とすと、頼光に問うた。

「ちっくとわしの刀を抜くけんど、かまんかえ？」

「かまわぬぞ」

頼光はにこやかに応じた。

龍馬は腰の刀を鞘ごと抜いて、どかりとあぐらをかいた。ゆっくりと鞘を払う。

「友姫さま、わしの刀を紹介するぜよ。陸奥守吉行《よしゆき》じゃ。元禄の頃、陸奥国《むつのくに》生まれの吉行ちゅう刀鍛冶《かたなかじ》がおってな、大坂で修業して腕前が認められ、土佐に招かれた。わしの刀は、その吉行が高知城下で打った一振じゃ」

龍馬は、愛刀を目の高さに掲げた。友姫は龍馬の傍らにしゃがみ込んで、じっと陸奥守吉行の刀身《とうしん》を見つめる。

「きらきらしているわ。鏡のように輝いているものなのね。上等な刀なの？」

「吉行は、土佐じゃあ名の知れた刀鍛冶ぜよ。吉行が手掛けた刀の中でも、この一振は逸品やち思う。刃の寸法は二尺二寸（約六十七センチ）で、ようある長さやき、持ち回りやすい。ふっくらした形の小さめの鋒《きっさき》が上品で、わしはそこも気に入っちゅう」

「ふぅん。あら、うまく光にかざすと、模様がくっきり見えるのね。刃に沿って、帯のように連なる模様。けっこうきれいね」

「刃文《はもん》じゃな。刃のほうの白くなっちゅうところと、深い色をした地鉄《じがね》の境目に、小《こん》まい砂粒みたいなきらきらが、丁子《ちょうじ》の花の形を描いて、びっしり連なっちゅう。大ざっぱに言やあ乱刃《みだれば》で、細かい言い方をすりゃあ、拳形《こぶしがた》丁子がきれいに並んで、小沸出来《こにえでき》で匂口《においぐち》が締まって明るい、ちゅうところかのう。華やかで、えいじゃろ？」

友姫は小首をかしげた。

「華やか？　なのかしら？　よくわからないわ」

龍馬はがっくりとうなだれた。

「この刃文《はもん》の華やかさを感じんかえ……」

すぐ後ろから陸奥守吉行をのぞき込んでいた頼光が、笑いながら龍馬の肩を叩《たた》いた。

「落ち込むでない。刀の魅力というのは、案外、世間にはわかってもらえぬものよ」

「悲しいのう」

慎太郎はそろそろ緊張や驚きから脱して、日頃の冷静さを取り戻したらしい。ぐるりと皆を見渡して言った。

「話を先に進めても、えいでしょうか？　おれらがここに来たがは、戦うためです。おれには、何としても叶《かな》えたい望みがある。新政府には、おれと龍馬がなくてはならん。早《はよ》う戻らんとならんがです。このままうかうかと時を過ごしてなどいられません」

友姫は立ち上がり、長い袖の埃《ほこり》を払った。

「そうね。始めましょう。わたしがアマテラスさまやスサノオさまに代わって、戦いの差配をいたします。よろしいかしら？」

友姫は、皆がうなずくのを確かめて、声高らかに宣言した。

「では、〈ヨモツタメシ〉の一つ目の苦難、これより開戦といたします！」

＊

頼光は、一対一での戦いを提案した。

「まず、儂《わし》の四人の家臣らのうち一人を選んでくれ。おぬしらのうち一人はその者と戦い、もう一人は儂と戦う。家臣らは誰が選ばれても一蓮托生《いちれんたくしょう》だ。勝ち負けも命運もともにする。二戦し、勝った者が次へと駒を進める」

「勝った者が次へ、ちゅうことは、仮にわしや慎太郎さんが負けてしもうたら、〈ヨモツタメシ〉に挑むがは頼光どのや四天王《してんのう》が引き継ぐことになるがかえ？」

「さよう」

「なるほど、了解じゃ」

おれもです、と応じた慎太郎は、龍馬に告げた。

「頼光さまとの戦いはおまんに譲る。童子切をじっくり見せてもらいや。おれが先に四天王と戦う。確かめたいことがあるき」

「おう、わかった！　慎太郎さん、誰と戦うが？」

「渡辺綱さま」

慎太郎は迷いもなく言い切った。

名指しを受けた綱は、切れ長の目をしばたたいた。

「私でよろしゅうございますか？　私は腕が立ちますよ？」

龍馬はつい笑ってしまった。

「すがすがしいほどの自信じゃのう」

慎太郎は眉間にしわを刻んでいる。

「自信家ながは、おまんも似たようなもんじゃぞ、龍馬」

「ほうかえ？　けんど、ほんまに渡辺綱どのを選ぶんじゃな？」

「ああ。藤吉やったら、同じ相撲《すもう》取りの金太郎、坂田金時さまとの取り組みを望んだろう。けんど、おれには、金時さまとやり合うだけの膂力《りょりょく》がない。おれが持っちゅうがは知恵と策略じゃ」

「策略か。慎太郎さん、勝ち筋が見えちゅうがか？」

龍馬の問いに、慎太郎はうっすら微笑《ほほえ》んだ。

友姫が手を叩《たた》いて言った。

「では、初戦が慎太郎と渡辺綱、次戦が龍馬と源頼光ね。こたびの勝負は、日像鏡《ヒガタノカガミ》を通して、アマテラスさまとスサノオさまもご覧になっているわ。心して戦ってちょうだい」

頼光が一同を見渡し、説明を補った。

「勝敗の決し方だが、儂《わし》のほうからスサノオさまに確認をとった。勝利の条件は、相手に落命同然の傷を負わせるか、相手に負けを認めさせることだ。この鬼屋敷においては、門から出た場合も負けとみなす。そういう取り決めで、否やはないな？」

異形《いぎょう》狩りの武者にひたと見据えられ、龍馬はおのずと背筋が伸びた。

「おう。承知したぜよ！」

友姫が手鏡を見ながら采配《さいはい》を振った。

「では、さっそく初戦とまいりましょう。スサノオさまが待ちかねておいでです。慎太郎と綱、前へ」

名を呼ばれた慎太郎と綱が、友姫の言葉に従い、庭の中央へ進み出た。

「頑張りや、慎太郎さん！」

龍馬の声援に、慎太郎は軽く手を振ってみせた。いくぶん硬い顔つきだが、落ち着いてはいるようだ。

綱のほうも、四天王《してんのう》の仲間たちから激励を受けている。四人は特に気負った様子もない。時を超えて名を馳《は》せる英雄たちである。どこの馬の骨ともわからない男に綱が負けるなどとは、微塵《みじん》も思い描いていないのだろう。

友姫は龍馬の袖を引いた。

「慎太郎は剣の腕に自信がないと言っていたわよね？」

「道場での稽古なら、わしのほうがずいぶん強いぜよ」

「そうよね。なのに、四天王で最も強いといわれる渡辺綱を名指しするなんて」

「きっと策があるんじゃ。慎太郎さんの実戦での度胸のよさはお墨つきぜよ。慎太郎さんは土佐を脱藩してからずっと長州藩と歩みをともにして、蛤御門《はまぐりごもん》の変に長州征伐、下関戦争と、負け戦《いくさ》の軍中に身を置きながら、見事に生き抜いてきたがやき」

慎太郎の刀は、長州打の「源清麿《みなもときよまろ》」だ。

清麿は十年余り前まで生きていた天才刀工である。極めつきの変わり者だったらしい。江戸からふらりと行方をくらまし、旅に出て、一時は長州に身を寄せていた。

長州打の清麿は、作刀数の少なさもあって、とんでもなく値が張る。本来なら、脱藩の身の慎太郎が手にできる代物ではない。

清麿の刀を誰から贈られたのか、龍馬がしつこく問うても、慎太郎は答えてくれない。贈り主は、気軽に名を挙げられないほどの人物なのだろう。慎太郎は長州藩の懐深くまで入り込んでいる。その証《あかし》が、長州打の清麿の刀なのだ。

慎太郎が帯びている短刀もまた、途方もない名品である。応永《おうえい》の頃、すなわち今から四百五十年ほど前の古刀で、山城《やましろ》の刀工、信国《のぶくに》の作との極めがついているという。

こちらは、慎太郎の腹心ともいえる土佐藩出身の同志、田中光顕《たなかみつあき》から譲り受けたらしい。近江屋のあの夜も、慎太郎はこの信国の短刀を懐に入れていたはずだ。

慎太郎は空を仰ぎ、つらそうに目を細めた。

「まぶしゅうてかなわんぜよ。このところは真っ昼間に往来を歩くことも少なかったき、目にこたえる。綱さまは、まぶしゅうないがですか？」

綱は、白く秀麗な顔に笑みを浮かべた。

「私のことはおかまいなく。あなたが望むのであれば、この場を暗くしましょうか」

慎太郎も笑みをこしらえた。丸顔の慎太郎は、笑うとどこか子供っぽい印象になって、相手に親しみを抱かせる。

「ほいたら、夜の闇を」

「かまいませんよ」

綱は、寝殿《しんでん》のほうを見やった。綱の目配せを受けると、簾《すだれ》が揺れ、ニタニタ嗤《わら》う異形《いぎょう》の目玉たちがのぞいた。まばたきをする様子は、うなずいているようにも見えた
その途端、宵闇《よいやみ》があたりを包んだ。ひとりでに篝火《かがりび》が焚《た》かれ、松脂《まつやに》の燃えるにおいがつんと鼻を刺す。異形どもの力で夜の情景を呼び寄せたらしい。

「では、始めましょうか」

綱は涼しい顔をして、太刀を抜いた。

慎太郎も、清麿の刀を抜き放った。

「いざ！」

＊

綱の太刀はずいぶんと長い。大きく反った姿は、いかにも古風で優雅だ。小さな鋒《きっさき》にかけてほっそりとしているのがまた、上品で美しい。

龍馬は思わず身を乗り出した。

「もしかして、あの太刀は鬼切丸《おにきりまる》ながか？」

頼光はうなずいた。

「さよう。源氏の重宝《じゅうほう》、鬼切丸だ。儂《わし》の気に入りの太刀の一つよ。綱にあの太刀を貸しておった折、綱が鬼に襲われてのう。綱はあの太刀で鬼の腕を切り落として、難を逃れた。それ以来、あの太刀は鬼切丸という名で知られるようになった」

「腕を切られた鬼は、茨木童子《いばらきどうじ》とも宇治《うじ》の橋姫《はしひめ》ともいわれちゅうのう」

「詳しいものだな。しかし、無駄口を叩《たた》いておる場合ではあるまい。おぬしの友は押され気味であるぞ」

頼光は指差した。

慎太郎と綱が切り結んでいる。闇に燃える篝火《かがりび》を受け、剣光がひらめく。

「どうしましたか、後の世の武者よ」

綱は涼やかにせせら笑った。息を乱してもいない。

慎太郎は無言のまま、じっと目を見開いている。唸《うな》りを上げて襲い来る斬撃を、どうにか見極めようとしているらしい。

綱は言葉を重ねる。

「反撃してはいかがです？　何と手応えのないことか」

細身の体つきをした綱だが、その実、膂力《りょりょく》に優れているらしい。太刀の長さと重さをものともせず、軽やかに振るっている。

しかも、綱はまだ本気を出してはいない。一太刀、また一太刀と繰り出される攻撃は、慎太郎の力量を測っているかのようだ。

「ほら、うかうかしていると、その腕が刎《は》ね飛びますよ」

慎太郎は相変わらず防戦一方だ。挑発されても、反撃できずにいる。

五合《ごごう》、十合と打ち合っているうちに、慎太郎の劣勢はより明白になっていく。慎太郎はじりじりと後退し、椿《つばき》の木立のほうへと追い詰められていった。

「遠慮せずともよいのですよ。かかってこないのですか？」

綱の口調に、そろそろ苛立《いらだ》ちが混じり始めた。

一太刀、ひときわ鋭い斬撃が慎太郎を襲う。

慎太郎は危ういところを躱《かわ》した。羽織の裾が切り裂かれる。体勢が傾く。

次の瞬間、慎太郎は初めて攻撃に転じた。

踏ん張りの利かない体勢から、すくい上げるような刺突を放ったのだ。

「えいッ！」

綱は悠然《ゆうぜん》と躱《かわ》した。

その隙に慎太郎は、すぐ背後にある椿《つばき》の木立へと駆け込んだ。

「に、逃げた？」

予想外の動きだったらしい。思わずといった様子で、綱は棒立ちになった。

木立の奥から慎太郎の声が聞こえた。

「羅生門《らしょうもん》にて鬼が待つ！」

綱は目を細めた。

「おや。あなたが鬼の役を務める、と？　退治されたいというわけでしょうか？」

龍馬はにんまりした。

「策士じゃのう。慎太郎さんは一対一での立ち合いこそ苦手やけんど、混戦のさなかを逃げ延びたり、身を隠しながら戦ったりするがは得意やき」

ほう、と頼光はおもしろがる様子の声を上げた。

「物語が動き出した、か。後の世の策士どのは、綱を羅生門に誘い込んで、どうするつもりなのか。この戦い、勝敗が読めぬな」

綱は吐き捨てるように言った。

「こざかしい！　鬼め、どこへ隠れようと、すぐに狩ってみせますよ」

そして身をひるがえすと、椿の木立に駆け込んでいった。

＊

慎太郎は仕掛けを終え、つぶやいた。

「これは賭けじゃ。大博打《おおばくち》じゃな。物語がおれに味方するか、否か。この賭けに勝てるかどうかで、おれの命運が決まる」

椿の木立の中には小道が敷かれていた。散策しながら歌を詠《よ》むには十分な幅の小道だが、太刀の間合いとしては狭すぎる。

暗い。

鬱蒼《うっそう》とした葉の隙間に、木立の外の篝火《かがりび》の明かりが、かすかにのぞける。

だが、慎太郎には十分だった。慎太郎は夜目《よめ》が利く。

綱が歩を進めてきたとき、慎太郎はすでに身を隠していた。気配を殺し、息を詰めて、綱の様子をうかがう。

「このあたりか？　不穏なにおいがする」

足を止めた綱は、周囲を見渡した。

慎太郎は、高鳴る鼓動をなだめながら、じっと機を待つ。

まったくもって、とんでもない戦いだ。源頼光も四天王《してんのう》も、かつて見た本の挿絵か芝居の役者絵のような姿で、慎太郎たちの目の前に立ち現れた。

困惑は尽きない。しかし、振り回されたままでなどいられない。

英雄物語の中に放り込まれてしまった。

渡辺綱とこうして相まみえたのが少年の頃でなくてよかった、と慎太郎は思う。

維新を志して奔走する間に、慎太郎は変わった。この手は、人を傷つけることを覚えた。この胸は、人を裏切る薄汚さに耐えられるようになった。

目的を遂げるためなら、何だってできるのだ。

やき、渡辺綱よ、おれはおんしを罠《わな》にかけちゃる。かつて憧れた英雄でさえ、醒《さ》めた心で、侮辱して打ち倒すことができるんじゃ。

綱は、そろそろ業《ごう》を煮《に》やしているようだ。苛立《いらだ》ちを隠さず、木立をぐるりと睨《にら》んだ。

「どこです？」

だらりと腕を垂らした構えをとっている。手練《てだ》れなのだ。仮に奇襲を受けたとて、この構えから十分に対応できる。その自信のほどがうかがえる。

慎太郎は、なおも機を待っている。我慢比べも辞さないつもりだ。綱がもっと苛立ち、焦り、疑い、みずから動いてくれるまで。

綱はまだ慎太郎の居所に気づかない。いい兆《きざ》しだ。もしもこのまま慎太郎の賭けが勝ちと出るなら、綱はその場面まで頭上の慎太郎のほうを見ないはず。

……ぱさっ……。

かすかな音がした。

思わず慎太郎は息を詰めた。

綱がさっと振り向いた。

それは、椿《つばき》の花が落ちた音だった。今しがた綱が踏んだ小道の上に、赤い椿が転がっている。「何だ」と拍子抜けしたように、綱がつぶやいた。

今だ、と慎太郎は直感した。仕掛けていた紐《ひも》を引いた。紐の先の枝が折れ、引っ掛けていたものが落ちる。

がさり。

花の落ちる音よりも、ずっとはっきりした音が立った。

「そこだ！」

振り向いた綱は、すかさず地を蹴った。

がさりと鳴って落ちたものは、慎太郎の黒い羽織だ。綱は違《たが》うことなく、羽織めがけて太刀を繰り出す。否、繰り出そうとして、はっと気づいた顔をした。

……かかった！　綱の表情に、慎太郎はぐっと奥歯を噛《か》み締めた。

綱の視界には、きらりと光るものが映ったはずだ。それは刃の輝きである。慎太郎の愛刀、清麿だ。低い藪椿《やぶつばき》の陰から切っ先のあたりだけ突き出している。

「こしゃくな！　羽織は囮《おとり》か！」

綱は、猫のように俊敏に体勢を切り替えた。

……来い。あと少しじゃ、おれの真下まで来い。

樹上の慎太郎は、真の囮である刀と、そこへ誘い込まれてくる綱を見下ろしている。

綱はなおも気づかない。

「せぁっ！」

鬼切りの太刀を一閃《いっせん》する。

鬼切丸のもとの名は、髭切《ひげきり》という。

試し斬りのために罪人の首を斬ったとき、長く伸びた髭までもが、すぱりと切れた。その切れ味を称《たた》えて、髭切と名づけられたのだ。

藪椿の葉は、鬼切丸の刃に触れただけで断たれた。幹もあっさり切り倒された。

そこに慎太郎はいない。

枝に引っ掛けられていた刀が、支えを失って地に落ちた。

「やあぁぁぁっ！」

綱の頭上の枝から、慎太郎は勢いをつけて飛び降りた。左手を綱の頭へと伸ばす。

「なっ……！」

目が合った。綱の激しい狼狽《ろうばい》が伝わってきた。

「もらうぜよ！」

兜《かぶと》を目深《まぶか》にかぶっているのであれば、素手で頭を狙われたとて、綱は慌てなかっただろう。面頬までつけた兜は、そうたやすく敵に奪われるものではない。

だが、今、綱がかぶっているのは烏帽子《えぼし》である。

「や、やめ……っ！」

綱はとっさに烏帽子を左手で押さえた。烏帽子や冠を人前で脱ぐことなど、高貴な家柄の武士にとって、あってはならない恥だ。

右手の太刀を振るう間はなかった。左手は烏帽子《えぼし》のためにふさがった。

慎太郎が逆手に持った短刀を、綱はぎりぎりのところで躱《かわ》した。その背中が椿《つばき》の木にぶつかる。慎太郎はさらに一歩、綱に迫った。

「おれの勝ちじゃ」

綱の喉元に短刀を突きつける。

「ふ、甘い。脅しただけで……」

勝ったつもりか、とでも続けるつもりだったのだろうか。その頬に、からかうような笑みが浮かんでいる。

皆まで言わせなかった。慎太郎は容赦なく、綱の喉首を短刀で切り裂いた。

鮮血が噴き出した。

「舐《な》めなや。おれは詰めをしくじらん」

綱は喉首の傷を手のひらで押さえた。手甲《てっこう》がたちまち血に染まった。

「……まったく。頭上から飛び降りてきて頭を狙うなんて、羅生門の鬼のようなことを」

「卑劣とでも何とでも言いや。勝てるんなら、おれは鬼の真似でもする。ここで足を止めるわけにはいかんきに」

「美しくはありませんが、まあ見事ですね。あなたの戦い方、案外、嫌いではないな」

綱は苦しそうに息をついた。ひゅう、と喉が鳴った。うっすら開いた口の端から、たらりと鮮血があふれる。たちまち蒼白《そうはく》になっていく美貌に真っ赤な血が映え、異様な迫力を帯びていた。

「おれの勝ちじゃ」

繰り返した慎太郎は、刃の血を拭い、短刀を鞘《さや》に納めた。

＊

龍馬は、じっと目を凝らし、耳を澄まして待っていた。

「どがな戦いをしゆうがか……」

友姫は龍馬の顔をのぞき込んだ。

「慎太郎のことが心配？」

「心配は心配じゃな。不安とはちっくと違うけんど」

そして黙り込んだ。そのままどれくらい待っただろうか。

頼光はすでに待つことをやめ、庭の真ん中で瞑想《めいそう》をしている。自身の戦いに備えているのだ。もうじき戦わねばならない龍馬も同じようにすべきなのかもしれないが。

突如、椿《つばき》の木立の奥から剣戟《けんげき》の気配が伝わってきた。短くも激しい闘志の応酬と、何かを斬った音、そして、苦痛に呻《うめ》くような声。

金時が、がくりと膝をついた。

「な、何？　まさか、綱のやつ……」

時を同じくして、巨漢の貞光が喉を押さえてあえいだ。季武は弓を取り落とし、いきなり口から鮮血をあふれさせた。

龍馬は思わず、近くにいた金時に手を差し伸べた。

「急にどういた？　大丈夫かえ？」

金時は龍馬の手を借りようともせず、椿の木立の奥を睨《にら》んだ。食い縛った歯の間から、唸《うな》るように言う。

「勝負がついた。くそ、なぜだ？　なぜ綱ほどの者が、あんな非力な男に敗れる？」

「慎太郎さんが勝ったがか！」

龍馬は、ぱっと駆け出した。

「ま、待って、龍馬！　わたしも行くから！」

友姫がついてくる後ろに、よろめきながら金時と貞光と季武も続く。頼光だけは、相変わらず庭の真ん中で瞑目していた。

足を踏み入れてみると、椿の木立は思いのほか深かった。

大木と呼んでよいほどの椿《つばき》が伸びやかに枝を広げ、赤や白の花をつけている。艶のある葉は緑の色が濃い。

決着の場は、小道をいくらか行ったあたりにあった。

ちょうど慎太郎が短刀を鞘《さや》に納めたところだった。綱は椿の木に背を預け、喉元を血で染めて、蒼白《そうはく》な顔をしている。

追いついてきた四天王《してんのう》の三人に、慎太郎は言った。

「おれの勝ちです」

慎太郎が一歩脇によけると、三人は綱に駆け寄った。剛力の貞光が綱を抱き寄せ、季武が口元の血を拭ってやる。

金時は慎太郎を睨《にら》みつけて呻《うめ》いた。

「おぬしなんぞが、どうやって綱を打ち負かした？」

慎太郎は長々と息を吐いた。興奮を鎮めるためだろう。それから、金時の問いに答えた。

「鬼屋敷の話を聞いて、策を思いつきました。おまさんらは逸話や物語に強く縛られちゅうみたいですき、それを利用したまでです」

「逸話や、物語だと？」

「はい。そもそも、おまさんらは歴史と物語の狭間《はざま》におる人々じゃ。物語の舞台を用意されりゃあ、場面の流れから外れたことはできんがでしょう。おれは、渡辺綱さまの鬼退治の物語に引っ掛けて、罠《わな》を張りました。壬生狂言《みぶきょうげん》の『羅生門』です」

壬生狂言の『羅生門』では、鎧兜《よろいかぶと》で身を固めた綱が、朱雀大路《すざくおおじ》の南端にある羅生門で、茨木童子の奇襲を受ける。茨木童子は綱の兜をめがけて、頭上から飛びかかるのだ。

龍馬も京にいた頃に、おりょうに案内されて、その演目を観に行った。

「あの狂言では、綱どのは頼光どのに命じられて、夜の真っ暗な中をただ一騎で、朱雀大路の南の端にある羅生門まで行くんじゃ。羅生門には鬼が出るちゅう噂《うわさ》があるき、暗《くろ》うなったら誰も近づかん場所じゃった」

慎太郎が続きを語る。

「羅生門には、茨木童子ちゅう鬼がおったがです。茨木童子は天井に張りついて隠れて、綱どのの様子をうかがっちょった。そして、綱どのの隙を突いて上から飛びかかり、兜につかみかかった」

金時は、はっとしたように、自分の烏帽子《えぼし》を押さえた。

「おぬし、まさか、綱の烏帽子を狙ったのか」

「はい」

「都の武者である俺たちにとって、人前で烏帽子や兜を奪われることは、裸に剥《む》かれることよりもひどい辱《はずかし》めだと知ってのことだな？」

「もちろんです。綱さまも、狂言と同じように兜をかぶっちょったら、たやすくは奪われたり壊されたりはしませんき、冷静でいられたでしょう。けんど、兜《かぶと》より無防備な烏帽子《えぼし》では、つかみかかられて恐ろしゅうなったんでしょうね。そこに隙ができました」

龍馬は嘆息して慎太郎に尋ねた。

「綱どのと戦うことを選んだがは、その策のためか？」

「ああ。さっきも言うたとおり、坂田金時さまとの相撲《すもう》じゃあ、おれに勝ち目はない。碓井貞光さまと卜部季武さまは、綱さまより物語が少ないき、どがなお人ながか、ようわからん。渡辺綱さまはその点、罠《わな》が張りやすかった」

金時は鼻を鳴らした。

「策士め！」

慎太郎はうっすらと笑った。

「ものを知らんかったら、土佐の田舎者と侮《あなど》られますき。学問だけやのうて、聞いた噂《うわさ》、観た芝居、流行《はや》り唄《うた》でもお座敷遊びの囃子詞《はやしことば》でも、何でも覚えて、食らって糧《かて》にする。生まれの卑しいおれや、郷士《ごうし》に過ぎん龍馬の武器は、ほがな力です」

「大したもんだ。くそ、そのぺらぺらとよく動く口を封じてやろうか！　この拳でな！」

金時が勢いよく吠《ほ》え、季武が同意するように立ち上がった。

だが、そこまでだった。

綱が目を上げた。何かを訴えるようなまなざしが、龍馬と慎太郎の間をさまよった。と思うと、その姿が変じた。

きらきらと輝く、あまたの塵芥《ちりあくた》。

綱がいたはずのそこには、光の塵芥が寄り集まっていた。

それもまた刹那《せつな》のこと。

「綱……？」

貞光が呆然《ぼうぜん》とつぶやいたときには、あるかなきかの風に乗って、塵芥は散り始めていた。

綱ひとりだけではなかった。

金時が、貞光が、季武が、あっという顔をして己《おのれ》の体を見下ろした。次の瞬間、三人の姿もまた、きらきらとした塵芥と化していた。

頼光が取り決め、宣言したとおりのことだ。四天王《してんのう》は一蓮托生《いちれんたくしょう》、勝ち負けも命運もともにする、と。

四天王であったはずの塵芥は、少しの間、ふんわりとそこらを漂っていた。それから次第に、溶けるように消えていった。

龍馬は、塵芥がすっかり見えなくなってしまうまで、身じろぎもできずにいた。うつし世をとうに離れた身である友姫さえも、龍馬の袖をつかんだまま固まっていた。

「今のが、魂が消えるちゅうことながか」

美しくも恐ろしい情景だった。

龍馬がまず思ったのは、藤吉を無理やり連れてこなくてよかった、ということだ。もしも万が一、あんなふうに藤吉が消えていくところを目にしてしまったら、どれほど悔やんだことだろう。

「魂の消滅……本当に、姿かたちまで何もかも、消え失せてしまうだなんて……」

友姫のささやきは震えていた。

輝く塵芥《ちりあくた》が消え去ると、椿《つばき》の木立を満たす闇がいっそう深くなったように感じられた。

龍馬の背中に、慎太郎の声がぶつけられた。

「余計なことを考えなや、龍馬。おれらにはやるべきことがある。なんとしても、うつし世に戻って、新政府の樹立を成し遂げにゃあならん。そのためには、この〈ヨモツタメシ〉で戦って勝つしかないんじゃ。戦う相手への恐怖や同情、憧れは捨てろ」

ぶっきらぼうで冷静な声音からは、慎太郎の覚悟が伝わってくる。

水から上がったばかりの犬のように、龍馬はぶるっと頭を振った。

「わかっちゅう。心配ないぜよ」

ことさら明るい声で応じ、笑ってみせた。

＊

木立を出て庭に戻ると、頼光が静かなたたずまいで龍馬たちを迎えた。

頼光は確かめる口調で尋ねた。

「綱と金時と貞光と季武は、もう戻らぬのだな？」

慎太郎が頼光の目をまっすぐ見据えて答えた。

「戻りません。魂ごと消えてしまいました。おれが勝ちましたきに」

「そうか。ならば、おぬしは家臣らの仇《かたき》であり、恩人でもあるということになるな」

「恩人？」

問い返す声は、龍馬と慎太郎、二人ぶんが重なっていた。

頼光はその問いに答えず、童子切安綱の鞘《さや》を払った。

「では、坂本龍馬、スサノオさまに認められし武者よ。儂《わし》らも始めようぞ」

篝火《かがりび》が童子切の刀身《とうしん》をあでやかに照らし出す。

童子切安綱は古い太刀だ。

これより古い刀剣となると、大陸から伝わった形そのままの直刀がほとんどである。

日本の刀剣に特有の優雅な反りは、安綱という刀工の頃にようやく完成されたといわれている。

その名工安綱が打った中で、最も美しく強く有名な太刀が、童子切安綱である。

童子切の小乱《こみだ》れの刃文《はもん》に目を奪われながら、龍馬はごくりと唾《つば》を呑《の》んだ。

「前置きは不要ちゅうことかえ」

陸奥守吉行を抜き放ち、構える。

頼光もまた童子切を構えた。切っ先でゆるゆると小さな円を描いて、龍馬の間合いを測っている。

「先ほども見せてもろうたが、後の世の刀は実におもしろき姿をしておる。反りが浅く、短く、身幅が広い。その体配ゆえに、どっしりして見えるな。凝った刃文も見応えがある」

「この乱刃《みだれば》、かわいらしいろう？」

「まことに。刀というものは、本当に愛《う》い」

びりびりするほどの剣気が真正面から龍馬に吹きつけてくる。

心地よい。

龍馬はそっと笑った。

道場での稽古は、十二かそこらの幼い頃から好きだった。

竹刀《しない》や木刀に礼儀をのせて打ち込むときは、いつも頭の中でごちゃごちゃと鳴り響いているあまたの声が、たちどころに静かになる。その静寂の中に立てば、龍馬は一個の純粋な空白になれる。

実戦の場で真剣を抜いたときは、あの真っ白な静寂は訪れなかった。頭の中に鳴り響く声がいっそうやかましくなって、人を傷つけるな殺すな斬るなと、龍馬を叱りつけたのだ。

だから、龍馬は実戦に弱かった。刀を抜かねばならない場面には、なるたけ出くわしたくなかった。

しかし今、頼光と対峙《たいじ》する龍馬は、あの懐かしい静寂の中にある。

熱を帯びてぴんと張り詰めた空気が心地よい。

「頼光どの」

「何だ？」

「不思議なんじゃ。これから斬り合うちゅうに、ちくとも恐ろしゅうない」

「斬り合いは好かぬか？」

「嫌いじゃ。けんど、戦わにゃあ前に進めん」

「その意気だ。なに、この戦いは〈ヨモツタメシ〉。うつし世の命のやり取りとは、そもそも異なるものよ。恐るるには値せぬ。さあ、やろうか」

「おう。どこからでも来《き》ぃや！」

「ならば、参る！」

頼光が踏み込んでくる。

いくぶん遠い、と感じられる間合いである。が、放たれた斬撃はぐんと伸びた。

違う、伸びたのではない。

「長い……！」

もとより童子切の刀身《とうしん》が長いのだ。しかも、その刀身は反りが深い。弧《こ》を描く斬撃の太刀筋は思いがけないほどに大きく、読みづらい。

龍馬は刀の棟《むね》で受け、勢いを流して捨てる。

「グッ」

思わず呻《うめ》いた。

重い一撃だ。太刀が長いぶんの重みだけでなく、弧を描く動きによってさらに重みが加えられている、といったところか。

龍馬の知るどんな流派の戦型とも似ていない。

だが、未知の剣筋と相対しているのは、頼光のほうも同じだろう。

「そこじゃ！」

頼光の大振りの一撃の隙を突き、龍馬は小手《こて》を狙った刺突を放つ。近い間合いで小回りが利くのは、太刀より短い新刀であればこそだ。

「甘いッ！」

頼光は太刀を打ち下ろす。いかずちのような一撃に、龍馬の腕に痺《しび》れが走る。

「何の！」

返す刀で切り上げながら、間合いを詰める。

二振の刀が甲高い音を立ててぶつかる。鍔《つば》迫《ぜ》り合《あ》い。間近に目と目を見交わす。

食い縛った歯の間から、龍馬は問う。

「おまさんはなぜ戦いゆう？　生き返って叶《かな》えたい望みは何じゃ？」

「それを聞いてどうする？」

「ただ知りたい。言葉にしてもらわにゃあ人とはわかりあえんき、わしはいつでも、誰とでも、話をしたいんじゃ」

ぎらりと輝く刀の向こうで、頼光は飄々《ひょうひょう》と微笑《ほほえ》んだ。

「生き返って叶えたい望み、か。さて、何であろうな？　そもそも、生き返るというのは、一体いかなることであるのか。九百年、と言っておったろう。儂《わし》らとおぬしらの間にある、時の隔たりだ」

頼光が童子切をぐいと押し、振り切った。

その勢いを活かして、両者は互いに跳び離れる。刀を構え直す。

龍馬と頼光のまなざしは、交わったままそらされない。頼光は間合いを測りながら、凪《な》いだ声で語る。

「あまりにも長き時を、儂《わし》はずっとここで過ごしてきた。生きておるのでもなく、かくり世に至ったわけでもない。狭間《はざま》の世のあいまいな中で、ただ、あり続けてきたのだ。こうなってくるとな、やはり儂も化け物よ。もはや、生きるとは何であるのかがわからぬ」

頼光がかすかに首をかしげた。

ぴたりと、一瞬の静寂。

篝火《かがりび》にぎらりと童子切が輝いた。

「はあッ！」

気迫一閃《いっせん》。

凄《すさ》まじい斬撃が龍馬を襲う。

「くッ……！」

斬撃を受け止め、受け流す。すかさず食らいついて反撃する。

頼光は跳びのく。

「ほう、なかなかやる」

「当然じゃ！」

童子切の、大きな弧《こ》を描く斬撃。迎え撃つ龍馬の陸奥守吉行は、己《おのれ》の腕の延長であるかのように、龍馬の意のまま緻密《ちみつ》に動く。

剣技の応酬が続く。息が弾んでくる。疲れてきたはずの体が、むしろ軽い。

いつまでもこうして刀を振るい続けていられそうだ。

高揚して、集中している。それが心地よい。

「ははは っ、頼光どの！」

ぴりりと張り詰めたまま、弾む息の合間に、つい笑ってしまう。

斬撃がぶつかり合う。

幾度目かの鍔《つば》迫《ぜ》り合《あ》い。

相手の目に移り込む己の姿さえのぞき込めるほどの、あまりに近い彼我《ひが》の距離。

頼光が秘密をささやくように言った。

「儂の望みは、転変。それだけよ」

「転変？　移り変わること？」

「さよう。飽きてしもうたのだ。魑魅魍魎《ちみもうりょう》の創りしこの屋敷から出られるなら、何でもよい。儂《わし》が鬼屋敷を脱することができれば、物の怪《もののけ》どもや鬼どもも、この場から離れられよう。儂の望みは、生き返った先にはない。今ここで何かが変われば、それでよい」

力任せに押し合って、ぱっと跳びすさる。

「なるほど。やき、慎太郎さんは四天王《してんのう》の仇《かたき》にして恩人ながか」

魂の消滅という方法ではあったが、慎太郎は確かに綱たちをこの鬼屋敷から解き放った。

「さて、おぬしはどうかな？　儂にとってのおぬしは、何を成す者か」

頼光が童子切を脇構えにした。刀身《とうしん》がすっかり頼光の体に隠れる。そのぶん、頼光自身の守りはがら空きになったかに見える。

来る、と感じた。

決着をつけるための、最も力を込めた一撃だ。

ならば、龍馬も正面から迎え撃つ。

考えるより先に体が動いていた。

「せいッ！」

龍馬は無我夢中で刀を繰り出した。刺突である。

刹那《せつな》の時が、ひどく間延びして感じられた。

すんでのところで、龍馬の体はぴたりと動きを止めた。陸奥守吉行の切っ先は、頼光の喉に触れんばかりのところにある。

頼光もまた、まさに同じ瞬間に動きを止めていた。童子切の刃は、龍馬の胴に触れんばかりのところで止まっている。

龍馬は、陸奥守吉行の切っ先からわずかに目を上げ、頼光を見つめた。

「どういて斬らん？」

頼光は静かに微笑《ほほえ》んだ。

「おぬしこそ」

震えた喉がわずかに切っ先に触れた。柔らかな肌に小さなひっかき傷ができる。

龍馬は愛刀の柄《つか》をきつく握った。わなわなと両腕が震えるほどに力を込めて握った。だが、どうしたことか。わずか一寸（約三センチ）、切っ先を前へ突き出すことができない。

ああ、と龍馬は嘆息した。

「生きちゅう間、昼も夜もなく命を狙われちょった。武器を執るがも仕方ないいち、腹を括《くく》っちょった。けんど、ほんまは嫌やった。嫌で嫌でたまらんかった。やき、今、わしの望みを汲《く》んだこの刀が、これ以上、踏み込ませてくれんがよ。勝たにゃあならんに」

「では、儂が一歩、前に出てみようか。その切っ先を、この喉首で迎えに行こう」

「やめや」

頼光は顎を上げて呵々《かか》と笑った。

「おぬし、生前は、殺されたのであろう？　その甘さが命取りとなった。違うか？」

「まさしく。あの夜、刀を身から離しちょった」

「斬りとうない一心でか？」

「ほうじゃな」

「そして、今なおその甘さを捨てられずにおる」

「ここは、うつし世やない。うつし世よりも正直な自分を引き出されてしまう場じゃ。ほんなら、なおのこと、わしは人を斬れん。薩長の盟約のため、海援隊のため、土佐の立場のため……ほがな理由を、ここでは負っちゃあせんきに」

頼光は、喉元に突きつけられた切っ先を厭《いと》わず、にこやかに幾度もうなずいた。嚙《か》み締めるようなその仕草と、くしゃくしゃにしわを寄せた微笑《ほほえ》みに、穏やかな老爺《ろうや》の素顔が透けて見えた。

「似た者同士かのう。童子切がおぬしを斬ることを嫌がっておる。こやつは破邪《はじゃ》の太刀だ。人を頭からばりばり食ろうてやろうとたくらむ化け物ならば喜んで斬るが、さもなくば、ただ美しい宝刀に過ぎぬのよ」

「これでは勝負がつかんにゃあ」

頼光は微笑んでかぶりを振った。

「いや、勝負あった。おぬしの勝ちだ」

「わしの勝ち？」

「互いに寸止めしなければ、儂《わし》は喉を裂かれて確実に死んでおったろう。おぬしは腹を裂かれたであろうが、死に至る傷になったとも限らん。たちどころに倒れるのは、儂ひとりだったはずだ。儂はもうよい。満足した。龍馬、おぬしの勝ちよ」

龍馬は笑った。

「わしの勝ちか！」

しゃんと立っていたかったが、膝が震えた。張り詰めていたものが緩んだ龍馬は、笑いながらひっくり返り、大の字になって夜空を仰いだ。

星がまたたいていた。

＊

駆け寄ってきた友姫は、身を起こした龍馬に抱きつきそうな勢いだった。

「すごい！　龍馬、ずいぶん強いのね！」

友姫は頬を紅潮させ、目を輝かせている。

昔の龍馬は、友姫のこんな顔を見たくて、背伸びをして格好をつけようとしたものだった。

龍馬は照れくさくなって、頬を掻《か》いてごまかした。

「どうにか通用したにゃあ」

すでに身だしなみを整えた慎太郎が、龍馬の背中をはたいた。

「何をでれでれしゆう？　さっさと次に行くぜよ」

頼光は、童子切を鞘《さや》ごと龍馬に差し出した。

「ほれ、受け取るがよい」

きょとんとする龍馬の手に、童子切を握らせる。

「へ？　何じゃ？」

童子切はずしりと重たい。

頼光は呆《あき》れ顔をした。

「スサノオさまから聞いておらぬのか？　ま、あのかたはせっかちであられるからな」

龍馬は友姫を見やった。友姫は慌てたそぶりで、手鏡をのぞき込む。

「ああ、ええと……本当だわ。太刀が鍵になるんですって。〈ヨモツタメシ〉における〈五つの苦難〉では、相手に勝つごとに太刀を一振ずつ授けられる。五振の太刀を集めたら、その先に用意された〈二つの試練〉への門が開かれるのだそうよ」

「うむ、スサノオさま好みの取り決めよの。武者の集う験《タメシ》の場とあらば、太刀が大役を担《にな》うのもふさわしかろうて」

龍馬は、童子切を腰に佩《は》こうとしてみた。が、陸奥守吉行の鞘とかち合ってしまう。

友姫は龍馬の肘のあたりをつついた。

「龍馬、童子切を貸してちょうだい。わたしが持ってあげる」

友姫が袖をひるがえすと、龍馬の手から童子切が浮いた。

ふわふわと宙を舞いながら、童子切は一条の光へと姿を変えていく。

おいで、と友姫が手招きすると、光はその手のほうへ飛び、打掛《うちかけ》の長い袖に吸い込まれた。咲き揃《そろ》った四季の花の模様の傍らに、一振の太刀の模様が加わった。

龍馬は目を丸くして見入っていた。

「便利なもんじゃのう！」

「言ったでしょ。今のわたしは、人より神さまに近いの。龍馬、怪我《けが》は？」

「かすり傷やき、心配いらんぜよ。慎太郎さんのほうがあちこち怪我しちゅうろう」

「もう手当てを終えたわ。龍馬が大丈夫そうなら、先へ進むとしましょうか」

友姫の言葉に、頼光はのんびりとした調子でうなずいた。

「うむ、急いだほうがよかろうな。儂《わし》が負けを認めたゆえに、この鬼屋敷はまもなく、すべてが塵芥《ちりあくた》となるぞ」

寝殿《しんでん》の中から、人ならぬものたちの声が上がった。悲鳴ではない。歓喜の声だと、龍馬には感じられた。

「皆、ようようここから出られるがか」

頼光は呵々《かか》と笑った。

「儂《わし》もやっと自由の身よ。四天王《してんのう》と物の怪《け》どもに鬼どもまで引き連れて生き返り、京ではあっと派手にやってもみたかったが、ま、ここで永き夢の終わりというのも悪くない」

低い地鳴りが聞こえ始めた。大地が細かく揺れている。

頼光は両腕を広げた。

「さあ、おぬしらは行け。そこなる門を出れば、道が拓《ひら》けよう。ひとときの邂逅《かいこう》、実におもしろかったぞ」

慎太郎が一礼して駆け出した。

友姫が龍馬の袖を引いた。

龍馬は、顔をくしゃくしゃにして笑ってみせた。

「世話になったのう！」

深々と頭を下げ、友姫とともに、慎太郎を追って歩き出した。

第四章　数珠丸恒次《じゅずまるつねつぐ》：峻厳《しゅんげん》の求道者《ぐどうしゃ》

争いの絶えぬ世を、日蓮《にちれん》は生きた。

祈り続けるためにさえ他者と争い、闘って勝たねばならなかった。

「末法《まっぽう》の世であることよ。正しき仏の教えは、人の心から忘れ去られた。貧困と荒廃が日ノ本を覆わんとしている。拙僧《せっそう》は、ただこの日ノ本を救いたいと望んだだけだったのだが」

平穏を切に求める心とは裏腹に、常に苦難と隣り合わせで、迫害に抗《あらが》い闘うばかりの人生だった。

壇ノ浦《だんのうら》で平家が滅んでから三十年余り経《た》った頃、日蓮は安房国《あわのくに》の漁村に生まれた。

将軍の座する鎌倉《かまくら》は、執権の北条《ほうじょう》家が取り仕切る、血なまぐさい権勢の巣窟《そうくつ》となろうとしていた。

「政《まつりごと》は、権勢の証《あかし》などではない。権勢を固めるための道具でもない。世をよりよくするための手立てであるべきだ。それを幾度説いても、武士どもはわかろうともしなかった」

それでも日蓮は闘い続けた。

政《まつりごと》を牛耳《ぎゅうじ》る武士たちに逆らい、それゆえに、あまたの苦難を強いられてきた。幾度、殺されかけたことだろう？

鎌倉の松葉ヶ谷《まつばがやつ》で念仏信者に取り囲まれ、火を放たれた。日ノ本の政における難を書に著《あらわ》し、幕府のあり方を諌《いさ》めたため、執権に目をつけられてしまったのだ。松葉ヶ谷での出来事について「世を騒がせた」として罪に問われ、伊豆《いず》に流された。そこでは、貧しく厳しい暮らしに身を削られた。

流罪《るざい》を赦《ゆる》されたのもつかの間、母の危篤の知らせを聞いた。故郷に戻った日蓮一行は、小松原《こまつばら》で待ち伏せされ、襲われた。弟子が日蓮を庇《かば》い、命を落とした。

海の向こうから蒙古《もうこ》の使者が訪れた。日蓮は、やがて起こる異国の襲来の危機を幕府に激しい論調で訴えたが、そのおこないのために、また疎《うと》まれ憎まれた。

世を乱す者として、日蓮は首を刎《は》ねられかけた。そこで奇跡が起こった。光球が飛来して処刑人の太刀を折り、日蓮を救ったのだ。

「結局、どういうわけか、いつも拙僧《せっそう》だけが生き延びてしまった」

幾人もの弟子を法難によって喪《うしな》った。迫害によって祈りを棄てた者も数知れない。日蓮は、彼らに救いの道を示すことができなかった。

「無力な己《おのれ》が憎い。武力が支配する世において、無力であるということは、罪あることにも等しいのではないか？」

人里離れた身延山《みのぶさん》で修行に明け暮れながら、失意と懺悔《ざんげ》、闘志と憤怒が日蓮の身の中でないまぜになっていた。

暴れる龍のごとき激情を、読経《どきょう》に没頭することで、どうにかなだめた。そうすることしかできなかった。

やがて日蓮は、胃に腫物《はれもの》を患《わずら》った。不治の病だった。激痛に苛《さいな》まれ、山を下りての湯治《とうじ》も意味をなさず、ほどなくして命脈が尽きた。

死した後、日蓮は、かくり世にいざなわれた。

もう闘わずともよい、と黄泉路《よみじ》を司《つかさど》る神は言った。かくり世は平穏に満ちているのだから、安らかにのんびり暮らしてもよいし、経典《きょうてん》の理解を深めるべく学問に没頭してもよい、と。

だが、日蓮は、黄泉路を行くことを拒んだ。

「かくり世に到達した魂は、平穏の中で永久に過ごすという。それはまるで解脱《げだつ》ではないか。かくも罪深き拙僧が、地獄に落ちるでも虫けらに転生《てんしょう》するでもなく、かくり世なる極楽浄土に導かれてよいはずがない」

法難に遭って、満ち足りた顔で死んでいった者たちがいた。

そのときに至れば、自分もまた晴れやかな心地で今世に別れを告げられるのだろうかと、日蓮も淡い期待を抱いていた。

しかしながら、深い苦悩は、死してなお日蓮をとらえている。

今世で果たすべき役割を中途に投げ出し、あがなうべき罪をそのままにして、救われてしまってよいはずがない。

「得心のいくまで教えを乞いたい。拙僧《せっそう》の負うべき苦難を正しく負うための道は、いずこにあるのか」

頑《かたく》なに道を探し、答えを求める日蓮の前に、やがて須佐之男命が降臨した。

あれから幾百年の時を、苦悩にあふれた求道《ぐどう》の中で過ごしてきたのだろう？

久方ぶりに、日蓮の寒々しい庵《いおり》を訪れる者があった。うつし世とかくり世のあわいへと日蓮を連れ出した、スサノオである。

「話があって、こちらに来たのだ。おぬし、その守り刀とともに、戦いに臨むつもりはないか？　実は、おぬしと同じように、かくり世での平穏を拒む者がほかにもおってな。その者の処遇を巡って、ウケイをおこなうこととしたのだ」

こたび、スサノオが日蓮にもたらしたのは、特別な験《タメシ》への誘いだった。

話を聞いた日蓮は、二つ返事でスサノオの誘いを受けた。

＊

頼光が言ったとおり、門を出た先は薄闇で、一直線にどこかへと道が伸びていた。

薄闇の道に踏み込むなり、友姫は龍馬と慎太郎に告げた。

「さっきと同じように、決して振り返っては駄目よ。前いたところに連れ戻されてしまうから。大江山の鬼屋敷に戻ったら、頼光や物《も》の怪《け》たちとともに消滅することになるわ」

友姫は提灯《ちょうちん》を掲げて前を見て、急ぎ足で歩いていく。その声は硬かった。

死して肉体を失った後、さらに魂まで塵芥《ちりあくた》となって消え失せる。そんな場面を目にすれば、恐れを抱くのも道理だ。

もともと友姫は龍馬と違って、かくり世のあり方を受け入れている。それゆえに、魂の消滅には心底怯《おび》えてもいるのだろう。

友姫を〈ヨモツタメシ〉に巻き込み、恐ろしいものを見せてしまった責任は、龍馬にある。

龍馬は、友姫の気持ちを少しでも明るくしようと、能天気な声を上げてみせた。

「振り返ってはならん道か。興味深いのう。確かギリシャ神話にも、ほがな話があったにゃあ。あの話も、ある種の〈ヨモツタメシ〉と言えるかもしれん」

友姫は小首をかしげた。

「ギリシャ？」

「ヨーロッパにある国の一つじゃ。その話は、イザナギが亡き妻を迎えに黄泉《よみ》の国を訪れる話にも似ちょっての。妻に先立たれたオルペウスちゅう者が冥府《めいふ》へ下って、妻を連れ戻そうとするがよ」

「ああ、確かに境遇が似ているわね。母なる神イザナミさまは、火の神を生んだやけどがもとで亡くなられた。夫のイザナギさまは黄泉の国に行って、イザナミさまを連れ戻そうとしたの。結局、失敗してしまったけれど。それで、ギリシャ神話のほうは？」

「オルペウスは得意の琴《こと》を奏でて冥府の王に気に入られ、妻を生者の国へ連れ帰ることを許された。そのとき、冥府からの帰り道では決して振り返ってはならん、と冥府の王に告げられた」

「だったら、琴の名手は、無事に妻を取り戻すことができたの？」

「いや、できざった。生者の国が見えてきたところで、妻がついてきゆうか不安になって、つい振り返ってしもうたきに。ほんで、妻は死者の国に逆戻りじゃ」

「まあ。それは悲しい話ね。つい振り返ってしまったのも、妻を気遣ってのことだったんでしょうに」

慎太郎が龍馬の後ろで、ふんと鼻を鳴らした。

「軟弱な男じゃ。妻はついていくち言うたがじゃろう。なぜそれを信じてやらん？」

龍馬は苦笑した。

「そりゃあ、兼《かね》さんがようできたおなごやき、慎太郎さんには無縁の心配ちゅうだけじゃ。普通は不安になるもんぜよ」

友姫が提灯《ちょうちん》をぴょんと跳ねさせた。

「兼、というのが慎太郎の妻の名前？　若くして脱藩したようだから所帯を持っていないのかと思っていたわ。待たせている人がいたのね。どんな人なの？　どういうご縁？」

おなごというものは、往々にして、他人の色恋の話や縁談の噂《うわさ》に首を突っ込みたがるらしい。友姫の声はうきうきと弾んでいる。

ぐっと言葉を詰まらせた慎太郎に代わって、龍馬が暴露した。

「慎太郎さんは二十三の頃に兼さんを嫁にもろうた。ほんで、二十六の頃に土佐を脱藩して、それっきり兼さんとは会わずじまいじゃ。けんど、兼さんは実家に帰りもせず、北川郷の中岡家を切り盛りして、慎太郎さんの帰りをずっと待っちゅう」

「まあ、健気《けなげ》ですこと。兼は年下？　子はいないのね？」

「慎太郎さんより五つ下じゃ。中岡家は北川郷の庄屋《しょうや》で、つまりは村長じゃな。二人の間に子はおらんき、このまんまなら、庄屋の跡取りは、慎太郎さんの姉やんのところから養子をもらうことになるろう」

「跡取り問題はどこも大変ねえ。所帯を持ったからといって、子宝に恵まれる夫婦ばかりではないし」

「そもそも慎太郎さんらは、夫婦らしい暮らしを送っちょったとも言えんろう？　慎太郎さんはしょっちゅう家を空けて高知城下に通って、尊王攘夷《そんのうじょうい》の志士らとの付き合いばっかりしよったきに」

龍馬が初めて慎太郎と話したのも、そうした付き合いでのことだ。

勤王を掲げる若者たちの集まりに出るたび、慎太郎は必ずそこにいた。よほど身軽な立場なのだろうと思っていたら、庄屋《しょうや》の家の長男だという。それを聞いて、龍馬もちょっと驚いたものだった。

友姫は慎太郎の振る舞いに不満を抱いたらしい。

「兼はとても寂しかったでしょうね。夫からほったらかしにされるだなんて」

「慎太郎さんは、安定した立場をなげうってでも、日本の改革のために走り回る道を選んだんじゃ。兼さんも、慎太郎さんのまっすぐな志に水を差しとうなかったにかぁらん」

「それでも、寂しいものは寂しいの。好いた人を応援したい気持ちと、ほったらかされて寂しく思う気持ちは、両立するものよ」

「まあ、ほうじゃな。慎太郎さんも、せめて恋文をまめに送ってやりゃあよかったに」

慎太郎は舌打ちをして、龍馬の背中を小突いた。

「やかましい！　龍馬にだけは、女絡みの話であれこれ言われとうないちや！　行く先々で女とえい仲になるわ、その話を包み隠さず姉への手紙に書くわ、果ては妻をどこへでも連れ回すわ、恥ずかしい真似ばかりしなや！」

「慎太郎さんに恥ずかしがられてものう。わしゃあ、別に恥ずかしゅうないけんど」

「おまんが恥知らずながは、ようわかっちゅう！」

「照れなや照れなや。慎太郎さんと兼さんは似た者同士、意地っ張りで相思相愛の、お似合いの夫婦ながは、わしもようわかっちゅう」

「なな、何を拠《よ》りどころに、に、似合いの夫婦らぁて……！」

「慎太郎さんは土佐《とさ》勤王党《きんのうとう》に入ったとき、兼さんに離縁を持ち掛けたそうじゃな。尊王攘夷の活動はどういても危ういき、おれのような夫とは縁を切ったがえい、と。けんど、兼さんは、決して別れませんち言い張って、結局、慎太郎さんが根負けした」

「ほ、ほがなこと、誰に聞いた？」

「乙女《おとめ》姉やんの手紙に書いてあった。志士の妻や母や姉妹は皆、なかなかの事情通じゃ。慎太郎さんと兼さんが心の奥でしっかり想い合っちゅうがは、土佐じゃあ、もはや知られた話ぜよ」

「おぉの……」

慎太郎は言葉を継げなくなって呻《うめ》いた。

先頭で、友姫はころころと笑っている。

＊

友姫の提灯《ちょうちん》の明かりを頼りに歩く道は、さほど長くなかった。

次なる戦いの場も、山だった。

ただし、日差しの明るかった大江山とは、気配がまるで違う。こちらはずいぶんと寒い。空をどんよりと覆う灰色の雲は、今にも雪を降らせそうだ。

龍馬は白い息を吐き、襟元を掻《か》き合わせた。

「こいたぁ、どこの山中じゃ？」

友姫は手鏡を見て答えた。

「弘安《こうあん》（一二七八～一二八八）の頃の甲州身延山《こうしゅうみのぶさん》ですって。景色の寒々しさは、きっとこの場の主の心模様そのものなんでしょう」

慎太郎は眉をひそめた。

「弘安ちゅうことは、北条時宗《ときむね》の頃か」

龍馬はうなずいて応じた。

「二度目の蒙古襲来が、弘安の役《えき》と呼ばれちゅう。文永《ぶんえい》から弘安にかけての時代は、海の向こうからやって来る脅威に備えて、日本じゅうがてんやわんやしちょったはず」

「つまり、攘夷《じょうい》の時代やったちゅうことじゃ。文永、弘安の頃は見事に異国の軍を追い払えたき、今の世においてもうまくいくはずちゅう話をさんざん聞かされた」

その攘夷思想は、黒船が来てからさほど経《た》たない頃の考え方だ。十四年経った今でもそんなふうに凝り固まった主張をする者も、いないわけではないが。

龍馬はぼそりと言った。

「蒙古襲来は六百年近くも昔の話じゃ。海の向こうは大いに変わった。日本だけが古いもんにしがみついちょってどうする？　変わっていかにゃあならんろう」

険しく細い道の先に、粗末な庵《いおり》が見えてきた。

庵の周囲は開けているが、何もない。薄茶けた色の下草が生えているばかりだ。石がごろごろと転がる地面は、見るからに土が痩せている。

仏道修行をするためだけに編まれた庵である。

庵の主の名を、龍馬も知っている。頼光の鬼屋敷を離れる頃から、何となく思い描いていた人物のうちの一人だ。

「日蓮上人《しょうにん》が、二つ目の戦いの相手ながか」

龍馬がその名をつぶやいたとき、上空から咆哮《ほうこう》が降ってきた。

グォォオオオ！

低く轟《とどろ》くような咆哮《ほうこう》である。

龍馬は空を仰いだ。

「何じゃ？」

とんでもないものがそこにいた。

龍だ。

重苦しい曇天を背に、龍が躍るように飛翔《ひしょう》している。つやつやとした鱗《うろこ》は漆黒で、たてがみは燃え立つような黄金色だ。

たてがみと同じ黄金色の目が、龍馬たちを見下ろしている。

黒龍の背には、袈裟姿《けさすがた》の男がまたがっている。黒龍の胴は、馬の胴ほどの太さだろう。

男は、手綱《たづな》も用いずに騎乗している。

「おお！　決まっちゅうのう！」

龍馬は歓声を上げた。慎太郎は唖然《あぜん》として突っ立っている。

「さっきは物《もの》の怪《け》と鬼で、こたびは龍か……」

「あの龍、きっと身延山の龍女やにゃあ。日蓮どのが入山したとき、龍女が法華経《ほけきょう》の講義を聴きに来たちゅう伝説が残っちょるんじゃ」

友姫は目をしばたたいた。

「龍女？　やっぱり、そういう不思議なものの伝説には詳しいのね」

「当たり前ぜよ！　おもしろい話は、一度聞いたら忘れんきに。日蓮どのの頃の仏教は、男の修行者の救いを説くもんじゃったらしいけんど、龍女は男ではなく、人ですらない。それでも日蓮どのは、龍女にも信仰と救済の道を説いてやったがよ」

「あら、そのお話はすてきね」

龍馬は、頭上を飛翔する黒龍と男に手を振った。

「おぉい！　降りてきてくれんろうか？　わしらは〈ヨモツタメシ〉のためにここへ来たんじゃ！　あいさつくらいさせとうせ！」

黒龍の背に乗る男が、よく通る声で応じた。

「あいわかった」

男が黒龍の耳元に何事かを告げた。黒龍は従順そうにうなずき、するすると高度を下げる。重さを持たないかのように、黒龍は地に舞い降りた。

袈裟姿の男は黒龍の背からひらりと跳んだ。

厳しい顔つきをしている。決して若くはない。しかし、老いているとも言いかねる。引き締まった肉体と覇気に満ちた目からは、衰えなど感じられない。

男は名乗った。

「拙僧《せっそう》は日蓮。一介の求道者《ぐどうしゃ》である」

日蓮は、顔つきと同様に声音も口調も厳しかった。冷たいとさえ言えるほどだ。

龍馬と慎太郎は、日蓮と向かい合って立った。

「わしは坂本龍馬。こっちは中岡慎太郎じゃ。わしらは、おまさんから見ればはるか後の世の、国難の時代から来た」

慎太郎は黙って頭を下げた。

日蓮は目つきをいっそう険しくした。

「スサノオさまがおっしゃっていた坂本龍馬とは、おぬしか。やはり武士だな？」

脱藩浪士やき、まともな武士ではないけんど。そう言おうとして、龍馬はやめた。藩という枠組みは、日蓮が生きた時代にはまだなかった。一から説明するのは骨が折れる。

「まあ、ほうじゃな。わしは武家の生まれじゃ」

日蓮は断罪するように言い放った。

「ならば、話すべきことはない」

「え？」

「拙僧は、武士というものを批判する。武力によって政《まつりごと》を牛耳《ぎゅうじ》る幕府を批判する。権力を得たいがために世を乱すばかりの、鎌倉の武士どもを批判する」

読経《どきょう》と説法で鍛えられた声は、ずしりと腹に響いて落ちる。聞かせる声だ。薩摩の西郷《さいごう》隆盛《たかもり》や小松帯刀《こまつたてわき》が、こういう声でしゃべっていた。

龍馬は苦笑した。

「おまさんが武士嫌いながはわかった。わしと親しゅうしとうない気持ちも、まあわかったけんど、そう睨《にら》みなや。ちっくと話を聞かせとうせ。一つだけ答えてほしい。おまさんが生き返って叶《かな》えたい望みも、武士への批判に関わりのあることかえ？」

日蓮はうさんくさそうに目を細めたが、龍馬の問いにはきちんと答えた。

「しかり。武力によって支配される日ノ本は、末法《まっぽう》の世を迎えている。拙僧が生き返ったあかつきには、武士どもの手から政を取り戻し、仏の教えに基づいて衆生《しゅじょう》を導き、正法《しょうほう》の世を実現させる。人は皆、等しく救われるべきなのだ」

「等しく、か。ある種の、均《なら》しの世ちゅうことじゃな」

「拙僧は、迫害により死していった弟子たちの命を背負って、ここに立っておる。あの敬虔《けいけん》なる者たちが救われず、鎌倉の武家に生まれただけの連中が特権を甘受し、のさばっている。こんな世のありさまは、あやまちだ。すみやかに正されるべきである」

黒龍がゆるりと動いた。日蓮を守るように、その長い尾を龍馬たちとの間に割り込ませる。それと同時に、前脚で大事そうにつかんでいた太刀を、日蓮に渡した。

日蓮は太刀を受け取った。その鞘《さや》には、太刀緒《たちお》の代わりに長い数珠《じゅず》が巻きつけられている。

龍馬は思わず歓声を上げた。

「おお、数珠丸恒次《じゅずまるつねつぐ》じゃ！　やはりのう！」

「やはりって、どういうこと？」

友姫は小首をかしげた。慎太郎も怪訝《けげん》そうな顔をしている。

龍馬は日蓮を見やった。日蓮の両眼に宿る拒絶の意志は明白である。愛刀のいわれについて紹介してくれるつもりはないようだ。

やむをえず、龍馬が説明した。

「あの太刀は、数珠丸恒次。備中青江《びっちゅうあおえ》の地、今で言う倉敷《くらしき》の酒津《さかつ》で打たれた名刀で、日蓮上人《しょうにん》の守り刀じゃ。さっきの童子切安綱と同じく、天下五剣《てんがごけん》の一つに数えられちゅう」

友姫は問いを重ねた。

「天下五剣って何？」

「世にも見事な五振の太刀を並び称して、天下五剣じゃ。名物刀剣の番付や目利きの指南書には必ず載っちゅう」

「つまり、童子切も数珠丸もずいぶん有名な太刀ということね？」

龍馬はうなずいて、日蓮の手にある数珠丸を見つめた。

「わしらの時代の数珠丸は、百年以上前から行方知れずになっちゅう。こがなところでお目にかかれるとは、わしゃあ幸運じゃ！　ほうか、スサノオさまがおっしゃっちょった『名だたる宝刀に選ばれた者』ちゅうがは、天下五剣の主ちゅう意味やったがか！」

龍馬の上ずった歓声に、友姫は鼻白《はなじろ》んだ顔をし、慎太郎は頭痛がするかのように額を押さえた。日蓮は再び黒龍の背にまたがり、数珠丸を抜き放った。

「くどくどと話して時を費やすつもりはない。拙僧《せっそう》には、なさねばならぬことがある。世を蝕《むしば》む武士どもよ。我が怒り、とくと思い知るがよい！」

黒龍が日蓮の気迫に呼応して、腹に響く咆哮《ほうこう》を上げた。

＊

黒龍は、庵《いおり》の屋根ほどの高さに浮かび上がった。その高さを保ったまま、間合いを測るように、龍馬たちのまわりをぐるぐると飛ぶ。

猛烈な闘志が吹きつけてくる。

龍馬は友姫に告げた。

「友姫さまは離れとうせ。そばにおったら危ない」

上目遣いで龍馬を見つめた友姫は、こくりとうなずいた。

「わかったわ。気をつけて」

「任せちょけ！」

龍馬が背中を押すと、友姫は素直に庵《いおり》のほうへと駆けていった。目の端にそれを認めながら、日蓮と黒龍の動きに警戒を向けている。

空を背にした日蓮の顔は陰になって、ほとんど表情が読めない。

だが、目が合った。それははっきりわかった。

次の瞬間、雷のような勢いで、日蓮を乗せた黒龍が急降下してきた。

「うおっ」

龍馬は転がって躱《かわ》す。数珠丸の切っ先が、頬のすぐ脇をかすめた。

地面ぎりぎりのところを駆け抜けざま、黒龍の長い尾が、思いがけない動きでしなった。

慎太郎が目を見張る。

「何っ？」

頭を庇《かば》うので精いっぱいだっただろう。

「慎太郎さん！」

巨大な鞭《むち》のような尾に打たれ、慎太郎は吹っ飛ばされた。すぐさま起き上がろうとするが、ぐらりと体を傾けた。利き腕の肩をやられたらしい。左手で右肩を押さえ、苦痛に顔を歪《ゆが》ませている。

黒龍がゆるりと旋回した。日蓮が黒龍に命じる。

「ゆくぞ！　まずは……！」

数珠丸を振るって指し示す先に、慎太郎がいる。

黒龍は咆哮《ほうこう》して日蓮に応じ、ぱっと翔《かけ》だした。低い宙をまっすぐに、慎太郎めがけて突っ込んでくる。

「危ない！」

龍馬は地を蹴って駆けた。その勢いのまま慎太郎に飛びつく。すんでのところで黒龍の体当たりを躱す。

しかし直後、背中に一筋の熱が走った。ぐッ、と息が詰まる。

熱ではない。痛みだ。背中を切られた。

「龍馬！」

友姫の悲鳴が聞こえる。龍馬は声を張り上げた。

「なんちゃあない！　心配いらん！」

龍馬は慎太郎を支えながら立ち上がった。

体は十分に動く。友姫に言ったとおり、大した傷ではない。

黒龍とともにこちらに向き直った日蓮が、こんと小さく数珠丸の血振《ちぶ》りをした。無言で数珠丸を構え直す。

慎太郎が龍馬の脇腹を押した。

「おれも、なんちゃあない。支えはいらん」

「けんど、利き腕が上がらんろう？」

「確かに分は悪いな。策がないわけでもないけんど、まずは油断を誘ってみるか」

「できるがか？」

わからん、と慎太郎は応じた。が、すぐさま声を張り上げ、日蓮に向けて呼びかけた。

「日蓮どの！　おまさんの書いた『立正安国論《りっしょうあんこくろん》』、おれも読みました！　日蓮どのの時代も、天災や飢饉《ききん》や疫病、果ては異国の襲来によって、日本に生きる民は苦難と不安にさらされちょったがでしょう？　おれらの時代も似ちゅうがです」

わずかに日蓮の表情が揺らいだ。構えは解かれない。だが、黒龍に突進を命じはしない。

黒龍が首を曲げ、日蓮をそっと振り向いた。

慎太郎は続けた。

「日蓮どのがなしたことは、国家《こっか》諫暁《かんぎょう》――弾圧を恐れずに、権勢を振るう者へと率直な意見をぶつけることじゃ。おまさんは、何とかして政《まつりごと》の乱れを正し、世の中を安らかにしようと試みちょった。おれは、その考えの詳しいところを聞きたい！」

龍馬は眉をひそめた。

「歴史は繰り返すちゅうやつじゃのう」

慎太郎はうなずき、また日蓮に向けて叫んだ。

「おれの話をちっくと聞いてつかあさい！　おれには、生き返って叶《かな》えたい望みがある。幕府を倒して、世を革《あらた》めていかにゃあならん。おれは龍馬とともに、そのための闘いを続けていきたい。日蓮どのも同じですろう！」

沈黙が落ちる。

慎太郎がじりじりと体勢を整えている。すぐ傍らにいる龍馬には、それがわかる。慎太郎は日蓮の表情を読み解き、呼びかけに応じないと判断したのだ。

ちらりと、慎太郎が龍馬に目配せした。身構えろ、と告げられた気がした。

果たして。

日蓮が沈黙を破った。迷いを断ち切るかのような一声。

「問答無用！」

黒龍を駆って突っ込んでくる。

龍馬は素早く抜刀した。

「さあ、来い！」

ぎりぎりまで引きつけてから、龍馬は慎太郎を突き飛ばした。日蓮から見て左側だ。斬撃の届く範囲から遠ざけた。

龍馬自身は踏み留《とど》まっている。

振りかぶられた数珠丸が、曇天の下にも鋭く光る。

「破！」

駆け抜けざまに頭上から打ち下ろされる斬撃。

龍馬は陸奥守吉行で斬撃を受け止める。

重い。

腕が痺《しび》れる。歯を食い縛る。その強烈な一太刀を、どうにかしのぐ。

しなやかに反った長い太刀は、地上での一対一の立ち合いより、むしろこうした戦術に向いている。馬を駆る鎧《よろい》武者《むしゃ》の戦術だ。

気を抜く間もなく、黒龍の尾が龍馬を襲う。身を低くして避《よ》けた、と思ったが。

びたん！

重たい尾で右足を踏みつけられた。

「うっ……」

硬いブーツでも防ぎきれなかった。くるぶしから先をやられた。力をかけてみたが、駄目だ。まったくもって踏ん張りが利かない。

脂汗が噴き出す。

「いや、まだじゃ。手は残っちゅう」

龍馬は陸奥守吉行を鞘《さや》に納めた。足を引きずりながら、できる限りの速さで走る。目指す先に巨石がある。朽ちた仏像かもしれない。この際、盾として使えるなら、何でもよい。巨石の背後には竹藪《たけやぶ》が迫っており、黒龍に回り込まれる心配もない。

慎太郎も龍馬の意図を察したのだろう。龍馬と同じほうを目指して駆けてくる。

巨石の裏側に転がり込んだのは、二人同時だった。顔を見合わせ、肩で息をする。

「龍馬は足をやられたか。くそ、情に訴えても聞く耳を持ちやせんとは、まっこと冷徹な坊さんじゃ」

「それだけひどい目に遭《お》うてきたせいじゃろう」

「同情しちゃあならんぜよ、龍馬。おれらは勝たにゃあならん」

「わかっちゅう。手はある」

龍馬は懐をぽんと叩《たた》いた。その内側に、一丁の相棒が収まっている。

＊

巨石の正面で、黒龍に乗った日蓮が待ち構えている。こちらとの距離は十丈（約三十メートル）といったところか。

「いつまでそこに隠れておるつもりだ？　根比べならば付き合《お》うてやるが、動かざることもまた修行なれば、拙僧《せっそう》はただ待つことにも慣れておる。音《ね》を上げるのはおぬしらだ」

ずしりと腹に響く声で挑発してくるのは、その実、苛立《いらだ》ちを覚えているのかもしれない。

龍馬と慎太郎はうなずき合った。

そして動いた。

わずかに先んじて飛び出したのは、慎太郎である。

「覚悟せえ！」

大声で叫び、日蓮の気を惹《ひ》く。

黒龍が翔出《かけだ》す。
その背の日蓮が数珠丸を振りかぶる。
一瞬のうちに、慎太郎を間合いにとらえている。
刹那《せつな》。
龍馬は転がって躍り出ると、撃った。
銃声。
「中《あた》った」
龍馬はささやいた。
慎太郎は倒れ込んで黒龍の突進を避《よ》けた。
否、黒龍自身、ぐらりと体勢を崩し、勢いを削《そ》がれていた。
日蓮は何が起こったかわからなかっただろう。
右肩に銃弾を食らった勢いで、日蓮は黒龍の背から落ちた。
数珠丸が地に転がる。

龍馬は、痛めた足を庇《かば》いながら、日蓮に駆け寄った。助け起こすのではない。いまだ勝負は決していないのだ。

銃口を、愕然《がくぜん》とする日蓮の額に突きつける。

「これは拳銃ちゅうて、わしらの時代の新しい武器じゃ。この穴から鉛玉を撃ち出す。わしが引き金を引いたら、この近さやきのう、頭蓋《ずがい》を貫くがも簡単ぜよ」

黒龍が、その大きな体に似合わない、か細い声を上げた。慎太郎が龍馬の背後を守り、左手で短刀を構えて黒龍を威嚇《いかく》する。

日蓮は忌々《いまいま》しげにため息をつき、目をそらした。

「何をしておる？　おかしな武士め。さっさとその引き金とやらを引けばよかろう」

龍馬は盛大に顔をしかめた。

「うつし世とは生き死にの秩序が違うちゅうても、人に銃口を向けるがは、やっぱり気分のえいもんではないちや。しかも、おまさんは武士ではないきに」

「ほう。おぬしは武士のくせに、この老いぼれの僧を殺すことに躊躇《ちゅうちょ》するか。甘いな。その甘さが、うつし世においては命取りになったのではないか？」

「おぉの、頼光どのといい、日蓮どのといい、千里眼かえ？　けんど、わしも今さら変われやせん。それに、わしも、武力で民を黙らせるちゅうやり方の政《まつりごと》は、大嫌いじゃ。生まれにかかわらず、みんなが等しく救われる世にしたいちゅう思いも、ようわかる」

「わかる、とな？」

「武士であるわしには、わかってもらいたくもないかえ？　そこまで嫌われてしもうたら、つらいのう」

日蓮はまじまじと龍馬を見つめた。龍馬はそのまなざしを受け止める。

しばし無言だった。龍馬と慎太郎は、おのおの武器を構えたまま、じっと待った。

やがて、日蓮は龍馬から目をそらし、黒龍を見やった。黒龍は途方に暮れたように、キュウンと、か細い声を上げた。

かすかに日蓮の表情が和らいだ。

「わかった。もうよい。拙僧《せっそう》の負けだ」

＊

日蓮が「負けだ」と口にした瞬間、地に落ちていた数珠丸がひとりでに浮かび上がった。

数珠丸の鍛《きた》え肌《はだ》が龍馬の眼前にさらされる。

「美しいのう……！」

澄肌《すみはだ》といって、青い地鉄《じがね》に黒い地斑《じふ》が無数に散っているのが、青江派の古刀の特徴だ。

直刃《すぐは》調の刃文《はもん》とも相まって、静謐《せいひつ》な印象の美しさである。

しなやかな腰反りがまた、古風で上品だ。

鞘がどこからともなく飛んできた。数珠丸はするりと鞘に納まった。百と八つの玉が綴《つづ》られた長い数珠が器用に巻きついて、鍔《つば》と鞘《さや》とを結びつける。

龍馬は拳銃を懐に納め、数珠丸を両手で受け止めた。

「わしらが預かるぜよ」

日蓮はそっぽを向き、淡々と応じた。

「好きにするがよい。これより拙僧《せっそう》の魂は入滅《にゅうめつ》する。散り散りと相成る魂がどこへ行くのか、それを見届けるため、黄泉《よみ》に住まう少名毘古那神《スクナビコナノカミ》さまがいらっしゃる手筈《てはず》だ。そのご来訪の前に、おぬしらは立ち去れ」

龍馬も、その神の名を知っていた。

「スクナビコナちゅうたら、大国主命《オオクニヌシノミコト》の国造りの手伝いをした、多才な神じゃな。知識の神としても知られちゅう」

「魂がかくり世に行くことは、解脱《げだつ》に似ている。では、魂の消滅と輪廻転生《りんねてんしょう》の関わりとは何だ？　その命題の答えを出すため、スクナビコナさまに立ち会いをお頼みしたのだ」

日蓮は平然としている。魂が消滅することを恐れるふうでもないのは、仏道における命題の探究へと、すでに心が移っているためだろうか。

龍馬の脳裏には、頼光四天王《してんのう》が塵芥《ちりあくた》のようになって消えていった様子が焼きついている。たとえようもなく恐ろしかったが、尊いほどに美しい情景でもあった。

「魂が今の形を失って消えても、転生できるかもしれんがか」

「仮説に過ぎぬ。おぬしら、拙僧が法華経《ほけきょう》をひとたび唱えきるより先に、この山を離れよ。さもなくば、おぬしらももろともに消滅するぞ」

日蓮は背を向けた。南無妙法蓮華経《なむみょうほうれんげきょう》、と低い声で歌うようにつぶやく。そして、粗末な庵《いおり》に向かって歩き出した。

黒龍は、ぽつねんとそこにたたずんで、日蓮の後ろ姿を見つめていた。角のそばにある、猫のものに似た形の耳が、しょんぼりしてしまっている。

龍馬は日蓮の背中に尋ねた。

「この黒龍のこと、どうするつもりかえ？」

日蓮は経《きょう》を中断した。だが、問いへの答えは発せられない。

言葉を探すような間が落ちた。沈黙が続く。あらゆる問いに対し、確固たる意志で答えてきた日蓮が、初めて迷う様子を見せたのだ。

それだけ黒龍を大切に思いやっているのだろう、と龍馬は感じた。もろともに消滅せよ、などとは、とても言えないのだろう。

やがて日蓮は、振り返らずに答えた。

「その者、黒き鱗《うろこ》の龍女にも、己《おのれ》自身の思いや考えというものがある。己の行く末は己で選ぶであろう。拙僧《せっそう》に命ぜられねばならぬという縛りはない」

突き放したような口ぶりだが、つまり、黒龍が龍馬たちについていってもよいと、日蓮は考えているのだ。そうすれば、黒龍は魂の消滅を避けられるかもしれないのだから。

黒龍はすっかり途方に暮れている。黄金色の大きな目はうるんで、今にも涙をこぼしそうに見えた。

龍馬は思わず、黒龍の頭を抱きしめ、たてがみに頬を寄せた。

「おまさん、えい子じゃのう。どうするかえ？　わしと一緒に来るか？」

漆黒の鱗《うろこ》は、つやつやとして冷たそうな見た目だが、ほんのりと温かい。滑らかな手ざわりも心地よいし、もふもふのたてがみはどこか甘い香りがする。

「かわいいにゃあ。よしよし」

龍馬が耳のあたりを撫《な》でてやると、黒龍はぴくんと体をこわばらせた。キュゥ……、と頼りなげな鳴き声がまた、戦闘中とは打って変わって、子犬のように愛らしい。

「まっこと、えい肌ざわりじゃのう。よう見たら、髭《ひげ》も爪もきらきらしちょって、きれいじゃ。にゃあ、黒龍よ。わしはおまさんの仲間ながやぞ」

キュ？　と、困惑しきった声で黒龍は鳴いた。

龍馬は黒龍のたてがみをもふもふと撫でながら、黄金色の目を見つめて笑いかけた。

「わしの名は龍馬じゃ。おまさんは、馬のように主を背に乗せる龍。ほら、仲間じゃろ？

それに、わしの背中には生まれつき、おまさんと同じようなたてがみがあるんじゃ。人間にしちゃあ珍しいろう。見るかえ？」

龍馬が肌脱ぎになろうとしたところで、いきなり、尻に蹴りを食らった。慎太郎のしわざである。

慎太郎はしかめっ面《つら》をして、友姫のほうを指し示した。

「この阿呆《あほう》が！　えい加減にせえ！　友姫さまが困っちゅうき、ほいほいと脱ぎなや！」

見れば、友姫はそっぽを向いた上に手で顔を覆っている。耳が真っ赤だ。

「いやぁ、すまんすまん。つい調子に乗ってしもうて」

「友姫さまだけやない。黒龍もおなごじゃろうが。見てみい、かわいそうなほど恥じらいゆうぞ。おまんは相手に近寄りすぎるんじゃ。人にも男にも慣れちゃあせんおなごの龍に、節操なく迫るもんじゃあないちや」

黒龍はこぼれ落ちそうなくらい大きく目を見開き、黄金色の尻尾をくるんと丸め、ぷるぷる震えている。前脚で口のあたりを押さえる仕草が、いかにも若い娘らしい。鱗の肌では顔色の変わりようもないが、人間ならば頬を赤く染めていることだろう。

龍馬は癖毛の頭を掻《か》き、にかっと笑ってみせた。

「すまんのう、黒龍よ。おまさんがあんまりかわいらしいき、つい触れたくなってしもうたんじゃ。堪忍しとうせ」

友姫がつかつかと龍馬のほうへ近寄ってきた。膨《ふく》れっ面《つら》である。

「龍馬の莫迦《ばか》！　この女ったらし！」

「どういて友姫さまが怒るがか？　やきもちかえ？」

「ふ、ふざけないで！　ほら、もうおいとまするわよ！」

友姫は平手で龍馬の胸を打った。友姫なりに力を込めたつもりかもしれないが、少しも痛くない。友姫はくるりと背を向けて、さっさと歩き出した。慎太郎も友姫に従った。

庵《いおり》から日蓮の読経《どきょう》の声が聞こえてきている。どっしりとした、よい声だ。

黒龍が切ないまなざしで庵のほうを見つめた。

「にゃあ、黒龍よ。おまさん、最後まで日蓮どのと一緒にいたいかえ？」

黒龍は龍馬のほうを振り向いて、しっかりとうなずいた。

「ほうじゃろうな。わかった。わしは行くぜよ。じゃ、さよなら」

龍馬はきびすを返し、痛めた足を庇《かば》いながら歩き出した。

ブーツのつま先に触れた落ち葉が、音もなく風に舞い、きらめく塵芥《ちりあくた》となって消滅した。

第五章　鬼丸国綱《おにまるくにつな》：忠義者の問いかけ

新田義貞《にったよしさだ》は比叡山《ひえいざん》で帝《みかど》と袂《たもと》を分かち、一族郎党の軍勢を率いて越前《えちぜん》に赴いた。

そこからは、ただただ苦難の日々だった。

越前を平定《へいてい》することが、義貞の役割だった。敵将足利尊氏《あしかがたかうじ》を征伐するための狼煙《のろし》を、越前の地で上げよと命じられたのだ。

義貞にとって、越前は縁もゆかりもない地だ。道案内や仲立ちを頼める者もいなかった。むろん土地勘もなく、北陸の冬の恐ろしさもよくわかっていなかった。

だが、やらねばならなかった。

帝、すなわち後醍醐《ごだいご》天皇の下命《かめい》は、義貞にとって絶対である。

すでに帝はずいぶんと追い詰められておいでだ。比叡山で別れるとき、取り急ぎの旅装をお召しになった帝は、血走った目を見開いて、呻《うめ》くようにおっしゃった。

もう正成《まさしげ》もおらぬ。おぬししかおらぬのだ。

頼りにしておるぞ、義貞。

朕《ちん》はこれより吉野《よしの》に都を遷《うつ》す。おぬしは朕のために越前へ参れ。越前の地を、朕に献上してみせよ。

今は雌伏《しふく》の時よ。朕もおぬしも、力を蓄えねばなるまい。

だが、この恨み、晴らさでおくべきか。

ゆくゆくは、逆賊たる足利尊氏とその弟の直義《ただよし》を必ず討ち取ってみせようぞ。

この日ノ本の帝《みかど》は、朕ひとりだ。朕こそが正統なる帝である。足利兄弟の擁《よう》する、まがいものの帝など、早晩に廃してくれるわ！


義貞は戦った。帝の命《めい》に従って、ひとえに戦い続けた。

武士の忠義に理由はいらない。それが正しいことであるかどうかは、義貞が決めることではない。

正しいと信じて突き進まねば、己《おのれ》を支える芯が、ぼきりと音を立てて折れてしまいそうだった。

本当は問いたかった。

近江国堅田《おうみのくにかただ》から越前国敦賀《つるが》へ落ち延びるさなか、猛吹雪に見舞われた。四月半《よつきはん》に及ぶ金《かな》ケ崎《がさき》での籠城では兵糧《ひょうろう》が尽き、人馬の亡骸《なきがら》を食らうほどの飢えを経験した。

あの苦しい行軍《こうぐん》とみじめな戦闘の任を、なぜ義貞が負わねばならなかったのだろう？

いつ終わるとも知れぬ戦いの中で、仲間も家臣も兵たちも、どんどんいなくなっていった。討ち死にした者ばかりではない。裏切り者も相次いだ。

なぜ、それでも越前に留《とど》まり、戦い続けなければならなかったのだろう？

義貞のもとに、死は、ある日突然訪れた。

目の前で敵軍に襲われる家臣を、見捨てておけなかった。義貞は制止の声を聞かず、飛び出した。

そして、愛馬もろとも矢の雨の的となった。

死にゆきながら、そのときも、義貞は問いたかった。

「帝よ、俺はお役に立ちましたか？　俺は武士として立派に生きましたか？　誉《ほま》れを授かるにふさわしい男でしょうか？」

享年《きょうねん》三十八。

この一連の戦《いくさ》に身を投じてから、実に七年が過ぎていた。

始まりは、帝と護良《もりよし》親王からそれぞれ綸旨《りんじ》と令旨《りょうじ》を賜《たまわ》ったことだった。そこに記されていたとおり、義貞は倒幕の軍を挙げ、鎌倉を攻め落とした。

あのときの誉れだけを胸に、気づけば、七年が経《た》っていたのだ。

時代の流れはあまりに目まぐるしく、義貞はわけもわからぬままに戦うしかなかった。

義貞はいつも問いたかった。確かな答えがほしかった。

「帝《みかど》よ……！」

黄泉路《よみじ》で嘆く義貞に手を差し伸べたのは、帝その人ではなかった。

須佐之男命という神が降臨したのだ。

武神スサノオは、義貞を「類《たぐい》まれなる者」と称賛した。このまま終わらせるにはあまりに惜しいとも言った。

「しばし待っておれ。何らかの手立てを考えてみよう」

それから長い時が流れたように思う。だが、死者の身においては、時の流れなど、ささいなことだ。

久方ぶりに姿を見せたスサノオは、ついに、義貞の望みを叶《かな》えるための道を示してくれた。

「死せる武者たちの験《タメシ》をおこなうことにした。おぬし、魂を賭して戦う覚悟はあるか？」

義貞はスサノオの話に食いつき、〈ヨモツタメシ〉への誘いに嬉々として応じた。

＊

友姫は傷口に手をかざした。

その手からほのかな光が染み出し、痛めた足をやわやわと包み込む。

温かい、と龍馬は感じた。優しい熱を心地よく思っているうちに、痛みが消えた。同じように手当てをしてもらった背中も、さわってみれば、傷口が無事ふさがっている。

「これでいいかしら？」

「おん、もうどこも痛まんぜよ。ありがとう、友姫さま」

「言ったでしょ。今のわたしは神さまに近いの。このくらいの力、たやすく使えるんだから」

黒龍の件でまだご機嫌斜めの友姫は、にこにこする龍馬から、ぷいと顔を背けた。

慎太郎は先に治療を受けていた。右肩をぐるぐると回し、手を開いたり閉じたりして、動きに障りがないことを確かめている。

すでに薄闇の道を渡り、次なる戦場へとたどり着いている。

川のほとりだった。河口近くだ。三角江は海に流れ込んでおり、湿った南風は潮の匂いをはらんでいる。

広くない平地にぽつぽつと、陣幕があるのが見て取れた。海には古風な軍船《いくさぶね》が浮かび、丸に二《ふた》つ引両紋《ひきりょうもん》の旗を掲げている。足利家の家紋だ。

海の反対側には、屏風《びょうぶ》のような山並みが連なっている。

龍馬はその山並みを知っている気がした。

「摂津《せっつ》かのう？」

慎太郎は龍馬の言葉にうなずき、確信を込めて友姫に問うた。

「建武《けんむ》三年（一三三六）の摂津国の湊川《みなとがわ》ですね？」

友姫は手鏡を確かめて目を丸くした。

「そのとおりよ。年も場所も完璧。すごいわね。あの頃と今では、地形や川筋が変わっているはずなのに、それでもわかるだなんて」

「湊川の戦《いくさ》は有名ですき。おれは長州の者らとともに、湊川の堤《つつみ》に立って、あの戦に思いを馳《は》せたがです。幾度もですよ。やき、いくらか川筋は変わっちゅうけんど、ぴんと来ました」

慎太郎を誉《ほ》めた友姫自身も、湊川の戦をよく知っているようだ。手鏡に頼ることもなく、すらすらと戦のあらましを口にした。

「この湊川で、後醍醐天皇の配下にある武将たちの連合軍と、九州から攻め上ってきた足利尊氏の軍勢がぶつかり合ったのよね。慎太郎や長州の者たちは、もちろん後醍醐天皇の軍勢に、自分たちと相通じるものを感じていたのでしょう？」

「はい。後醍醐天皇の旗の下《もと》には、新田義貞や楠木《くすのき》正成がおりました。戦上手の武将たちですき、自分らの劣勢はようわかっちょったでしょう」

「それでも、新田義貞や楠木正成は正面から戦った。そして敗北したのよね」

「湊川の戦に散った者らは、忠義に生きた武士の鑑《かがみ》じゃ。とても立派やと思います。おれは長州の者らと、必ず湊川の武者たちと同じ道を行こうと誓い合いました」

　慎太郎は懐かしむように目を細めた。

　しかし、龍馬は苦々しく思ってしまった。口の中だけでつぶやく。

「湊川の戦なあ……『太平記《たいへいき》』によれば、足利尊氏の五十万の大軍に対して、新田義貞ら宮方の軍勢は五万で、水軍も持たんかった。勝てるはずがない。それでも忠義のためだけに討ち死に覚悟でぶつかっていくらぁて、もはや戦とも呼べんろう」

　声に出して言えば、慎太郎が食ってかかってくるに違いない。湊川の戦に対する評価を巡っては、すでに幾度も口論をしている。龍馬も、昔は無邪気に、楠木正成の忠義の死に感じ入っていたものだが。

「いや、湊川の戦に限らんにゃあ。どういても慎太郎さんと合意に至らん論題は、なんぼでもある」

　武力を用いるべきか否か。用いるならば、それはいつか。

そもそも、武力とは何のため、誰のためのものなのか。

そういう話をするたびに、龍馬と慎太郎はぶつかり合ってしまう。議論は平行したまま、互いに譲れるところを見出《みいだ》せない。


突然、男の怒鳴る声が聞こえてきた。

「何度言えばわかるんだ？ ここで背水の陣を敷くしかなかっただろうが！ 兵力差は覆らんのだ！ 一か八かの賭けに出てでも、どうにか戦わねばならなかっただろう！」

もう一人の男が怒鳴り返した。

「ああ、確かに手の打ちようのない戦《いくさ》だった。しかし！ これでは分断してくれと言っているのと同じではないか！」

「その言い草は、俺があんたと連携できなかったことをなじっているのか？ だがな、手助け無用と俺をはねつけたのは、あんただったんだぞ！」

「自軍を保つ余裕すらないくせに、我が軍を加勢するの何のと、そなたが夢物語のようなことを言うからだ！」

初めに怒鳴ったほうの男は、大柄でがっしりとした体つきをしている。長く軍中にあるのか髭面《ひげづら》で、汚れた着物はあちこち破れている。

もう一人の男は、しゅっと小ぎれいな印象だ。清流に菊の花が浮かぶ文様の着物もしゃれている。そのままの格好で京の大路を歩いても、さほどおかしくあるまい。

龍馬は苦笑した。

「あの二人、新田義貞と楠木正成じゃろうな」

慎太郎は目を輝かせた。

「この地に着いたときから、きっと会えるち思っちょった！」

「噂《うわさ》に聞くとおり、反りが合わんようじゃのう。口論ならわしらもするけんど、さすがにあそこまではやらんぜよ」

龍馬は二人のほうを指差した。

義貞と正成は、同時に太刀を抜いた。

「あんたとは話にならん！」

「私も、もはやそなたと言葉を交わすつもりはない。縁を切らせてもらうぞ！」

「おう、望むところだ！」

義貞の太刀は、鬼丸国綱《おにまるくにつな》。天下五剣《てんがごけん》の一つだ。頼光の愛刀であった童子切と同じく、鬼の首を刎《は》ねたという伝説を持つ太刀である。

正成の太刀は、小竜景光《こりゅうかげみつ》。備前長船《びぜんおさふね》の名刀である。手元近くに彫られた倶利伽羅竜《くりからりゅう》が、まだ明けやらぬ空の下できらりと輝きを放った。

義貞は八双《はっそう》の構《かま》えをとり、じりじりと間合いを詰める。対する正成は、正面に構えた太刀の切っ先を低くし、防御の構えから義貞の動きをうかがっている。

友姫が慌てて龍馬の袖を引いた。

「あの二人を止めて！　これでは〈ヨモツタメシ〉がめちゃくちゃになってしまうわ！　あの二人の役目は、ここで龍馬と慎太郎を出迎えて戦うことよ。このまま二人が剣を交わしてしまったら、神々との約束を破ったことになる！」

「それはまずいことながか？」

「まずいに決まっているでしょう！　神々との約束は絶対なの。アマテラスさまもスサノオさまも普段はお優しいけれど、怒ったらとんでもないことになるんだから。有名な神話よ。天岩戸《あまのいわと》のお話。龍馬だって知ってるわよね？」

「確か、姉弟喧嘩《きょうだいげんか》の果てに仲直りしたはえいけんど、調子に乗ったスサノオさまがそこいらじゅう荒らし回ったせいで、怖がったアマテラスさまが天岩戸に引きこもった。おかげで葦原中国《あしはらのなかつくに》、つまり人間が住んぢゅう世界は真っ暗になってしもうたんじゃったか」

「そうよ。ここで新田義貞と楠木正成がおかしな振る舞いをして、アマテラスさまやスサノオさまを怒らせて、そのせいでうつし世にまで影響が出てしまったらどうするの？」

龍馬は、ヨーロッパ人の真似をして、肩をすくめてみせた。

「仕方ないにゃあ。男同士の信念のぶつかり合いに割り込むがは、気の進まんことではあるけんど、まあ、英雄同士の殺し合いを見せられるがはもっと気が進まんきのう」

＊

龍馬と慎太郎による仲裁と、友姫による説得を経て、新田義貞と楠木正成はしぶしぶ太刀を鞘《さや》に納めた。互いに名乗り合い、あいさつを交わす。

義貞も正成も、年頃は四十前後といったところだ。戦《いくさ》に敗れて命を落としたときの姿をしているのだろう。

龍馬たちと言葉を交わすうちに、義貞は機嫌を直したようだ。興味津々といった様子で距離を詰めてきた。

「あんたが、スサノオさまのおっしゃっていた験《タメシ》の武者なんだな？　坂本龍馬。俺の生きた時代よりも五百年以上後の世から来た、おもしろい男だと聞いているぞ」

龍馬は頭を掻《か》いた。

「おもしろいかのう？　わしゃ慎太郎さんにとっちゃあ、義貞どのや正成どののほうがよっぽど有名やき、こういて出会えるがも不思議な心地じゃ。話ができて光栄ぜよ」

「ほう。後の世では、俺たちの名もそれなりに知られているのか」

「お二人とも、忠臣と名高い英雄じゃ。けんど、聖人君子ちゅうわけではないみたいじゃの。わしと慎太郎さんもよう言い争いをしゅうき、親しみがわいたにゃあ」

義貞は、豪快な声を立てて笑った。

「この俺が聖人君子なものか！　俺も楠木も、ちょっとした武家の当主に過ぎんぞ。あんたはどうなんだ？　もしや俺たちと同じ、一族を率いる立場の将か？」

「いんや、坂本家の当主は、年の離れた兄が務めちゅう。兄は、わしを養子にして後を継がせようと考えちゅうらしいけんど、わしは、せめて四十までは好きにさせとうせと頼んで、家にも帰っちゃあせん」

「悪いやつだな。家を継ぐのは、男児の大切な役目だぞ」

「耳が痛いぜよ。にゃあ、慎太郎さん」

慎太郎は本来、北川郷の庄屋《しょうや》として、村を治めなければならない立場だった。それが家を飛び出し、あまつさえ脱藩までして、勤王攘夷《きんのうじょうい》のために駆け回っている。

気まずそうな慎太郎は、じろりと龍馬を睨《にら》むばかりだ。反論もできない。

義貞は、何となく事情を察したのかもしれない。

「まあ、人生ってのは、道のとおりに進めるわけでもないからな。俺もな、何事も起こらんのであれば、坂東《ばんどう》にある自分の荘園から出ることもなく、民らとともに田畑を耕し、川に堤《つつみ》を築いて堀をこしらえ、寺に詣《もう》でて経《きょう》を読んで、のどかに暮らしていたはずなんだ」

ところが、正成がこれ見よがしにため息をついた。

「そんなのは夢まぼろしだ。殊に、鎌倉に近い坂東の荘園を持つ武士が、のどかな一生を過ごすなど、できるはずがあるまい。かの地は修羅道《しゅらどう》も同然よ」

「何だと？」

「鎌倉では、執権の北条家が将軍を操り人形にして、政《まつりごと》をほしいままにしていた。上に立つべきでない者が立ち続けた結果、坂東じゅうを巻き込んでの騒乱を生んだ。坂東武者は血で血を洗う争いを繰り返していたそうだな。恐ろしいことだ」

「……俺らとて、好きこのんで争っていたわけではない」

「だが、争いをやめることもしなかった。坂東一帯の争いが、やがて日ノ本じゅうへと伝《でん》播《ぱ》した。そなたもかの足利尊氏も坂東武者だ。そなたらが争いを畿内《きない》に持ち込んで、混乱を長引かせた。畿内に荘園を持つ私にとって、そなたらの存在は初めから苦々しかった」

「この野郎、言わせておけば……俺と尊氏を一緒くたにするな！」

義貞は凄《すさ》まじい形相《ぎょうそう》で正成を睨みつけた。

友姫が袖をひるがえして、義貞と正成の間に割って入った。

「喧嘩《けんか》はやめてと言っているでしょう！　あんまり聞き分けが悪いと、この手鏡を使ってアマテラスさまをお呼びするわよ！」

友姫は、桔梗《ききょう》の模様の手鏡を義貞と正成に突きつけた。
鏡面は不可思議な淡い光を放っており、人の姿を映さない。何がどうなっていると説かれずとも、手鏡が尋常ならざるものであることは、武者たちの目にも明らかだったようだ。

義貞は腕組みをして黙り込んだ。

一方の正成は、顔つきを和らげて友姫に頭を下げた。

「申し訳ない。新田どのが相手だと、つい手加減ができなくなってしまう」

「気の置けない相手、ということかしら？」

「いや、遠慮して言葉を選んでいては、この猪武者《いのししむしゃ》にはこちらの意が通じないのだ。ゆえに、どうしても率直な言葉と態度で、つまりは喧嘩腰《けんかごし》で臨むことになってしまう」

義貞がまた噛《か》みつきそうな剣幕で正成を睨《にら》んだが、友姫が手鏡を向けると、唇を引き結んでそっぽを向いた。

友姫は頬に手を当て、小首をかしげた。

「確認してもいいかしら？　湊川の戦《いくさ》が起こった頃は、後の世では、南北朝時代《なんぼくちょうじだい》と呼ばれるの。北の京と南の吉野に二つの朝廷が並び立った時代だったから。その混乱の時代が始まる直接のきっかけは、後醍醐天皇の挙兵だったととらえていいのかしら？」

文保《ぶんぽう》二年（一三一八）に帝位に就いた後醍醐天皇は、改革の意欲に燃えていた。当時、鎌倉の幕府はまだ十分に勢力を保っていた。元弘《げんこう》元年（一三三一）、後醍醐天皇は朝廷に政権を取り戻すべく、幕府に対して挙兵したが、一度は敗れて隠岐島《おきのしま》へ流されている。

正成が、友姫の問いに答えた。

「後醍醐帝の挙兵よりずっと前から、皇室は二筋に分かれて相争《あいあらそ》っていた。だが、明確に二つの朝廷へと分かれるきっかけとなったのは、鎌倉での倒幕と足利尊氏による新たな幕府の樹立という、武力の動乱が起こったせいだな」

「鎌倉での倒幕……その頃も、倒幕が叫ばれた時代だったのね」

「そんな言い方をするということは、そなたたちの時代も、倒幕を巡る動乱が起こっていたのかな？」

「ええ、そのとおり。危うい時代だったから、おなごのわたしも兄と同じように、歴史をしっかりと学んだわ。特に、戦の歴史をね」

「ほう、それはなぜなんだい？」

「今の世と後の世のためよ。かつて人が何のために戦を起こしてきたのかを知れば、これから起こりうる戦を避ける知恵がわくかもしれないでしょう？」

龍馬は感嘆し、目を見張った。

幼い頃の友姫は、手習いからしょっちゅう逃げ出していたものだ。特に、あれこれと込み入った歴史を覚えることは大嫌いだと、はねつけていたのに。

友姫がじろりと横目で龍馬を睨《にら》んだ。

「龍馬、今、失礼なことを考えてたんじゃない？」

「感心しよっただけぜよ」

「藩主の家筋の姫ともあれば、お茶やお花や歌詠《うたよ》みをするだけのお人形ではいられないの。わたしだって、ちゃんといろんなことを学んできたんだから！」

「わかっちゅう、わかっちゅう。ほれ、後醍醐天皇の挙兵の話の続きじゃ。確か、正成どのは、ごく初めの頃から後醍醐天皇の軍で戦っちょったがじゃろ？」

正成はうなずいた。

「ああ。私は畿内《きない》で帝《みかど》をお助けしながら、幕府軍を相手に戦っていた。手勢は少なかったが、地の利を活かしたり城にこもったりと、からめ手で翻弄《ほんろう》してどうにか渡り合っていたのだ」

慎太郎が、うずうずした様子で話に加わってきた。

「正成さまは勤王《きんのう》の武者の鑑《かがみ》です。後醍醐天皇が謀略によって退位させられ、隠岐に流された。その苦難の頃にあっても、正成さまは後醍醐天皇や護良親王を支えて戦い続けておられたがでしょう？」

「さほど立派な志があったわけではないぞ。ほかに頼れる者が誰もいなかっただけだ」

「ほかに誰もおらんなら、並みの者はさっさと逃げ出してしまいます。劣勢の中、踏《ふ》み留《とど》まって戦い続けるがは、なかなかできることではありません」

「まあ、私が畿内で粘っているうちに、状況がくつがえったがな。足利尊氏が、鎌倉の幕府に命じられて後醍醐帝を討つべく出兵してきたのだが、突然、我らに寝返って倒幕の動きに同調した。坂東では新田どのが挙兵し、たちまちのうちに鎌倉を落とした」

　義貞は自分の手柄話とあって、機嫌を直して顔を輝かせた。

「俺は幕府を討つため、多摩川《たまがわ》伝いに南下して、途中で山を越え、鎌倉に入った。鎌倉は難攻不落というが、潮の満ち引きによっては、海辺が道になる。そこを突けば、軍を進めることができるんだ」

　慎太郎が付け加えた。

「義貞さまが太刀を献じて海に祈って、潮を引かせたと聞いちょります。その引き潮の道を進軍して一挙に鎌倉を落とした、と」

「まあな。鎌倉攻めの折には、あの足利尊氏も俺たちと軍をともにしていたんだぞ。今となっちゃ信じられん。あんなやつと轡《くつわ》を並べていたとはな」

　龍馬は義貞に尋ねた。

「足利尊氏のこと、嫌いながか？」

「好きではないな。が、いちばんふさわしい言葉は、薄気味が悪い、だ」

「化け物みたいな言い方やにゃあ」

「おう、化け物なんだよ。俺もあいつも源氏の血を引く親戚同士なんだが、あいつだけはどこか違う。得体が知れんのだ。千里眼でも持っているかのように、とにかく薄気味が悪いほど、何もかも見通してしまう」

龍馬は納得してうなずいた。

「千里眼か。確かに、足利尊氏は時代の波に乗るがぁうますぎる。もともと鎌倉幕府で出世を重ねちょったに、いきなり後醍醐天皇に乗り換えて、鎌倉幕府を打ち倒すための戦《いくさ》で大活躍。ほんで、後醍醐天皇の下《もと》でも、うまいこと出世した」

義貞は皮肉っぽく笑った。

「あいつはな、人を喜ばせるのがうまいんだ。上役の誰にどれだけの金を贈りゃいいのか、よく見抜いていた。配下に就いた者には、手柄にかかわらず、惜しげもなく出世させてやっていた。そうやって味方をどんどん増やして、権勢を固めていったんだ」

「嫌われるやり方ではあるけんど、時代を読む目は本物やったちゅうことじゃ。後醍醐天皇による新政にゃあ、不満を持つ者が多くおった。尊氏はその者らを抱き込み、今度は後醍醐天皇に対して反旗をひるがえした。己《おのれ》の政権を立てるために」

当時の尊氏は三十代前半だ。活力と野心に満ち満ちていたに違いない。どれほど油断ならない男だったのだろうか。

龍馬の時代で言えば、尊氏は誰に似ているのだろう？　あの人だろうか、という心当たりは、幾人か思い描くことができる。

義貞はぼそりと言った。

「あいつの野心のせいで、どうしようもない戦の世が始まっちまったんだ」

尊氏が擁する光明天皇は、北の京を拠点とした。京から追い出された後醍醐天皇は、南の吉野を仮の都とした。

南北に二つの朝廷が立ってしまったのだ。これにより、畿内《きない》の治安は乱れに乱れた。

その騒乱は、正成が湊川で自害し、義貞が越前で討ち死にし、後醍醐天皇が吉野で崩御《ほうぎょ》した後も、五十年以上の長きにわたって続くこととなる。

正成は黙って話を聞いていたが、かぶりを振りながら口を開いた。

「私は、本当は尊氏との決裂を避けたかった。帝《みかど》にも、どうにかしてあの男を飼い慣らすべきだと進言した。私の進言が聞き入れられることはなく、結局戦になってしまったが」

義貞は鼻を鳴らした。

「尊氏との講和の手土産《てみやげ》は、俺の首級《くび》にするつもりだったんだろう？」

「ああ。尊氏にとって、軍事における最も厄介な障害は、そなただったからな」

「俺本人を前にして、よくそんなことが言えるものだな！」

「私もそなたも、とうの昔に死んでいる。今さら首級《くび》の一つや二つ手土産《てみやげ》にする話くらい、痛くもかゆくもなかろう?」

「人でなし! あんたのそういうところがいけ好かんのだ!」

「何とでも言うがいい。いずれにせよ、帝《みかど》は、尊氏と講和を結ぶ機会を逃してしまわれた。戦《いくさ》を避ける手立てが、これによって完全に失われたと、私は感じた」

正成が友姫にちらりと目をやった。

友姫は痛ましそうに、ぎゅっと眉根を寄せた。

慎太郎が正成を見据えて言った。

「湊川の戦は、講和の機会を逃した後、九州で勢力をつけた尊氏を迎え撃つべく開戦した。勝てるはずのない戦であることは、誰の目にも明白やったがでしょう? けんど、正成さまたちは軍を返すことなく戦って、正成さまはここで敗れて自害した」

正成は、首に刃を当てる仕草をした。

「弟とともにな。幾度生まれ変わっても国のために尽くそうと誓い合って、自らの首を斬ったのだ」

「その場面は、後の世では芝居にもなっちょって、まっこと人気のある演目ですよ」

「ほう。『曾我物語《そがものがたり》』のようにか?」

「おれは仇討《あだう》ちの物語の曾我もののよりも、忠義の物語の楠公《なんこう》もののほうが好きです。楠公、楠木正成さまちゅうたら、子供の読む草双紙《くさぞうし》でも人気の英雄ながです。恥ずかしながら、おれも初めは草双紙を読んで、忠義の英雄、楠公に憧れました」

慎太郎の言葉に、正成はうつむきがちになって笑った。照れたらしい。

何とはなしに、沈黙が訪れた。

龍馬は、ぐるりと周囲を見やった。

決戦間際の湊川は、夜明け前の優しい静けさの中にある。夏五月《さつき》の終わりだ。まもなく梅雨が明けようとする頃で、しっとりとした川風が肌に心地よい。

友姫は小首をかしげた。

「正成にとって、この湊川は最期の地なのね。離れられないのも道理かしら。義貞はどうなの？」

義貞はぱちぱちとまばたきをし、景色を見回して、それから答えた。

「あらゆる戦の中で、やはりここでの出来事をいちばんよく覚えている。湊川の前にも後にも、負け戦はあった。だが、いかに潔く討ち死にするかを考えるほどの、始まる前からどうしようもない負け戦は、湊川のただ一戦だけだった」

「あなたも討ち死にするつもりだったの？」

「ああ。結局、死にそこねたがな。楠木にお株を奪われた。辛《かろ》うじて湊川から離脱した俺は、帝《みかど》から越前の平定《へいてい》を命じられて、それから先は悲惨だった。都合のいい話かもしれんが、もうあまり覚えちゃいない」

義貞は自嘲《じちょう》の笑みを浮かべた。

龍馬は口を開いた。

「にゃあ、義貞どの。おまさんは、生き返ったら何を望むかえ？」

義貞は龍馬のほうを向くと、頬に浮かべた笑みを変化させた。自嘲ではなく、はにかむような笑みだ。

「俺の望みか。正直に口にしたら、こいつは妙なことを言う男だ、と思われそうだが」

「かまんかまん。わしも十分、妙な男やき」

「俺の望みはな、帝に答えていただきたい。ただそれだけなんだ」

「ほう。どがな問いへの答えながか？」

「いろいろだ。俺は、何のために戦《いくさ》をしていたのか。帝のお役に立つことができていたのか。正しい道を進んでいたのか。駒としてではなく、道具としてでもなく、一人の人間として俺のなしたことを、帝はどうお考えだったんだろう？」

「えい問いじゃ。けんど、生きちゅう間は、尋ねられんかったがか？」

「莫迦《ばか》言え！　俺のような、田舎出の武辺者《ぶへんしゃ》が、帝に直々《じきじき》にお尋ねできるはずがないだろうが！　神々のお許しを得て叶《かな》えていただける望みだからこそ、こんな大それたことが口にできるんだ。一人の人間としての俺を見ていただきたい、などと」

正成は呆《あき》れたようにつぶやいた。

「まるで、かまってほしがる幼子《おさなご》だな」

義貞はたちまち鬼の形相《ぎょうそう》となり、太刀を抜こうとした。

「あんたは！　いちいち！　そうやって俺に突っかからねば気が済まんのか！」

龍馬は義貞の肩をぽんぽんと叩《たた》いた。

「落ち着いとうせ。おまさんの望み、わしにはようわかるぜよ」

一人の人間として認められたい。

龍馬自身、ずっとその望みを胸に抱えて駆け回ってきたように思う。

人と人、一対一で向き合う間柄の先に、大局というものがあるのだ。大局から見下ろして人へと降りていくと、一対一の対話がどうしてもうまくいかない。

誰もがもっと自由に、もっと単純に、相手と向き合うことができればいいのに。

対話がうまくできないところから、戦が始まってしまうのだ。

＊

義貞が龍馬の腕をつかみ、にっと笑って宣言した。

「俺は坂本龍馬と戦うぞ！〈ヨモツタメシ〉の誘いをいただいたときから、スサノオさまがお認めになった武者と手合わせをしてみたかったんだ。いいだろう、楠木？」

正成は、ふんと笑って、己《おのれ》の太刀の柄《つか》に触れた。

「好きにするがいい。そもそも、験《タメシ》の武者としてはそなたが主であり、私はおまけだからな。スサノオさまは、そなたが持つ天下五剣《てんがごけん》の一振、鬼丸国綱をたいそう気に入っておいでだ。私の小竜景光も名刀中の名刀だが、天下五剣が相手では分が悪い」

慎太郎は複雑そうな顔をした。

「おれも龍馬のおまけで、〈ヨモツタメシ〉への参加を許されたがです」

「そうか。同じだな。では、おまけ同士、私たちもよろしくやろうではないか」

友姫は四人を順繰りに見やって言った。

「では、龍馬と義貞、慎太郎と正成が対戦するということね。わたしは神々の代理として、二組の戦いを見届けます。戦いの場は、この開けたあたりでいいのかしら？」

龍馬と義貞は、友姫の言葉にうなずいた。

慎太郎は難色を示した。

「せっかく本物の戦場と同じような地におるがやき、それを活かして戦いたいです。そうでなかったら、おれは十分な力を奮《ふる》って戦えんき、正成さまに対して礼を失してしまいます」

訴えを受けた友姫は、正成に水を向けた。

「慎太郎はこう言っているけれど、正成の意向はどうかしら？」

正成は涼やかな顔で微笑《ほほえ》んだ。

「地形を活かした戦いだな。私も、だだっ広いところで正面からぶつかり合うより、奇策を巡らす余地があるほうが好きだ」

「では、決まりね。慎太郎と正成は、都合のよいところへ移ってちょうだい。わたしは、空の上から両方の戦いを見守ることにするわ」

友姫は、着物の袂《たもと》から雲を取り出すと、そこに飛び乗った。雲はふわりと宙に浮き、凧《たこ》のようにするすると、夜明け前の上空へ昇っていく。

龍馬たち四人は、おお、と低い感嘆の声を上げた。

「まるで天女《てんにょ》やにゃあ」

龍馬がつぶやくと、大げさな物言いを嫌う慎太郎さえ、素直にうなずいた。

＊

慎太郎は、いったん正成とともに歩き出したところで、ふと足を止めた。

「ちっくと、忘れ物を取ってきますき、ここで待っちょってつかあさい」

「わかった」

慎太郎は龍馬のところへ駆け戻った。

「おい、龍馬」

「慎太郎さん、どういた？」

「貸いてほしいもんがある」

「また奇策を講じるがか？」

「ああ。奇策の使い手の楠公《なんこう》を相手に、どこまで通用するかはわからんけんど」

望みのものを告げると、龍馬は快く貸してくれた。正成のところからは、慎太郎の体が邪魔になって、何を受け渡したかは見えなかったはずだ。

「慎太郎さん、武運を祈っちゅうぜよ」

「おう。龍馬もな」

気軽な言葉を掛け合って、慎太郎は龍馬と別れた。

＊

龍馬は慎太郎を見送ると、義貞と改めて向かい合った。

「お待たせしたぜよ。ほいたら、わしらの勝負を始めようか」

「おう。あんた、剣術は得意なんだな？」

「それなりに。薙刀《なぎなた》も使えるけんど、今はこいつしか持っちゃあせん」

龍馬は、腰に差した陸奥守吉行をぽんと叩《たた》いた。

「刀の目利きはできるんだろう？」

「おん。刀は大好きじゃ」

龍馬がうなずくと、義貞は満面に笑みを浮かべ、さっと太刀を抜いた。

「そんな気がしたんだ。だからな、まずは刀の検分といこう。見ろ。こいつが俺の相棒、鬼丸国綱だ。鎌倉へ攻め入った折、北条家の太刀であったのを分捕《ぶんど》った。夢に現れる小鬼を斬ったという。ゆえに、この太刀は鬼丸と号された」

鬼丸国綱は、京の粟田口《あわたぐち》派の刀工、国綱が打った太刀である。

鎌倉に幕府が興《おこ》って以降に打たれた刀で、武家文化の力強さが作風にも現れている。全体が大きく反った形だ。地鉄《じがね》は粟田口らしく、緻密《ちみつ》で美しい。

「広直刃《ひろすぐは》調の、きれいな刃文《はもん》じゃ！　凛々《りり》しゅうて、格好がえいのう！」

「あんたの刀は短すぎんか？　鬼丸より四寸（約十二センチ）は短いだろう？　二尺（約六十一センチ）ちょっとってところだよな」

「二尺二寸（約六十七センチ）じゃ。わしらの時代の刀は、こがなもんぜよ。おまさんらの時代と違《ちご》うて、後の世では、馬上で太刀を振るう戦い方は主流やない。刀を持つ者の大半は歩兵じゃ。長すぎる刀は持て余してしまうき、これぱぁの長さに落ち着いたらしい」

龍馬が陸奥守吉行を抜いてみせると、義貞は興味津々で刀身《とうしん》に顔を近づけた。ためつすがめつし、拳形丁子《こぶしがたちょうじ》の乱刃《みだれば》をおもしろそうに見物する。

「うむ、なかなかの刀だ。遊び心のある、派手な刃文《はもん》がいいな」

「ほうじゃろう？　陸奥守吉行ちゅうて、自慢の名刀ぜよ」

義貞は顔つきを改めた。

「相手にとって不足なし！　いざ尋常に、勝負願おう！」

「おう！」

龍馬と義貞は、ぱっと間合いを取った。

一礼するだけの簡素なあいさつの後、刀を構える。

義貞は八双《はっそう》の構《かま》えである。吠《ほ》えるような気迫の声を上げるのは、威嚇《いかく》と挑発だ。

「さあ来い、龍馬ぁ！」

びりびりと空気を震わす義貞の雄叫《おたけ》びに、龍馬はむしろ楽しくなる。

「いざ！」

短く応じて、踏み込む。

龍馬は初手から本気の一撃を叩《たた》き込んだ。様子見などしない。決まれば、義貞の頭蓋《ずがい》をかち割る一撃となるだろう。

義貞は真っ向から太刀で受けた。

がちりと、勢いを完全に止められる。

「……ッ！　力が強いのう！」

「あんたもな！」

にやりと笑い合う。互いに押し合って、弾《はじ》き飛ばす。

義貞は上段から鬼丸を打ち下ろしてくる。龍馬は刀身をからめて受け流す。

さらに、義貞の斬撃。龍馬は合わせ、受け流す。

「そら、龍馬よ！　どんどん行くぞ！」

「おう！」

義貞の太刀筋は、一撃一撃が大きい。攻撃の後、一瞬の隙ができる。その隙を突けたらよいものの、龍馬も返す刀が間に合わない。

「うおぉぉ！　うりゃあっ！」

義貞は猛々《たけだけ》しい雄叫びを上げながら太刀を繰り出してくる。

刀を打ち交わすたびに、腕にじんと痺《しび》れが走る。

一合《いちごう》、また一合。

汗が飛び散る。

「龍馬ぁっ！　どうしたどうした！」

互いの位置を入れ替えながら、龍馬と義貞は切り結ぶ。どちらも息が上がっている。全身の筋肉が燃えるように熱い。


間合いが遠くなった、その瞬間だった。

ちかり、と鬼丸の刀身《とうしん》に光が反射した。朝日である。


「しもた」

龍馬は思わずつぶやいた。

光に目を射られたのだ。残光がちらついている。

日の出の刻限である。あたりは、たちまち明るくなっていく。夜明け前の薄暗さに慣れていた目が、明るさにうまくついていけない。

龍馬は半眼になった。

「なんちゃあない」

勘を研ぎ澄ます。

見ようとしては足を取られる。

集中しろ。動けるはずだ。

「うりゃあああっ！」

義貞が吠《ほ》え、上段から斬りかかってくる。龍馬は躱《かわ》す。豪快な唸《うな》りを上げる一閃《いっせん》。義貞の胴が一瞬、がら空きになる。


今じゃ。


龍馬は身を低くして踏み込んだ。

刀は間に合わない。ならば、間に合わせなくていい。

「えいッ！」

龍馬は肩から義貞に突っ込んだ。

「うおっ？」

義貞は吹っ飛んだ。

骨太で上背《うわぜい》のある龍馬は力が強い。やわらの術を学んだこともあるので、人の重心がどのあたりにあって、どこに力を加えられれば弱いのかも知っている。

義貞もさすがに、無様《ぶざま》にひっくり返りはしなかった。猫のように身をひねって跳ね起きようとする。

それより素早く、龍馬は義貞に飛びついた。足をからめて引き倒し、うつぶせにして地に押しつける。そのままぐいぐいと力をかけ、義貞の体の自由を完全に奪った。

「よし……！」

龍馬の体の下で、動けない義貞が笑った。

「おい、何をしてるんだ。後ろを取ったら、その途端に斬り殺しちまえばいいだろうが」

「ほうながやけんど。まだもう少し、話したいことがあるきに」

「ふん、甘いことを」

「甘い、か」

またしても指摘されてしまった。

「まったくもってあんたのやり方は甘いし、手ぬるい……と言いたいところだが、これは見事に動けんな。ああ、くそ、痛い。何だ、この体術は！」

「無理に動いたら、肩や膝が外れるぜよ。それでも動くつもりなら、筋を切っちゃろうか？」

あえて低い声で、龍馬は言った。

押さえつけられながらも、義貞は鬼丸を手放していない。いきなりその刃が跳ね上がって襲いかかってくるのではないか、と恐怖を覚えもする。

また別の恐怖もある。頼光との戦いによって、龍馬は、この験《タメシ》の場で人を斬ることができないと自覚した。それを義貞に悟られるのが怖い。

義貞は人を斬れるだろう。相手に敬意を示せばこそ、命懸けの健闘を称《たた》えて、相討ちになってでも最期まで太刀を振るい続けるだろう。

不意に、義貞は笑い出した。先ほどの失笑とは違う、高らかな哄笑《こうしょう》である。朝焼けの空に響き渡るような大声で、義貞は楽しそうに笑った。

「うわっはっはっはっは！」

「どういたが？　義貞どの？」

問うてみても、義貞はしばらく笑い続けていた。笑って笑って笑って、そして、ふと静かな声になって告げた。

「あんたの勝ちだ、龍馬」

龍馬は、思わず訊《き》き返した。

「へ？　ほんまかえ？」

「おう、ほんまだ」

「けんど、こがなやり方では甘いち思っちゅうろう？」

「そりゃあ、甘いんだがな。もういい。楽しかった。戦《いくさ》の誉《ほま》れだの、坂東武者《ばんどうむしゃ》の誇りだの、そんなもん全部忘れて、頭を空っぽにして勝負ができた。数百年越しで、俺は満足した。社《やしろ》に祀《まつ》られることで満足しておとなしくなる御霊《ごりょう》ってのは、こんな気持ちなのかね」

「御霊？　祟《たた》りや飢饉《ききん》をもたらす類《たぐい》の悪霊のことかえ」

　義貞はどうにかこうにか首をひねり、横目で空を見上げて叫んだ。

「おぉい、聞こえるか、神々よ！　この勝負、坂本龍馬の勝ちだ！」

　暁《あかつき》の空は何も答えない。雲に乗った友姫が、ほっとした顔を見せた。

＊

　龍馬は義貞を解放した。

　起き上がった義貞は、草の上にあぐらをかき、にやりとした。

「ここがうつし世の戦場なら、縛りもせずに俺を解き放ったことを後悔させてやるところだったぞ。降参だと偽ってあんたを油断させておいて、助けてくれてありがとうと言いながら、ぶすりだ」

　義貞は、龍馬の胸元に短刀を突き立てる仕草をした。空っぽの左手でのことである。鬼丸は右手につかんだままだが、体の後ろに回している。

龍馬は義貞の左手を軽く叩《たた》いた。

「おぉの。恐ろしいことを言いなや」

「あんただって、ここが本物の戦場で、自分が生きるか死ぬかの瀬戸際だったら、迷わず俺を斬っただろう」

「そうかもしれん。いっぺん死んでしもうたせいで、妙に腹が括《くく》れちゅうがは確かじゃ。おまさんも、これから魂が消えてしまうに、ずいぶん落ち着いちょるのう」

義貞は胸を張った。

「日ノ本の武士とは、こういうものだ。引き際は潔いのが美しい。俺も美しくありたい。本物の戦場ではそれができなかった。だから、今ここでやり直させてくれ」

義貞の最期は、疲労困憊《ひろうこんぱい》の中であっけなく討ち取られた、とも伝えられている。当人はよく覚えていないらしい。

龍馬は己《おのれ》の最期をよく覚えている。暗夜、応戦する間もなく斬られてしまった。戦場で敗れての死と、どちらがより悲惨と言えるのだろうか。

「本物の戦場、か。嫌やにゃあ」

「浮かぬ顔だな。しかし、戦のない時代から来たというわけでもないんだろう？」

龍馬も草の上に腰を下ろした。

「わしが参陣したがは海戦じゃった。でかい船を操って大砲を……鉄でできた大玉を、からくりを使って放り投げて、敵の船にぶつけるがよ。陸の上で、大勢で撃ち合ったり斬り合ったりする戦《いくさ》には、身を置いたことがない」

「そうかい。まあ、戦の経験なんぞ、ないに越したことはないさ」

龍馬は膝に頬杖《ほおづえ》をついた。

「今まではどうにか策を巡らせて、倒幕の大戦《おおいくさ》が起こらんようにしてきた。武力を使うがは、小競《こぜ》り合《あ》い程度で十分じゃ。ほんでも、最後の仕上げにゃあ、やはり戦になってしまう目算やったけんど」

「戦は嫌いか？」

「嫌いじゃ」

「そのわりに強いじゃないか。刀好きでもある」

「刀や鉄砲や大砲ちゅう武器そのものは好きじゃ。武術や軍略を学ぶがも好きじゃ。だって、真っ当な兵法でもって考えりゃあ、自分より強いやつを相手に喧嘩《けんか》を仕掛けるものじゃあない。喧嘩をしとうないき、わしは強うなってきたんじゃ」

ふうむ、と義貞は唸《うな》った。

「思いのほか、あんたはあれこれと頭を使うくちのようだな。俺よりも、楠木の野郎と話が合いそうだ。あいつの戦ぶりはな、腹立たしいことに、とにかくすごいんだぞ。あいつは籠城の名手だ。商人との付き合いが深くて、輜重《しちょう》の采配《さいはい》もうまい」

輜重とは、前線へ届けるべき食料や物資のことだ。兵を飢えさせず、十分な武器を与えることは、想像よりもはるかに難しい。多くの将は補給を怠り、兵に略奪を命じることとなる。

不意に、銃声が鳴った。

義貞は太い眉をひそめた。

「今のは何の音だ？」

「武器を使うた音《こ》じゃ。慎太郎さんが勝ったかのう」

「何だと？　楠木の野郎は嫌な奇策を使うが、それを打ち破ったというのか？」

龍馬は苦笑した。

「いや、こたびばかりは、慎太郎さんのほうが、酷《えず》い奇策を打ったんじゃ。見たこともない武器を相手には、正成どのも防ぎようがなかったがじゃろう」

戦いに赴く前、龍馬は慎太郎から、拳銃を貸すように言われた。龍馬はそれを拒まなかった。龍馬自身は剣術勝負で片をつけるつもりだったが、慎太郎に同じ振る舞いを強いるのは筋違いだ。

義貞は、銃声のしたほうを見つめて言った。

「なあ、龍馬よ。いとまはまだありそうだ。俺の魂が消え去る前に、俺の問いに答えてくれんか？」

「わしに答えられる問いなら、答えるぜよ」

「あんたの時代では、人は何のために戦《いくさ》に出る？　血縁のためか？　功名のためか？　野心のためか？　忠義のためか？」

龍馬の頭に、あまたの人々の顔が浮かんだ。

尊王攘夷《そんのうじょうい》の論を闘わせた相手もいれば、開国と海防を巡る講義を聴かせてくれた恩師もいた。隣を走っていると思っていたのに、気づけば離れてしまっていた人たちもいた。黄《よ》泉路《みじ》で別れを告げた藤吉のことも思い出した。

あの人たちの戦う理由は、何だったのだろう？　どんなふうに言い表せば、より正しい形で、義貞に伝えられるだろう？

「わしの時代の戦は、おのおのが成し遂げたい理念や理想を押し通すために、起こってしまいゆう。日本を新しい国にしたいちゅう思いが、戦う者らの腹ん中にある。少なくとも、わしや慎太郎さんは、理念や理想のために戦いゆうがじゃ」

義貞は笑った。

「難しいことを言う。俺は、あんたらの時代に生まれなくてよかった。だって、あんたらは一軍の将でもないのに、いろいろと難しいことを考えなけりゃならんのだろう？」

「考えることは、楽しいぜよ」

「さらりとそう言ってのけるほどの賢い頭を、俺も持ってみたかったよ。あんたなら、帝《みかど》にもじかに尋ねてしまうんだろうな。俺はあんたにとって何者なのか、と」

「ほうじゃな。機会がありゃあ、じかにお訊《き》きしてみたいもんじゃ」

義貞はうなずくと、妙にさっぱりした明るい顔で、龍馬に告げた。

「〈ヨモツタメシ〉か。うむ、なかなか愉快だった。心が躍ったぞ。龍馬、あんたはこの先も頑張れよ。そういうわけで、俺の愛刀の切れ味を見ていてくれ。俺は鬼ではないから、鬼丸にとっちゃ物足りんかもしれんが」

言うが早いか、義貞は鬼丸の刃を己《おのれ》の首に当てた。

「待ちや！　まだ時はあるろう。わしはおまさんと……」

もっと話をしたい、と言いたかった。

義貞は待たなかった。鬼斬りの太刀を掻《か》き抱《いだ》くと、己の首筋を切り裂いた。

血しぶきが上がった。

と見えた瞬間、義貞の体も血も、塵芥《ちりあくた》となって消えてしまった。

主を失った鬼丸国綱が、草の上に落ちた。

再び落ち合ったとき、慎太郎は顔色が悪く、言葉少なだった。眉間にしわが刻まれている。

＊

龍馬はあえて能天気に笑ってみせた。

「慎太郎さん、すごいじゃいか！　あの楠公を相手に、よう勝ったのう！　義貞どのもたまげちょったぜよ」

慎太郎はぼそぼそと礼を言って、龍馬に拳銃を突き返した。

「ありがとうな。助かった」

「おん。正成どのとは、何ぞ話せたか？」

「……楠公と称《たた》えられる人さえ、大義のために死ぬことはできても、生き返ってなお同じ道を行こうとは思えんもんながか。あの偉大な英雄が、たわいもない望みを口にするらぁて」

龍馬は眉をひそめた。

「正成どのは何と言うておったんじゃ？」

慎太郎はぶっきらぼうな口調で答えた。

「息子らに詫《わ》びたいだけだ、と」

「それが、正成どのが魂を懸けて叶《かな》えたい望みやったがか？」

「ああ。南北に分かれての戦《いくさ》の世になってしまったことを、正成さまは、己《おのれ》の責任でもあると感じちょった。正成さまの幼い息子らもいずれ戦に駆り出されると考えたら、詫びねば気が済まんと思うたらしい」

南北朝並立の混乱は、湊川の戦いの直後から、六十年近く続くことになる。長い戦の時を経て、二つの朝廷を合一する立役者となるのは、正成の末子である楠木正儀《まさのり》だ。

正儀は父の死の頃、ほんの幼子《おさなご》だった。出陣続きの父のことは、記憶にあったかどうか。兄たちや河内《かわち》の民から伝え聞くばかりだったかもしれない。

「正成どのも、人間くさいお人じゃ。生き返って、ただ息子らに会いたかったがか。一軍の将としてじゃなく、息子らの父として話をしたかっただけとはのう」

龍馬は何となく嬉しくなって、そっと笑った。

慎太郎はぎろりと龍馬を睨《にら》んだ。

「へらへらしなや。龍馬、おまんは大丈夫じゃろうな？」

「大丈夫たぁ、どがな意味じゃ？」

「おまんは闘い続けや。おれの隣でな。おまんは、これからの日本に欠かせん男じゃ」

強い声で言って、慎太郎は龍馬に背を向けた。

龍馬は、両手に抱えた鬼丸に視線を落とした。直刃《すぐは》の刀身《とうしん》には、血汚れひとつついていない。義貞はもう、跡形もなく消えてしまった。

ため息とともに、龍馬はこっそりとささやいた。

「大義のためには生き返れん、か。ほうじゃのう。わしも、大義のために奔走しゆう途中で命を落としたけんど、叶《かな》えたい望みは……」

ささやきは、潮の香りの南風にまぎれ、波の音にさらわれていった。

いつの間にか降りてきていた友姫が、少し離れたところでこちらをうかがっている。近寄ってこないのは、龍馬と慎太郎の様子に険悪なものを感じたせいだろう。

龍馬は鬼丸を掲げ、友姫に笑ってみせた。

「鍵はもろうたぜよ！　鬼丸国綱じゃ。さ、次に行こうや！」

天下五剣《てんがごけん》は、あと二振。

勝たねばならない戦いは、あと四つである。

第六章　三日月宗近《みかづきむねちか》：孤独の御所

十一で元服し、将軍となったときの名は、義藤《よしふじ》といった。

義輝《よしてる》の名に改めたのは、十九の頃だ。

「悪しき旧縁を断ち切って、将軍の威光でもって世を照らし、輝かせてみたかった。ゆえに私は、輝という字を選んだのだ」

独《ひと》り言《ご》ちるときは、手にした刀に語り聞かせる。いつしかそれが癖になっていた。信を置ける人間が傍らにいないせいだ。

足利義輝は、足利家第十三代将軍である。だが、今の世においては、将軍などお飾りに過ぎない。

物心ついた頃にはすでに、人と人は相争《あいあらそ》うものだと知っていた。だまし合って勝ち抜いた者だけが生きていける世だ。

足利家の親族、管領の細川《ほそかわ》家とその分家、細川家配下にある三好《みよし》家、帝《みかど》や朝廷の公家《くげ》たち、各地で勢力争いを繰り広げる大名や、不穏な蜂起を繰り返す一向衆《いっこうしゅう》。

誰もが天下をひっくり返そうと狙っている。

「なあ、おまえたちは、私を殺しに来るのは誰だと思っていた？」

ぐるりと部屋を見渡す。

奥の間は、刀剣のための部屋だ。

打刀《うちがたな》に太刀《たち》に脇差《わきざし》に短刀、剣《つるぎ》に薙刀《なぎなた》に槍《やり》に大太刀。立派な拵《こしらえ》に身を包んだものも、白鞘《しらさや》に入れて休めた姿のものもある。

古いあたりでは、大和刀《やまとどう》の朴訥《ぼくとつ》にして清らかなもの、山城刀《やましろとう》の上品で雅《みやび》やかなものがある。少し時代の下ったものだと、備前刀《びぜんとう》は気鋭にして華やかで、相州刀《そうしゅうとう》は力強く晴れやかだ。近年では美濃《みの》の刀、兼定《かねさだ》や孫六《まごろく》の隆盛がおもしろい。伊勢《いせ》の村正《むらまさ》もいい。古刀の強さと美しさを取り入れつつ、扱いやすさに重きを置いた今様の形に仕上げている。

天下五剣《てんがごけん》は、四振まで手元に揃《そろ》えた。ただ、日蓮の守り刀であった数珠丸だけは、身延山久遠寺《くおんじ》がどうしても手放そうとしなかった。

手に入らぬ刀があっても今は致し方ない、と思うことにしていた。いずれ義輝が将軍の肩書にふさわしい力を得ることができれば、名刀も宝刀もおのずと集まってくるはずだ。

義輝は笑った。自嘲《じちょう》の念がそうさせた。

「許せよ、刀ども。私はおまえたちを部屋に閉じ込めたまま、戦場での誉《ほま》れをくれてやるともできず、むなしく死んでゆくのだ。何と不甲斐《ふがい》ない主であることか！」

喧騒《けんそう》は、いつしか屋敷の中にまで及んでいる。

謀反人《むほんにん》どもがこの部屋にも攻め寄せるまで、さほどのいとまもないだろう。

「師匠がここにいなくてよかった。このような市中で、着の身着のままの姿で討ち取られるなど、あの人の末路としてはふさわしゅうない」

では、己《おのれ》の末路としてはふさわしいのか。

義輝は、取り囲む宝剣たちをぐるりと見渡す。

唇を噛《か》む。柔らかな肌はたやすく破れ、塩辛い血の味が口中に満ちた。

「軍を将《ひき》いる任に就いた者として、死するならば、戦場で血煙にまみれて散りたかった」

畳の上で無残にも、謀反人どもに取り囲まれて八つ裂きにされるのか。それとも、捕らえられて退位を迫られ、屈辱の余生を強いられるのか。

そんな目に遭うくらいなら、いっそみずから命を絶つべきだろう。

であれば、その前に一人でも多くの謀反人を道連れにすべく、刀を振るってやる。

「目にもの見せてくれようぞ」

絶望と奮起と憎悪。

これから人を斬るのだという、歓喜にも似た恐怖。

愛刀を手にした義輝は、静かに気息を整えた。

あのときは、ああするしかなかった。

だが、もしもやり直すことができるなら。

義輝の未練と悔恨が、途方もない賓客《ひんきゃく》を呼び寄せた。

黄泉路《よみじ》で絶望の涙を流す義輝に、須佐之男命が手を差し伸べたのだ。

スサノオは、どうにかしてやろうと請け合った。義輝はスサノオによって、うつし世とかくり世の狭間《はざま》にあるという、どこでもない場所へと匿《かくま》われた。

あれからどれほどの時が流れたのだろうか。久方ぶりに顕現したスサノオは、かつて黄泉路でそうしたのと同じように、義輝に手を差し伸べた。

「おぬしの望み、叶《かな》えてやれるやもしれぬ。おぬし自身の言葉でもって、意志を明かすがよい。もし敗れれば魂が滅するが、それでも、強敵との戦いに挑む覚悟はあるか？」

義輝は武神の前で力強く宣言した。

「私を誰だと思っておられる？　私は、剣豪将軍、足利義輝であるぞ。その戦い、謹んでお受けしよう！」

＊

鴨川《かもがわ》に架かる橋を渡り、二条大路《にじょうおおじ》を西へ向かって歩いている。

通りの両側に建ち並ぶ家々は、龍馬が見知ったものではない。だが、碁盤《ごばん》の目のような町割りは、記憶にあるものとそっくりだ。

ここは京の都だ。

都の三方を囲む山並みの形や、二筋の川が合流して鴨川に流れ込む三角州の形から、自分がどこにいるのかを知ることはたやすい。

人の姿はない。ただ、大軍勢の気配だけがある。

仲夏五月《ちゅうかさつき》の朝。

梅雨のさなかではあるが、今日はぼんやりとした晴れ模様だ。京の盆地らしい暑気と湿気がまとわりついてくる。

龍馬も慎太郎も、蒸し暑さのあまり、汗みずくになっている。汗が目に流れてこないよう、龍馬は手ぬぐいで頭を覆い、慎太郎は鉢巻をつけた。

「嫌な感じやにゃあ。これが、この場の主の目に映っちょった京の都か」

龍馬はたまりかねて、つぶやいた。

ここが一体いつの京であるのかは、初めに友姫から聞かされていた。手鏡を読み上げた友姫の声は沈んでいた。

「永禄《えいろく》の変ですって。永禄八年（一五六五）五月十九日。ときの将軍であった足利義輝が、三好三人衆の率いる軍勢によって、二条御所で討ち取られた。ここは、その永禄の変が起こった当日の京の都を写したものだそうよ」

「ほいたら、次の相手は剣豪将軍の足利義輝公ながか」

「ええ、そのとおり。天下《てんが》五剣《ごけん》の持ち主でもあるの？」

「おん。義輝公は剣豪の塚原卜伝《つかはらぼくでん》に師事しちょって、剣術に優れちょった。その上、刀剣の蒐集家《しゅうしゅうか》でもあって、天下五剣のうち数珠丸以外の四振は、義輝公のもとにあったとも伝わっちゅう。もちろん、そのほかの名刀や宝刀もたくさん持っちょったそうじゃ」

「龍馬と話が合いそうね。スサノオさまとも」

「義輝公の刀を見せてもらえるがなら、ぜひ見せてもらいたいぜよ。語り合《お》うてもみたい。けんど、義輝公は、ただ刀が好きで集めちょったわけではないんじゃ」

「どういうこと？」

「刀は、武家の権威の象徴じゃ。将軍から刀を下賜《かし》されりゃあ、子々孫々にまで伝えるべき宝になるろう？」

なるほどと、友姫はうなずいた。

「だから、義輝公は刀を自分のもとに集めて、武家の頂点に立つ将軍が手にした宝であると権威づけをした。そういう由緒を付した刀を家臣に与えることで、その者が自分の影響の下《もと》にあることを明らかにしようとした。そういうことね？」

「そのとおりじゃ。義輝公以来、織田信長と豊臣秀吉ちゅう天下人、そして徳川将軍家にとっても、名刀は単に人を斬るための道具やのうなった。武家の主従の深いつながりを示す象徴になったんじゃ。ほがな意味合いで賜《たまわ》った品を、武家では家宝と呼ぶがよ」

友姫は納得した様子で、話の筋をもとに戻した。手鏡の文言を読み上げる。

「〈ヨモツタメシ〉の第四戦、ここでの戦いは、足利義輝公を相手取って、永禄の変を模して攻め込むことになるわ。龍馬と慎太郎が三好軍の役、というわけね」

「足利将軍家は、十三代将軍の義輝公の頃にはもう、大した実権もなかったがじゃろ？将軍家を取り巻く家臣らも、新たに台頭してきた者も、手を組んだり裏切ったり、下剋《げこく》上《じょう》を企てたりしちょった」

友姫はうなずいて、今度は手鏡の案内によらず、すらすらと説明した。

「義輝はお飾りのような将軍だったけれど、それでも、九州や陸奥の大名に誼《よしみ》を通じて、権威の回復を図っていたのよ。ただ、畿内《きない》での足場固めが十分ではなかった。その畿内で勢力を伸ばした三好三人衆によって、最後は二条御所で命を落とすことになったの」

「永禄の変の頃ちゅうと、後の天下人の織田信長は……」

友姫は、記憶をたどる龍馬の先回りをして、さらりと答えた。

「ちょうど尾張《おわり》の統一を果たした頃のはず。三十を少し越えた年頃よね。それから十六、七年のうちに天下人と認められるようになって、かと思うと、あっという間に、本能寺《ほんのうじ》で明智光秀《あけちみつひで》に討たれてしまうの」

「よう覚えちゅうのう」

「龍馬が言ってたでしょ。儒学《じゅがく》の素読はちっとも身につかないけど、戦国時代のことは好きだから、すぐに頭に入ってくるんだって」

「わしが？　言うたかえ？」

「ええっ、忘れちゃったの？　わたし、はっきり覚えているわよ。龍馬がよく戦国武将の話をするから、わたしも詳しくなりたくて、ちゃんと学んだんだから！」

残念ながら、龍馬はその会話を覚えていない。気まずくなってきて、かゆくもない頭を掻《か》いた。

友姫は目を丸くすると、膨《ふく》れっ面《つら》になってしまった。

龍馬は汗を拭いつつ顔をしかめた。

「けんど、やっぱりめちゃくちゃな話じゃ。存命の、しかも位に就いたまんまの将軍を、御所に攻め入って討ち取るとはのう」

龍馬は、一橋《ひとつばし》家から出た秀才、慶喜《よしのぶ》の端整に引き締まった顔を思い出し、嘆息した。

慎太郎は龍馬を睨《にら》んだ。

「おまん、また一橋公のことを考えちゅうがか？」

「まあな。存命の、直近の将軍があのおかたやき」

「なぜ一橋公にそこまで肩入れする？　あの人がそこまで優秀とは、おれには思えんがやけんど」

「ほうかえ？　何となく憎めんお人じゃろ。頭がえいき、話せばわかってくださるしのう」

龍馬は正面に向き直った。

一万二千を号する大軍勢の気配に取り囲まれて、足利義輝の二条御所がある。洛中《らくちゅう》と呼ばれる領域の、おおよそ真ん中あたりだ。天皇が住まう内裏《だいり》より二筋南で、北は近衛大路《このえおおじ》、南は中御門小路《なかみかどこうじ》、東は東洞院大路《ひがしのとういん》、西は室町《むろまち》小路に接している。

「蛤御門のすぐそばやにゃあ。わしらの時代でも争いが起こった場所じゃ」

龍馬がこぼすと、慎太郎は突き放したような口調で言った。

「三年前に起こった、町のど真ん中での騒乱、蛤御門の変。長州軍と薩摩・会津《あいづ》軍がぶつかり合って、敗れた長州軍は京から締め出された。このへんもひどう荒れたのう。長州軍の生き残りを狩り出すために、薩摩と会津の連中があちこちに火を放ったせいじゃ」

「どんどん焼けか。酷《えず》い大火になったらしいのう」

「おれは長州軍の一員として戦って怪我《けが》をして、あの炎の中を逃げ惑うた。あれから三年ばぁ経《た》ったけんど、京の町の復興はまだ十分やない。三百年も昔の、造りかけの二条御所のほうが、よほど立派に見えるぜよ」

軍勢が将軍の御所を取り巻くことは、御所巻《ごしょまき》といって、足利将軍の時代にはそれなりによくあることだったらしい。将軍の屋敷を大勢で囲んで、訴えの声を上げるのだ。

御所巻の体裁をとりながら、本当に御所に押し入ってしまったのが、永禄の変における三好軍である。その挙句《あげく》、将軍を討ち取ってしまった。

三好軍の雄々しい鬨《とき》の声の代わりに、友姫の可憐《かれん》な声が、龍馬の背筋をぴんとさせた。

「さあ、気を引き締めていきなさい！　この〈みなし永禄の変〉が四つ目の苦難よ。史実のとおりに足利義輝公を討ち取ることができれば、こちらの勝ち。もたもたしていたら、義輝公に逃げられてしまうわ。さあ、戦って！」

＊

のっぺらぼうの木偶《でく》人形のようなものが一体、門前で刀を構えている。義輝の手勢が御所を守ろうとしているのだろう。

木偶人形の顔に、でかでかと「参拾《さんじゅう》」の字が朱書きされている。

「何じゃ、あの数は？」

龍馬は問いながら、刀を抜いた。

鋼の輝きに反応したかのように、木偶人形が体ごと龍馬のほうを向いた。龍馬を敵と認めたらしい。正眼《せいがん》に構《かま》えた刀の切っ先が、龍馬を狙っている。

龍馬はすかさず打ち込んだ。

木偶人形は、ほとんど動けないままだった。目や口があれば、あっ、と驚いた表情くらいは浮かべただろうか。

龍馬に面を打たれ、朱書きの「参拾」を真っ二つにされて、木偶人形は崩れて消えた。

がら空きになった門から、龍馬は中へ入った。木偶人形が二体、屋敷のほうから走ってくる。顔の朱書きは「弐拾玖《にじゅうく》」と「弐拾捌《にじゅうはち》」だ。

慎太郎が龍馬に並びながら、なるほどと言った。

「全部で三十体の木偶人形が出てくるちゅうことか」

龍馬は右手に唾《つば》を噴きかけ、手の内を整えた。

「数は多いけんど、手こずりゃあせんろう。永禄まで時を下れば、刀の長さも形も、わしらの時代と同じようなもんじゃ。得物が同じなら、戦法も近《ちこ》うなる」

木偶人形たちは泡を食っているようで、刀を構えながらも腰が引けている。永禄の変の当日、御所には、戦いに不慣れな小姓《こしょう》や近習《きんじゅ》が詰めているばかりだったという。

龍馬は己《おのれ》に言い聞かせた。

「人形が相手じゃ。この御所も本物やない。気を引き締めてかかりゃあえい。それだけじゃ」

慎太郎が龍馬の背中を叩《たた》いた。

「行くぜよ、龍馬！　武力倒幕じゃ！」

慎太郎はむしろ張り切っているようだった。

＊

木偶《でく》人形を残り十体ほどにまで減らしたところで、どこからか、きなくさいにおいがしてきた。友姫は眉をひそめた。

「火が放たれたみたいね」

龍馬たちもすでに屋内に押し入っている。のんびりしていたら、火に巻かれかねない。

慎太郎は、汗に濡れた鉢巻を締め直した。

「義輝公は奥の間から動かんがですか？」

「ええ、そのはずよ。こちらが攻め入るまでは動かない、という約束になっているみたい」

手鏡をのぞいて確かめる友姫は、暑さを感じていないようだ。白い肌には汗ひとつ浮かんでいない。

龍馬は暑さにあえいでいる。顔が真っ赤になっていることだろう。京の夏は、高知の夏よりも蒸すのだ。汗もひどくべたついて、熱が体にこもってしまう。

襖《ふすま》の向こうで物音がした。

慎太郎が身を隠しながら、襖を開けた。

木偶人形が三体、待ち構えていたように飛び出してくる。

龍馬めがけて小太刀《こだち》を突き出してくる木偶人形を、物陰から慎太郎が短刀で仕留めた。

「ふん、造作もない」

慎太郎は得意げにつぶやいた。

狭い屋内での立ち回りは、手足の長い龍馬には窮屈だ。低い天井や鴨居《かもい》、あるいは廊下の壁に刀が引っ掛かるので、思い切り振りかぶることができない。

龍馬は木偶人形の斬撃を刀で受け止めた。

「このっ……どうじゃ！」

鍔迫《つばぜ》り合《あ》いに持ち込み、力任せに押し切って、とどめを刺す。強引なやり方だ。戦術も何もない。手応えのない敵が次々と現れるのも、飽きて疲れてしまう。

顔に「陸《ろく》」と書かれた木偶人形を倒したところで、龍馬は畳にへたり込んだ。

「どういた、龍馬？　疲《だ》れたがか？」

「ああ、疲《だ》れてしもうた。暑苦しい中で戦うがは、体がきつうて、具合《のう》が悪いぜよ。それに、やっぱり気が進まん」

「しゃきっとせえ。いじけた顔しゆう場合ではないろう」

ばたばたと足音を立てて、木偶《でく》人形が二体、姿を現す。

龍馬は気が乗らないままに立ち上がり、投げやりな一撃で一体を沈めた。慎太郎もその隙に、一体を倒している。

友姫は心配そうに龍馬の顔をのぞき込んだ。

「龍馬、本当にずいぶん疲れてるみたいね。それとも、どこかが痛む？」

「強いて言うなら、心が痛んぢゅう」

「なぜ？」

「ここは〈ヨモツタメシ〉のためにこしらえられた絵空事の御所じゃ。本物の、慶応三年に存命の将軍を討ち取るわけやない。それでも、わしがこの手で刀を振るって将軍の居所を襲うちゅうがは、まっこと気分が悪いぜよ。あー、嫌じゃ嫌じゃ！」

龍馬は畳の上にひっくり返った。

慶応三年十一月の今、徳川幕府の解体はもはや避けられないと龍馬は確信している。すでに大政奉還《たいせいほうかん》はなされた。慶喜公は近々、将軍の位も朝廷に返上するつもりだろう。ならば、倒幕をするにしても、静かに壊してしまえばよいではないか。わざわざ武力を用いて幕府を討たずとも、改革は成せるはずだ。

「戦《いくさ》に力と金と人の命を費やさんでも、たいていは話し合いや商いで何とかできるに、どういて戦をしたがるがか？　いつの時代も、誰もかれも」

うっすらとした煙が、天井のあたりに漂い始めた。

桐《きり》の花が透かし彫りにされた欄間《らんま》越しに、隣の部屋の天井が見える。そちらのほうが天井が高い。天井絵も施されている。

こういった屋敷は、奥に行くにしたがって、しつらえの格調が高くなるものだ。来客は身分に応じて、どこまで通してもらえるかが決まっている。

義輝が待ち構える奥の間は、もうすぐそこだろう。嫌じゃ嫌じゃという龍馬の声も、ひょっとしたら義輝に届いているかもしれない。

慎太郎は厳しい目をして、畳の上の龍馬を見下ろした。

「やる気がないなら、おれがこれからやることにも文句言いなや」

龍馬は不穏なものを感じ、上体を起こした。

「何をするつもりじゃ？」

慎太郎は無言のまま、襖《ふすま》を一枚、蹴破った。真っ二つに折れ曲がった襖を、さらに割ったり破ったりする。

袂《たもと》から火打石を取り出し、手際よく火花を散らす。

またたく間に、襖の破片に火が移った。端からじわじわと燃え始める。

慎太郎は、火をつけた襖の破片を松明《たいまつ》のように掲げ、一つ奥の部屋の襖を開けた。

向かってこようとした木偶人形たちが、火を見て怯《ひる》んだ。慎太郎はずかずかと進んでいって、部屋の真ん中に無造作に火を投げた。

畳に火がつく。

木偶《でく》人形たちが慌てて火を消し止めようとするそばで、慎太郎はまた容赦なく襖《ふすま》を蹴破り、火打石を鳴らした。飛び散る火花が襖に燃え移る。

肌をちりちりとさせるほどの熱気が、たちまちあたりに満ちる。

「慎太郎さん、おまん……」

呆然《ぼうぜん》とする龍馬をよそに、慎太郎は短刀で手際よく木偶人形たちを倒した。

慎太郎は、迷いのない目で龍馬を見据えた。

「義輝公を倒せば、おれらの勝ちながじゃろう？　せっかくこがな舞台装置があるんじゃ。義輝公も木偶人形を使いゆう。おれらも、何だって使ってえいはずじゃ」

「そうかもしれんけんど」

「龍馬、おまんもこの策は思いついちょったろう。御所を破壊したくないちゅう、面倒くさいこだわりに縛られて、実際にやらんかっただけでのう。おれは何べんも言いゆうぞ。おれらには、必ず勝って生き返って、なすべきことがある。手を抜く余裕はないんじゃ」

部屋は炎に熱せられ、赤々としてまぶしいほどだ。

そのときだった。

奥の間の襖が、内側から開いた。

「賊めが……！」

憎々しげに唸《うな》ったのは、紫色の大紋《だいもん》を身に着けた男だった。着物に白く染め抜かれているのは、五七《ごしち》の桐《きり》紋。足利将軍家の家紋の一つだ。

年は、ちょうど三十。剣豪将軍の異名《いみょう》をとる、足利義輝その人である。

部屋の畳には、あまたの刀剣が突き立てられている。

素襖《すおう》姿の白髪の老人が、義輝とともに奥の間から現れた。老いてはいるものの、ぴんと背筋が伸び、身のこなしには隙がない。

「ここでただ炎に巻かれて果てるわけにもいかぬのでな。せっかく弟子の加勢に参ったのだ。ひと暴れさせてもらおうぞ」

老人が弟子と呼んだのは、義輝のことに違いない。

ならば、義輝の剣の師というのは。

「塚原卜伝どのか！」

龍馬は跳ね起きて、場違いな歓声を上げた。

塚原卜伝は、生涯負け知らずといわれる伝説の剣聖である。常陸国《ひたちのくに》鹿島《かしま》の生まれで、八十二年の生涯のうちに数多くの弟子を輩出した。

その弟子の一人で、奥義「一之太刀《ひとつのたち》」を伝授されたのが、足利義輝である。

卜伝は龍馬を一瞥《いちべつ》すると、真っ白な眉をぴくりとさせた。

「いかにも」

そして、あいさつは不要とばかりに、刀を抜き放った。

義輝も太刀の鞘《さや》を払った。炎の照り返しを受けて、優美な刀身《とうしん》を白く彩る刃文《はもん》が、鮮やかにきらめいた。

＊

「わしが相手じゃ！」

龍馬はとっさに叫んで、卜伝の気を惹《ひ》いた。

卜伝はちらりと慎太郎を目の端で追ったが、そちらには向かわず、龍馬の間合いに踏み込んできた。

「よかろう。相手になってやる」

龍馬は、十分に構える暇さえ与えられなかった。

卜伝の体に力みはなかった。そのさりげない体勢から、無造作に刀が繰り出された。

胴を薙《な》ぐ一撃だ。凄《すさ》まじく速い。

「うおっ」

龍馬はどうにか刀で受けたものの、踏ん張りが利かなかった。体が後傾し、重心が浮く。

まずい。

次の瞬間、再びの斬撃が龍馬を襲った。上段からの、まるで落雷のような一閃《いっせん》である。

視認するより体が動くほうが早かった。腕にがつんと衝撃を受けた。それで龍馬は、卜伝の斬撃を刀で受けたのだと知った。

「重い！」

斬撃の勢いを止めることも逃がすこともできなかった。

龍馬は後ろざまに吹っ飛ばされた。

「ぐぅッ」

畳の上に倒れ込む。刀は手放さない。起き上がる間もなく、すかさず転がって避《よ》ける。

ひゅ、と熱波が断たれた。

たった今、龍馬の頭があったところに、卜伝の斬撃が叩《たた》き込まれている。

まずい……！

転がり、跳ね起きる。剣光、剣光、剣光が追ってくる。容赦のない斬撃に刺突。

龍馬は逃げる。息も絶え絶えだ。卜伝の剣気に中《あ》てられ、体が震えている。畳に燃える炎を飛び越え、ようやく卜伝の間合いから外れる。

「たまげたにゃあ……！」

上背《うわぜい》のない老人なのに、あの剣技の威力は一体どういうことだ？

ふと。

側面から殺気が叩《たた》きつけられた。

「覚悟せよ！」

義輝である。奥の間から飛び出してきて、龍馬に斬りかかったのだ。

「くッ！」

とっさに龍馬は剣先をからめ、義輝の攻撃の勢いをそらした。返す刀で追撃してくるのを、受け流す。

「まだまだ！」

「何の！」

二合《にごう》、三合と打ち合う。

強い。

義輝の瞬発力は天性のものだろう。手数が多く、一撃一撃も十分に重い。龍馬よりも背が高いようで、斬撃が上から来る。

強いが、卜伝ほどではない。

鍔迫《つばぜ》り合《あ》いに持ち込む。

龍馬と義輝が切り結んでいれば、卜伝もおいそれと踏み込んではこられない。

「これでどうじゃ！」

しかし、ここをどうやって突破しようか。

龍馬は周囲の気配を探る。慎太郎は目の届くところにはいない。脱出したわけではないだろう。姿を隠して、何か工作を巡らせているのではないか。

「賊めが……どこを見ておる！」

鍔迫り合いの均衡《きんこう》が崩れる。

一瞬離れ、またすぐさま打ち合う。

「賊よ、くたばれ！」

義輝は太刀を振り回す。連撃で龍馬を追い込もうとする。龍馬は防ぐ、守る、避《よ》ける。

そうするうちに、卜伝がじりじりと間合いを詰めてくる。

「さすがにわしの劣勢か？　いや、違うか」

龍馬は体を低くした。

だんだんと火が回ってきている。煙がずいぶん濃くなった。

火の手によって、剣戟《けんげき》の形勢が掻《か》き乱される。

義輝は滝のように汗を流し、すっかり息を切らしている。

「このっ、しつこい！　賊め！」

太刀を上段に振りかぶる。

その途端、煙を吸い込んだのだろう、義輝は咳《せ》き込《こ》みだした。その場にくずおれて、ごほごほと咳をする。息をするのもままならない様子だ。

卜伝が素早く這《は》ってきた。

「殿！　殿、しっかりなされませ！」

龍馬は目を細めた。彼我《ひが》の距離は一間《いっけん》（約一・八メートル）にも満たないのに、その間に立ち込める煙によって、二人の姿は霞《かす》んでいる。

熱い。もはや夏の暑さのせいではなく、炎によって熱い。

龍馬の背後で襖《ふすま》が開いた。

「こっちじゃ、龍馬！」

鋭くささやく慎太郎の声が聞こえた。振り向けば、桶《おけ》を抱えた慎太郎が、体を低くして手招きしている。

龍馬は慎太郎のほうへ這《は》っていった。慎太郎は桶《おけ》の水を龍馬に浴びせた。

「火の回りが早い。逃げるぞ、龍馬！」

冷たい水を浴びて、ぱっと頭が冴《さ》えた。龍馬は素早く納刀《のうとう》すると、慎太郎に確認した。

「まだ逃げ道があるがじゃな？」

「ああ、確保しちゅう」

慎太郎がうなずくのを見た瞬間、龍馬は息を止め、煙の渦巻くほうへ戻った。

義輝はすでにぐったりしていた。卜伝が義輝を支えている。

龍馬は卜伝の逆側から義輝を支えた。

あっちじゃ、と顎をしゃくる。

煙に目を細めながら、卜伝は龍馬の意図を察したらしい。合図もなしで呼吸を揃《そろ》え、龍馬と卜伝は義輝を担《かつ》いで煙を突破する。

義輝と卜伝を伴ってきた龍馬に、慎太郎は目を剥《む》いたが、何も言わずに駆け出した。

慎太郎の背中を追いかけて、龍馬は必死で走った。担いだ義輝の体は、汗に濡れていて熱い。卜伝が、駆けながら咳《せき》をした。

＊

表に出ても、呼吸はなかなか落ち着かなかった。龍馬は仰向けに大の字になって目を閉じ、頭がくらくらするのに耐えていた。

「龍馬、大丈夫？　ねえ？」

揺さぶったり額に触れたりしてくる友姫にも、ほとんど応えてやれなかった。

耳のすぐそばで心臓がどくどくと鳴っているかのようだ。

思い出した出来事がある。

幼い頃、ほんのちょっと泳げるようになったばかりのときに、調子に乗って川の深いところまで行ってみた。

その前日に雨が降っていたせいで、川の流れは激しかった。龍馬はたちまち流れに足を取られ、溺れそうになった。

三つ年上の姉が、なりふりかまわず飛んできて、龍馬を助けてくれた。川原の草の上にひっくり返って息を整える間、こんなふうだった。

苦しくて、頭がくらくらして、心臓の音が聞こえて。

生きているからこそ、痛みも苦しみも鼓動もあるのだと、あのとき感じた。

少しうとうとしていたらしい。

急に、蝉《せみ》の声が間近に聞こえることに気がついて、目が覚めた。湿った土と木の匂いがする。山の匂いだ。

龍馬は体を起こした。額に乗せられていた手ぬぐいが、ぱさりと落ちた。

「龍馬、大丈夫？」

友姫が龍馬の顔をのぞき込んでくる。

「おん、もう心配いらんぜよ。具合《のう》が悪いがは、おおよそ治まった。ただ、ちっくと喉が渇いたにゃあ」

かすれ声で言えば、友姫が竹筒に汲《く》んだ水を差し出してくれた。

「目を覚まさなかったらどうしようかと思ったわ。無茶なことをするんだから」

「すまんすまん」

水を飲んで、ようやく人心地がついた。

龍馬はあたりを見回した。京のまちなかではない。

柔らかな青草が生えたところに寝転んでいた。頭上には木々が茂って、涼やかな影を落としている。なだらかな斜面を下ったところには、広々とした水面《みなも》が見える。

「ここはどこじゃ？」

友姫が答えた。

「近江の坂本《さかもと》ですって。龍馬、来たことがある？」

「旅の途中で立ち寄ったことがあるぜよ。わしの名字と同じ名の土地やき、一度は行ってみたかったんじゃ。ほいたら、そこに見えるがは琵琶《びわ》湖ながか」

「ええ、そのとおりよ」

琵琶湖と逆のほうを仰ぎ見れば、比叡山がそびえている。近江国と山城国の間を隔てる屏風《びょうぶ》のように、比叡山に連なる山並みが立ちはだかっているのだ。

慎太郎が、ほっと息をついた。

「おまんまで倒れたら、後味の悪いことになるところじゃった。まさか敵を助けに戻って火に巻かれそうになるとは、お人好しが過ぎるぜよ」

「許いとうせ、慎太郎さん。とっさに体が動いてしもうたんじゃ」

「悪い癖じゃな。おまん、これから先……」

言いかけたことを、慎太郎は呑《の》み込んだ。

「どういた？　何ぞ話があるがか？」

促してみたが、慎太郎は顔をしかめてかぶりを振ると、きびすを返した。

「しばらく木陰で休んでくる。暑いところで動き回ったり煙を吸うたりして、おれも疲《だ》れてしもうたき。火付けの策を講じたことは、別に悔いちゃあおらんけんど」

離れていく慎太郎の背中に、苛立《いらだ》ちがにじんでいる。

無理もあるまい。龍馬が初めから慎太郎と協力していれば、二条御所の制圧はさほどの苦もなく達成できたに違いないのだ。

いや、それもささいなことかもしれない。慎太郎は〈ヨモツタメシ〉の旅路において、ずっと不機嫌そうな顔をしている。何かにつけて苛立つのは、きっと焦っているからだ。

「うつし世に早《はよ》う帰りたい気持ちも、何としても志を遂げたい気持ちも、むろん、わしにもわかる。とはいえ、どういたもんかのう」

つぶやいた龍馬はため息をつき、傍らに置かれた陸奥守吉行を手に取った。

ふと気づいたことがある。

「おや？　この下緒《さげお》の結び方は？」

陸奥守吉行の黒漆塗《くろうるしぬり》の鞘《さや》には、赤色の平組紐《ひらぐみひも》を結んでいる。下緒と呼ばれるこの紐は、鞘と鍔《つば》を結わえることで刀を抜かない意思を示したり、鞘から外して袖《そで》を括《くく》る襷《たすき》にしたりと、用途が広い。

龍馬はよく下緒を襷として使っている。どうせすぐにほどいてしまうので、結ぶのも手間がかからないほうがよい。普段はざっと鞘に巻きつけて、船乗りがよく使う引き解け結び《スリップノット》にしている。

しかし今、陸奥守吉行の下緒は、整然とした正結《せいむす》びになっている。刀としての正装とも言える結び方である。

友姫が教えてくれた。

「この紐、卜伝が結んでくれたのよ。ほどけかけていたんですもの。卜伝は、刀身《とうしん》が傷んでいないかどうかも確かめてくれたわ。大丈夫ですって。刃文《はもん》がくっきりと華やかで、いい刀だって言ってた」

小さな白い手が指し示す先に、岩の上で座禅を組む卜伝の姿がある。

卜伝にも会話が聞こえていたらしい。卜伝は目を開け、老いも疲れも感じさせない身のこなしで立ち上がって、こちらへやって来た。

「目を覚ましたか、坂本龍馬」

龍馬は座ったまま、しゃんと立つ卜伝を見上げ、にっと笑ってうなずいた。

「わしの刀が世話になったみたいで、ありがとうございました。ひっくり返って動けんわしを仕留めるでもなく、面倒を見てもろうて」

「なに、先に助けてもらったのはこちらだ。我が弟子、義輝さまを救ってくれたこと、感謝いたす」

卜伝は頭を下げた。

龍馬は卜伝に面《おもて》を上げさせた。

「火の勢いが増して、勝負が途中でうやむやになってしもうたがは残念じゃ。けんど、正直なところ、ほっとしたぜよ。卜伝どのに勝てる気がせんかったきに」

「うむ。おぬしの腕では、逃げ回るのがせいぜいであろうな。拙者《せっしゃ》にかすり傷ひとつでも負わせたらおぬしの勝ち、という具合に条件を緩めてやって、ようやく勝負になろう」

「伝説の剣豪たぁ、まっこと凄《すさ》まじいにゃあ。その条件で改めて戦うかえ？」

「いや、それはできぬ。拙者は今、刀が抜けぬのだ」

「何じゃと？」

「義輝さまのご意思がこの場の理《ことわり》を支配しておるためだろう。スサノオさまがお選びになった験《タメシ》の武者は元来、天下五剣《てんがごけん》の主たる義輝さまのみ。拙者は数合わせの添え物よ」

卜伝は、少し離れたところを手で指し示した。

義輝が独り、木陰で座り込んでいる。

龍馬は安堵《あんど》の息をついた。

「義輝公も目を覚ましちょったがか」

「こたびは大事なかった。うつし世で起こった出来事とは違ってな。もしも改めて戦うことを望むならば、まずはあのかたの思いを確かめてさしあげるがよい」

「ほんなら、行ってくるかのう」

龍馬は陸奥守吉行を手に、立ち上がった。

＊

義輝は、青々とした葉をつけるもみじの木に背中を預け、膝に載せた抜き身の太刀に、ぼんやりと目を落としていた。端整な横顔はひどく寂しそうだ。

龍馬は、どう声を掛けるべきか、少し思案した。結局、まるで友としゃべるかのような、気楽な言葉を選んだ。

「隣、座ってえいかえ？」

「ああ。かまわぬ」

応じる義輝の声は、思いのほか柔らかかった。龍馬の態度を無礼と咎《とが》めるつもりもないらしい。龍馬は義輝のそばに腰を下ろした。

「近江の坂本は、おまさんにとって、京より馴染《なじ》み深い場所ながか？」

義輝は、ちらりと龍馬にまなざしを向けた。

「なぜそう思う？」

「京の町の景色より、こっちのほうがずっときれいやき」

「そうだな。将軍になる前も、なってからも、争いごとばかりの京は、私にとって恐ろしい場所だった。それと同時に、手放せぬ場所でもあった。ゆえに、身の危険を感じながらも、私は二条御所にしがみついた。そして、あっけなく死んだのだ」

自分自身を突き放すような口ぶりだった。

龍馬は義輝の手を見た。剣だこでごつごつとした、武芸者の手である。

「せっかくの勝負が途中で台無しになってしもうたのう」

義輝は龍馬のほうを向いて、ふっと力を抜くように笑った。

「どれほどお膳立てをしてみたとて、所詮うまくはいかぬものよ。私はきっと、そういう星のもとに生まれついたのだ」

「けんど、こたびは御所で討ち取られずに済んだじゃいか」

「とはいえ、煙と炎に巻かれて自力では動けず、師匠と敵将によって担《かつ》いで連れ出されたのだぞ。無様《ぶざま》な将軍であることには変わりあるまい。この勝負、私の負けだ」

龍馬は息を呑《の》んだ。

「おまさん、勝敗を言葉にしてしもうたら……」

「神々の前での誓約《ウケイ》に等しいというのだろう？　知っておる。ここで再戦し、改めておぬしらを負かしてしまえばよいと師匠は言ったが、もうよい」

「なぜじゃ？　あきらめるらぁて、もったいないぜよ」

義輝は目を伏せた。唇は微笑《ほほえ》んだままだ。

「あきらめたわけではない」

「ほいたら、なぜ？」

「私は何に縛られていたのだろうな。師匠とおぬしが、こうもたやすく私をあの御所から引き離してくれた。私の望みは、それで叶《かな》ってしまったらしい。満足したのだ。太刀を振るう力が、この体にはもう残っておらなんだ。三日月が重くてかなわぬ」

義輝は両手を震わせながら膝の上の太刀を取ると、龍馬に押しつけた。奥の間で戦ったときに使っていた太刀である。

優美な曲線を描く刀身《とうしん》を光にかざすと、独特な刃文《はもん》が目に飛び込んできた。

「三日月形の打ち除《うの》け……三日月宗近《みかづきむねちか》ながか！」

天下五剣《てんがごけん》の中でも最も美しいとされているのが、三日月宗近である。伝説的な刀工、三条宗近が打ったという。

刃に沿って現れた白い刃文から離れて、きらめく地鉄《じがね》にも、三日月形をした刃文があまた散っている。打ち除けといわれるこの刃文が、三日月の号の由来であるらしい。

龍馬は、食い入るように三日月宗近を見つめた。

文章で書き表された天下五剣の姿を頭に思い描き、いつかこの目で見てみたいものだと憧れ続けてきた。

それは、叶うはずのない憧れだった。

龍馬の時代には、天下五剣《てんがごけん》のうち、数珠丸は行方知れずになっている。他の四振は、徳川将軍家、皇家、譜代《ふだい》の大名家、権威ある刀剣鑑定師の蔵の中にそれぞれ納められている。

坂本龍馬という男は、妙に目立って名が知られているが、その実、脱藩浪士に毛が生えた程度の身でしかない。天下五剣を間近に拝む機会になど、あずかれるはずもなかった。

「三日月宗近！　ああ、げにまっこと美しいのう！　本物にしかない輝きじゃ。こがな細やかな刃文《はもん》、押し形では写しきれんろう。写真を撮るがも厳しいか。三日月形の打ち除《うの》けを見るにゃあ目でじかに拝むしかないらぁて、何とも気難しいやっちゃのう！」

義輝は龍馬のはしゃぎっぷりに面食らっていたが、ひとたび相好を崩すと、憑《つ》き物が落ちたように声を上げて笑い出した。

「あはははは！　おい、何をとるって？　一体、何の話だ？　わけのわからん話をする男だな。それも、ずいぶん楽しそうに」

義輝は龍馬を小突きながら笑っている。張りのある明るい声だ。

龍馬は、はっとして義輝の顔を見た。

「ほがな顔で笑うお人やったがか。えい笑顔じゃのう」

義輝は目を見張った。

「や、藪《やぶ》から棒《ぼう》に、妙なことを」

「妙かのう？　わしはおまさんの笑顔が好ましいち思うたき、正直に言うただけじゃ。戦いゆうときの気迫にあふれた顔も、さすが剣豪将軍じゃち感心したけんど」

義輝はまじまじと龍馬の目を見ていた。どこまで本気なのかと疑うようなまなざしだ。

龍馬は笑って見つめ返した。どこまでも本気なのだ。腹の中をのぞき込まれても、やましいところはない。

やがて義輝は、ほっと息をついた。

「私とて、怒りもすれば笑いもするぞ。己《おのれ》の不甲斐《ふがい》なさに泣いたことも数知れぬ」

「泣きもするかえ」

「死して後は幾度泣いたことか。家臣に攻め込まれて討ち死にするなど、みっともない死に方だったからな」

「みっともなくはないろう。少ない手勢で、あきらめずに戦っての討ち死にじゃ。悲壮やけんど見事な最期やったち伝え聞いちゅうぜよ。剣豪将軍よ、おまさんは立派じゃ」

義輝は、ふふんと笑った。口元にえくぼができて、白い歯がのぞいた。

「このろくでもない死にざまが妙に晴れがましく伝えられるというのなら、後世はのんびりとした時代になるのかな？」

「ほうじゃな。おまさんの死から五十年ばぁ経《た》つと、戦《いくさ》がおおよそ止《や》んで、泰平の世が始まる。それからの二百年ほどは、案外のんびりしちょったはずじゃ」

義輝は目をしばたたいた。

「泰平の世、と言ったな。そんなものが本当に実現するのか？　私の頃から数えて、たった五十年後に？」

「おん。五十年もありゃあ、世の中はがらっと様変わりするもんぜよ」

「そうか。世の中は変わっていくのか。泰平の世に生まれてみたかったな。そんな時代なら、私は悲劇の将軍ではなく、ただの剣術莫迦《ばか》でいられたかもしれない」

義輝は、少し離れたところで瞑想《めいそう》にふける卜伝に目を向けた。

敗北を宣言した義輝とともに、卜伝もまた、この美しい湖畔《こはん》の景色の中で消滅してしまう。

だが、卜伝の静かなたたずまいからは、己《おのれ》の行く末に対する恐怖など微塵《みじん》も感じられない。

さて、と義輝はつぶやいて、立ち上がった。

「おぬしら、さっさと行くがよい。武運を祈っておくぞ、坂本龍馬よ。おぬしと話せて、楽しかった」

鳥の声が聞こえた。羽ばたきの音が続いたと思うと、山のほうから、薄墨色の翼を広げた鳥が姿を現わした。

「何の鳥かのう？」

義輝が顔を上げる。

「あれは、ほととぎすだ」

ほととぎすは、キョッキョキョッキョキョッキョ、と高い声で鳴いている。

義輝は卜伝のほうへと歩いていった。卜伝は顔を上げ、愛弟子《まなでし》を迎えた。

龍馬は座り込んだまま、二人の様子を見ていた。師と呼びうる幾人かの男の顔が、順繰りに脳裏をよぎっていく。友姫が腰を屈《かが》めて、龍馬の顔をのぞき込んだ。

「ずいぶん打ち解けたのね」

龍馬は友姫の顔を見て、笑ってみせた。

「義輝さまは案外、気さくで素直なお人じゃ。そういやあ、義輝公の辞世《じせい》も、まっこと素直な歌じゃったのう」

五月雨《さみだれ》は　露か涙か　ほととぎす　我が名をあげよ　雲の上まで

龍馬は五月晴《さつきば》れの空を仰いだ。

雲ひとつなく、青く輝いている。

この空が今の義輝の心模様ならばよい、と龍馬は思った。

第七章　大典太光世《おおでんたみつよ》：おなごの本懐

長く生き、幾度か病を経ていれば、己《おのれ》の死期もわかってしまうものだ。

芳春院《ほうしゅんいん》は震える手を励まして、筆を執った。

これが最後の便りと相成《あいな》ることでしょう、と書き出しから綴《つづ》る。同じ年頃の旧友はどんな顔をしてこの手紙を読むだろうか。

「ねねさまはまだしばらく、うつし世にいらっしゃるのでしょうね。昔から、わたくしよりもずっと、溌溂《はつらつ》としてお元気でしたもの」

旧友の古き名が、ねねである。

ねねの名を声に乗せると、芳春院もまた、古き名で呼ばれていた頃の気持ちに立ち戻る。

まつさま、と呼んでくれるねねの声が、耳元で聞こえる気がする。

「あの頃に帰りたいと、近頃はとみに思うのです。苦しくとも満ち足りていた、あの頃に」

まつと、その夫の前田又左衛門《まえだまたざえもん》と、ねねと、その夫の木下藤吉郎《きのしたとうきちろう》。

若かった二組の夫婦は、隣り合った家で暮らしていた頃がある。小屋とも呼べそうなほど粗末な家だった。尾張国の清須《きよす》でのことだ。

夫たちは立身出世を夢見ていた。たやすい道のりではなかったが、前田利家《としいえ》も、木下藤吉郎、改め豊臣秀吉も、それぞれ本望を遂げたと言ってよいだろう。

まつとねねは次第に、家族のための家事だけではなく、一城の内証《ないしょう》さえも司《つかさど》ることとなった。御方《おかた》さま、と呼ばれる身分にまで昇り詰めたのを、時折、不思議に思いもしたものだ。荷が重いと感じることも、なかったとは言わない。

たまにねねと顔を合わせ、愚痴をこぼしたり笑ったりすることができるうちは、まだよかった。夫たちが逝《い》ってしまうと、なかなか会うこともできなくなった。

会えないわけは、まつとねねが出家したためだけではなかった。関ケ原《せきがはら》の合戦《かっせん》を経て、江戸に徳川家の幕府が建ち、世の中が様変わりしたせいだった。

徳川家は泰平の世の到来を唱え、戦国の世の気風を一掃すべく、矢継ぎ早に策を打った。豊臣家のねね、改め高台院《こうだいいん》はもちろんのこと、前田家の芳春院も、徳川家の監視の下《もと》に置かれた。芳春院は夫との死別の後、十四年もの間、江戸に引き留められたのだ。一族が治める北陸の地を踏むことがかなったのは、長男にして加賀《かが》藩主の利長《としなが》が死んだ後だった。

「返す返すも、女の身とは、何と不自由なものでしょう。夫や息子の添え物として、愚かであってはならず、賢くあってもならない。もしもわたくしが……」

つぶやきながら筆を走らせていたが、胸に去来した思い出に、ふと微笑《ほほえ》んでしまう。

ずいぶん昔、ねねと額を寄せ合って、大胆不敵なことを語り合ったものだった。まだ世の中に戦乱が満ちていた頃だ。

男たちは派手な身なりをして、傾《かぶ》いていた。

「女は黙って、心意気で傾くものですのよ。でも、いっそのこと身も心もすっかり傾いて、何もかもをひっくり返してしまったら、痛快でしたかしら」

尽きゆく己《おのれ》の命が恨めしい。

七十一という齢《よわい》は、戦《いくさ》ばかりの世にあっては、長く生きたほうだろう。だが、芳春院はもっと長く生きたかった。あまたの犠牲を払いながら築かれた徳川の天下は、いまだ芳春院の望みを満たすに足るものではない。

もっと生きれば、本物の泰平の世を見ることがかなうのだろうか。

いや、そもそもあの人たちには、どだい無理なのかもしれない。芳春院が求める世を実現させることなど。

芳春院はいつも怒りを抱えていた。

「わたくしなら、わたくしたちなら、もっとうまくやれたのに……！」

元和《げんわ》三年（一六一七）七月。

芳春院は金沢城内で没した。

永久の静かなる眠りを、芳春院は望まなかった。

「口惜《くちお》しゅうございます。このままでは、死んでも死にきれませぬ。かくり世から安穏として、うつし世を眺める？　そのようなことは、いっそ地獄に等しゅうございます」

うつし世の肉体や立場、身分から解き放たれた今、苛烈《かれつ》に燃える芳春院の魂を抑えるものはない。芳春院は訴えの声を上げた。

その魂の輝きと凛々《りり》しい声に、須佐之男命は関心を寄せた。それで、芳春院は特別の計らいを受けることとなった。

スサノオほど力の強い神に庇護《ひご》されたといっても、すぐさま万事をほしいままにできるわけではなかった。

芳春院は待った。待って、待って、待って……そしてようやく、芳春院は戦うことを許された。スサノオによって、死せる武者たちの験《タメシ》への誘いがもたらされたのだ。

スサノオは芳春院に覚悟のほどを尋ねた。芳春院はきっぱりと言い切った。

「戦いますとも。この魂を懸けても、成し遂げてみたい望みでございますから。女の身であろうとも、〈ヨモツタメシ〉においては、何を望んでもよろしいのでしょう？」

まるで姉者《あねじゃ》のように強きおなごだと、スサノオは芳春院の決断を称賛した。

＊

三日月宗近は一条の光と化すと、友姫の長い袖の模様に収まった。

龍馬は意気揚々として言った。

「天下五剣《てんがごけん》のうち、四振までもが揃《そろ》った。残る一振は、大典太光世《おおでんたみつよ》じゃ！」

友姫は小首をかしげた。

「大典太光世というのは、どんな逸話を持つ太刀なの？」

おい、と少し離れたところから、慎太郎が呼びかけてきた。

「先を急ぐぜよ！」

龍馬は首をすくめた。

「はいはい。また怒られてしもうた」

「おまんが呑気《のんき》すぎるんじゃ。〈ヨモツタメシ〉は物見遊山《ものみゆさん》の旅やない。生き返る先がどがな時勢か、忘れちゃあせんろう？　慶応三年（一八六七）の冬十一月やぞ。大政奉還《たいせいほうかん》がなされて、およそ一月《ひとつき》。これ以上ないほどに大事なときじゃ。決して気を抜きなや」

友姫は提灯《ちょうちん》を取り出した。

「慎太郎の焦りももっともね。歩きながら話しましょ。では、道を拓《ひら》くわよ」

友姫が正面に向けて手鏡をかざすと、湖畔《こはん》の景色に裂け目ができた。裂け目の向こう側は、例のごとく、薄闇の中に敷《し》き砂《すな》の道が伸びている。

歩き出した友姫の後に続きながら、龍馬は、今しがたの問いに答えた。

「大典太光世は、姫君の病を祓《はら》った霊刀じゃ。前田利家公とその正室の間に生まれた豪姫《ごうひめ》は、体が弱くて寝つくことがようあったらしいけんど、羽柴《はしば》秀吉公が大典太光世を前田家に貸し与えて快癒を祈願すると、豪姫は見事、健やかになったそうじゃ」

慎太郎が龍馬の背後から話を補った。

「豪姫は、前田家から羽柴家へ養女に出された姫君じゃな。羽柴家には実の子がなかったき、子だくさんの前田家から養子を迎える話は、豪姫が生まれる前からあったらしい」

龍馬はうなずいた。

「豪姫の婿《むこ》殿は、同じく羽柴家の養子になった宇喜多秀家《うきたひでいえ》公じゃ。相思相愛の夫婦やったらしいけんど、宇喜多家は関ケ原の合戦《かっせん》で西軍についてしもうた。徳川方の東軍が圧勝すると、宇喜多家はお家取り潰しにされて、秀家公は八丈島《はちじょうじま》へ島流しになった」

友姫はため息をついた。

「島流しで済んでよかったわよね。死罪でも切腹でもなかったのは、豪姫の実家である前田家の力が大きかったんでしょう？　前田家は豊臣家と特別に親しかったから」

「ほうじゃのう。当時はまだ豊臣方の勢力が各地に残っちょったき、勢いに乗って幕府を建てるに至った徳川家も、あまり強硬なことはできんかったがじゃ」

「我が山内家も、もとは豊臣の家臣だった。関ケ原の合戦《かっせん》に際して、石田三成《いしだみつなり》ではなく徳川家康公に賭けたからこそ、土佐一国の藩主にしていただけたの。このときの徳川家へのご恩を決して忘れぬようにと、わたしも幼い頃から教えられてきたわ」

徳川家へのご恩。

関ケ原の合戦の頃のそれであるから、慶応三年から遡《さかのぼ》って数えれば、二百六十七年も昔のことだ。しかし、黒船来航に始まった有事と動乱の時にあたっても、そんな昔のご恩が各藩の決断を鈍らせ、あるいは判断を歪《ゆが》めている。

「その筆頭が会津藩やにゃあ。あれはどうにもならん。もったいない」

藩士の子弟の教育が万端に行き届いた会津藩は、人材の宝庫だ。龍馬と年の近い者では、家老の子息の神保修理《じんぼしゅり》や砲術家の山本覚馬《やまもとかくま》、十ほど年下には、ヨーロッパに遊学した山川大蔵《やまかわおおくら》などがいる。凄《すさ》まじいまでの切れ者揃《ぞろ》いだ。

そうでありながら、会津藩の選ぶ道は、まるで先々を見るための目をふさがれているかのよう。関ケ原以来のご恩に縛られ、将軍の意向に従うばかりなのだ。

揺るがぬ忠誠、と言えば美徳と称《たた》えられるだろう。殊に武家においては。

だが、龍馬にはどうしてもわからない。

「うちの本家の才谷屋は金持ちの大店《おおだな》じゃ。曽祖父《ひいじい》さんの頃に分家して郷士《ごうし》の株を買《こ》うて、坂本家は武家になったけんど、才谷屋との縁は今でも深い。わしも半分は商人じゃ。やき、武士の美徳ちゅうもんが、やっぱりどういても納得できんときがある」

とはいえ、武士には格好がよくて好ましい人が多いのも本当のところだ。

ないものねだりかもしれない。龍馬には持ちえないものに殉《じゅん》じて散っていった武士たちの姿は、悲しいけれども鮮やかだった。

その姿に惹《ひ》かれないと言えば、嘘《うそ》になる。

＊

尾張国、清須城。

弘治《こうじ》元年（一五五五）頃からおよそ十年にわたって、織田信長が本拠とした城だ。信長の天下取りの起点にあたる城、と言ってもよい。尾張の真ん中に位置しており、陸路の交通の要である。

「ほう、にぎわっちゅうのう！」

龍馬は感嘆の声を上げた。案内役の友姫は、手鏡に現れた文言を読み上げる。

「ちょうど織田信長が拠点にしていた頃の清須なんですって。市《いち》が立っている日のようね。信長は戦《いくさ》上手だっただけではなく、民に商いをさせるのもうまかった。信長の領地は、商いによる富でうるおったそうよ」

清須の町は活気に満ちている。足利義輝の空虚な二条御所とは違い、ここには本当に人の姿があり、声も音もかしましい。

風は、龍馬が知るどの町のそれとも違うにおいがする。

真新しい胴鎧《どうよろい》の鉄のにおい、古びた草摺《くさずり》の汗のにおい、煮炊きをするにおい、陣笠《じんがさ》に塗る漆のにおい、連ねた銅銭の錆《さび》っぽいにおい、下肥《しもごえ》を運ぶ車のにおい。

龍馬はつい、きょろきょろしてしまう。見も知らぬ町の様子に、次々と興味がわいてくる。あっちもこっちも気になって、吸い寄せられるように露店や荷車に近づいては、中をのぞき込む。

「ちょっと、龍馬！」

先へ進んでいた友姫が駆け戻ってきた。

龍馬は背が高く、ざっくりまとめた癖毛の頭が、人混みから飛び出して見える。おかげで、はぐれずに済むのだ。いろんな人からそう言われ、世話を焼かれてきた。

友姫は龍馬の手をつかんだ。

「目的の場所は町の外れよ。あんまりふらふらしないで。このままではいつまで経《た》っても市を抜けられないじゃないの。慎太郎がずっといらいらしているわよ」

重たい荷物を引きずるかのように、友姫は両手で龍馬の右手を引っ張って歩いていく。

「小《こ》んまい手じゃのう」

苦笑交じりに龍馬はつぶやいた。友姫の手は、龍馬がちょっと力を加えるだけで壊れてしまいそうなくらい小さくて、指が細い。

同じ女でも、おりょうの手はもう少し大きかった。月琴《げっきん》の音色は力強かったし、拳銃で鳥撃ちの猟もしていた。

龍馬が懐に入れている拳銃、スミス&ウェッソン社のモデル1は、おりょうとおそろいで買ったものだ。おりょうの手にちょうどいい大きさのものを探し、これに決めたのだ。

ヨーロッパでは、夫婦は揃《そろ》いの指輪をあつらえるという。龍馬も馴染《なじ》みの商人から「指輪を買え」と勧められたのだが、おりょうがほしがったのは拳銃だった。

ちらりと振り向いた友姫は、横目で龍馬を睨《にら》んだ。

「小んまい手って、わたしの手のこと、子供みたいな手だって思ったんでしょ？」

龍馬は物思いにふけるのをやめ、頭を左右に振った。

「思っちゃあせんぜよ。友姫さまは手までかわいらしいのう、らぁて思うただけじゃ」

「絶対に嘘《うそ》！　余計なこと考えてたはずよ。顔にそう書いてあるもの。龍馬って、頭の回転が速いぶんだけ、どんどんいろんなことを考えるのよね。わたしのことを話題にした、その次の瞬間にはもう、別の人のことを思い描いてるんだわ」

「生粋《きっすい》の浮気性じゃち言われゆうみたいじゃけんど」

「そう言ってもいいかもね。だって、さっきの顔、わたしのことを考えてるふうじゃなかったもの」

「いや、まあ……友姫さまは手厳しいのう」

龍馬は笑ってごまかした。

市《いち》の外れで待っていた慎太郎は、友姫に手を引かれた龍馬を見て、疲れた顔をした。

「まったく。龍馬とはどういても足並みが揃《そろ》わん。とんでもない勢いで突っ走ったかと思ったら、今度はふらふらと寄り道ばかりじゃ」

「慎太郎さんとは、薩長の盟約の下ごしらえの頃から足並みを揃えてきたつもりじゃけんど、わしの努力が足りんがか？」

龍馬はくしゃりと相好《そうごう》を崩してみせたが、慎太郎は表情を変えなかった。

「いつもばらばらやったちや。今もな」

＊

清須城下に住む武士の多くは、平時は畑仕事に勤《いそ》しんでいるらしい。

友姫の手鏡による道案内で向かった先には、畑が広がっていた。粗末な家が二軒、並んで建っている。二軒の間に垣根はなく、井戸や厠《かわや》も一緒に使っているようだ。

「あれがそうみたい。二軒のうちの片方が、前田さまのおうち。後の大名がお住まいになっているとは、とても見えないけれど」

畑の一部は、鍛錬のために整えられていた。

垜《あづち》が盛られ、的が掛けられている。垜や周囲の木はぼろぼろだった。ここで頻繁に弓術や砲術の稽古をしているためだろう。

一人の若い女が射場に立っている。

長い髪は白銀色。後ろで一つに括《くく》り、くるりと輪にしてまとめている。

女は滑らかな所作で弓に矢を番《つが》え、流れるように引き分けて、射た。翼を広げた鳥のごとく伸びやかな残身が、たいへん美しい。

矢は危うげなく、的の真ん中を貫いた。

「見事な腕前じゃ。あのおなごが、大典太光世の主ちゅうことかえ？　ほいたら、あのおなごは……」

龍馬のよく通る声は、女の耳にも届いたようだ。

女は弓を下ろし、振り向いた。十七か十八といった年頃だろう。化粧っ気はないが、はっと目を惹《ひ》く美貌だ。凛《りん》としたまなざしで、龍馬と慎太郎をまっすぐに見据えている。

女は龍馬たちのほうへ歩を進めてきた。

「あなたがたが〈ヨモツタメシ〉の武者なのですね？」

「ほうじゃ。わしの名は坂本龍馬で、こっちは中岡慎太郎さん。それから、案内人の友姫さまじゃ」

女はうなずいた。龍馬と慎太郎に対しては礼儀正しい会釈だけだったが、友姫に向けては頬を緩めて微笑《ほほえ》んでみせた。

「ようこそお越しくださりました。わたくしは、まつと申します。夫の名は前田又左衛門利家。後の世からいらっしゃった皆さまも、この名をご存じでしょうか？」

「もちろんじゃ。利家公の名を出さずとも、まつさまのことも知っちゅうぜよ」

愛想よく応じてみせながら、龍馬は少し意外にも感じていた。天下《てんが》五剣《ごけん》の最後の一振、大典太光世の主として待ち受ける相手は、利家のほうだと思っていたのだ。

いや、しかし利家であれば、織田軍において不遇な扱いを受けていた清須を、特別な場としては選ばないだろう。苦闘の地となったのも、大藩の礎《いしずえ》を築いたのも、北陸だ。

まつは、龍馬の胸中をのぞき込んだようなことを言った。

「思いがけない地に足を運ぶことになり、驚いたのでしょう？　ここは、わたくしが若い頃、夫や子供たちと暮らしていた家です。すぐお隣には、木下藤吉郎さまとねねさまが住んでいらっしゃいました」

木下藤吉郎は、すなわち後の豊臣秀吉である。ねねはその正室で、後の北政所《きたのまんどころ》、出家してからの法名は高台院湖月心公《こげつしんこう》だ。

秀吉が天下人になると、利家は豊臣政権における重鎮《じゅうちん》となったが、二人の間にあるのは単なる主従の結びつきではなかった。互いに胸の内を打ち明けられる親友同士だったという。

「まつさまたちも、若い頃は、こがなところで暮らしちょったがか」

「粗末な家でしょう？　清須に住んでいた頃が、暮らし向きはいちばん厳しかった。ですが、いちばん楽しかった頃とも言えるのです。だからでしょうね。老婆のような白い髪を除けば、今のわたくしは、清須の頃を思い起こさせる姿をしております」

まつは、豊かな胸に手を当てた。

質素な小袖《こそで》は裾を膝丈に短くからげ、すらりとした脛《すね》に脚絆《きゃはん》をつけている。武芸のたしなみは十分なようで、立ち姿に歪《ゆが》みがない。細帯を締めた腰はきゅっとくびれており、尻は形よく張っている。

象山《しょうざん》先生の好みそうなおなごじゃ、と龍馬は思った。兵学の師である佐久間《さくま》象山は、いかにも無事にお産を成し遂げてくれそうな、尻の大きな女が好きだった。

慎太郎が口を開いた。

「奥方さまは、この場所で、お一人でお過ごしながですか？」

まつはかぶりを振った。

「いいえ、このようなところにまで供をしてくれている者がおります。今、呼びますね」

「よろしゅうお頼み申します」

まつは手を打った。

「小次郎《こじろう》、いらっしゃい。わたくしの太刀も持っておいでなさい」

涼やかな男の声が応じた。

「はい、御方《おかた》さま。ただ今まいります」

ほとんど間髪《かんはつ》をいれず、一人の男が、黒漆塗《くろうるしぬり》の拵《こしらえ》に包まれた太刀を両手で捧げ持って、射場に現れた。思わず見入ってしまうような、長身の色男である。

色男は、まつの傍らにひざまずくと、芝居がかった仕草で弓を受け取り、代わりに太刀を差し出した。

「ありがとう」

まつは微笑《ほほえ》んで太刀を手に取った。

色男のほうは、とろけんばかりの笑みで応じた。

「その愛らしく美しい微笑みひとつで、すべてが報われるんですよ。御方さまのためなら、この小次郎、魂を懸けても、少しも惜しくはありませんからね」

「また調子のよいことを」

「いえいえ、本心ですとも。俺は御方さまの前では一度も嘘《うそ》などついていませんよ。御方さまは昔も今もお美しい」

　まつはため息をつき、龍馬たちに告げた。

「こちらは小次郎といって、かつてわたくしの耳目として領内の様子を見聞し、知らせてくれていた者です。この者が越前の一乗滝《いちじょうたき》で剣術修業をしていた頃と、わたくしが加賀の金沢城に移ってからと。金沢の頃なんて、わたくしはもうお婆さんでしたけれど」

　色男は両腕を広げた。

「何をおっしゃいますやら！　御方さまの魅力は、若さや老いには左右されませんよ。今のこの、みずみずしく且《か》つ成熟した齢《よわい》十八の御方さまのお姿も素晴らしい一方で、威厳と気品と愛敬《あいきょう》によって醸し出される色気がたまらなかった熟女の御方さまも、天界におわす女神のごとくまことに素晴らしい美女でございました。そしてまた御方さまは、〈ヨモツタメシ〉という酔狂な戦いの場に魂をなげうってまでも、必ず遂げたい本懐をお持ちだ。その心根の凛々《りり》しさと美しさには、この小次郎、文字どおり魂を奪われるほどに惹《ひ》かれてしまい、こうしてお仕えすることを選んだ次第でございますよ。とにもかくにも、御方さまは身も心もお美しいのです！　今も昔も変わることなく！」

滔々《とうとう》とよどみなく誉《ほ》め称《たた》える色男に、龍馬もつい圧倒されてしまった。

まつは、つんとしてみせている。

「美しい美しいと、そう軽々しく口にするなんて、嘘《うそ》ではなくとも不誠実です。小次郎ったら、おなごと見れば誰に対してもそんなふうなのですから」

そうは言いつつ、まつの頬はいくぶん赤くなっている。口元を何となくむずむずさせているのは、笑ってしまうのをこらえているのか。

きっと、嬉しくないわけではないのだ。しかし、まつは武家の奥方で、後には大名の正室にもなったほどのお堅い出自である。軟派な男にちゃらちゃらと誉《ほ》めそやされることには、慣れていないに違いない。

小次郎は、くすりと笑うと、立ち上がって友姫に向き直った。

「初めまして、かわいらしい姫さま。俺は佐々木《ささき》小次郎と申す者。巌流《がんりゅう》という号のほうが、通りがいいでしょうか。流浪《るろう》の剣客《けんかく》ですよ」

「ど、どうも、初めまして」

友姫はきれいな所作でお辞儀をすると、素早く龍馬の後ろに隠れた。

小次郎は、月代《さかやき》を剃らず、黒髪を高い位置で一つに括《くく》っている。元服前の少年のように前髪を残しているせいもあって、年頃がよくわからない。

派手な色合いの着物の上に、南蛮《なんばん》風のマントを羽織っている。刀はあまりに長いため、腰に差さずに背負っている。三日月形に微笑《ほほえ》んだ目尻には一筋、鮮やかな青色を差している。

傾奇者、というやつだ。戦国の世から幕初の頃にかけて、身なりも言動も派手にするのが若者の間で流行《はや》っていたらしい。

　龍馬は小次郎に言った。

「佐々木巌流ちゅうたら、物語の中では宮本武蔵《みやもとむさし》に討たれる敵役やにゃあ。歌舞伎《かぶき》の『敵《かたき》討巌流島《うちがんりゅうじま》』は、悪逆非道の佐々木巌流に実父と養父を殺された宮本無三四《むさし》が、剣術修業の果てに見事、敵討ちを遂げるちゅう筋書きじゃ」

　小次郎は肩をすくめた。

「後の世ではそんなふうに物語られるんだねえ。身に覚えのない話だ」

「やっぱり、あれは作り話ながか」

「敵討ちの悪役ってところはね。武蔵との果たし合いは本当のことだけど、あの人の親父なんて知らないよ。しかし、この俺が悪逆非道とはねえ。どう思われますか、御方《おかた》さま？」

　水を向けられたまつは、きまじめな顔で答えた。

「世の中がすっかり泰平になれば、親の敵を討つなどという陰惨な物語も、単なる楽しみとして流行るのでしょうね。戦国の世にあっては、家族を殺されるのも珍しいことではありません。それどころか、近しい間柄で相争《あいあらそ》うことさえ、よくありますから」

「御方さま、そんなに怖いお顔をなさらないで。せっかくのお美しさが台無し……でもないか。うん、どんなお顔をしておられても、やはり御方さまはすてきですねえ」

慎太郎は苦々しげに腕組みをした。

「おなごをおだてるお調子者め。武士じゃ剣客《けんかく》じゃ言うても、こがなふうでは敬うに値せん。この軟派ぶり、龍馬とえい勝負じゃのう」

「ほうかえ？」

友姫が膨《ふく》れっ面《つら》で腰に手を当てた。

「慎太郎の言うとおりだわ。行く先々でおなごを口説いてその気にさせるんだもの」

「おぉの、わしの場合は、おなごに限らんぜよ。親しゅうなりたい相手がおったら、言葉を尽くして口説き落とすきに。ま、惚《ほ》れっぽいがは、ほんまかもしれんのう。仕方ないちや。おなごも男も、惚れ惚れするような人が大勢おるせいじゃ」

龍馬は慎太郎と友姫の肩に腕を回し、己《おのれ》の体のほうに抱き寄せて笑った。友姫が子猫のような声で悲鳴を上げる。

慎太郎は思い切り、龍馬を突きのけた。

「やめや。暑苦しい」

「つれないこと言いなや。わしと慎太郎さんの仲じゃいか」

「その言い方が暑苦しいんじゃ！　おまんに付き合いよったら、いつまで経《た》っても話が進まん。さっさと戦って勝って、先に行くぜよ」

慎太郎は前に進み出た。

龍馬はその背中に問うた。

「慎太郎さん、そこまで焦る必要はないろう？」

肩越しに振り向いた慎太郎は、つっけんどんに応じた。

「おまんはなぜ焦らん？　確かに、おれらがここにおる間、うつし世の時の流れは止まっちゅうがと同じじゃ。けんど、おれらの中では時が流れゆう。無駄な時を費やせば費やすほど、心が冷めていく。おれはそれが怖い。熱いうちに動きたいんじゃ」

慎太郎は前に向き直った。まなざしの先にいるのは、小次郎である。

からかうような笑みを浮かべた小次郎は、己《おのれ》を指差してみせた。

「俺をご指名なのかな？」

慎太郎はうなずいた。

「おれは、おなごとは戦えん。佐々木巌流どの、おまんと戦いたい」

「御方《おかた》さまをおなごと侮《あなど》ると、痛い目を見るんだけどねえ。まあ、いいよ。おまえさんの挑戦、この佐々木小次郎が受けて立とう。何なら、俺が二人とも倒して、御方さまに楽をさせてさしあげようかな？」

小次郎は飄々《ひょうひょう》と言って、薄い唇を舐《な》めた。濡れた唇が、まるで紅を引いたかのように艶《なま》めく。笑ったままの小次郎の目に、殺気とも呼ぶべき鋭さが宿った。

*

　慎太郎は、張りのある声を上げた。

「まず、おまんに問いたい。答えてくれるがか？」

　龍馬はその声音に、思わずにやりとした。勝算が十分なときの口ぶりなのだ。慎太郎にはきっと策がある。

　小次郎の目には、慎太郎の勝算は映っていないだろう。この小柄な男に何ができるのかと、物見高く眺めるような心地に違いない。

「ほう、俺から何を聞きたいんだい？」

「この〈ヨモツタメシ〉に勝って生き返ったら、おまんは何を望む？」

　小次郎は、まつに笑みを向けながら答えた。

「それはもう、望みはいろいろとあるよ。再び命尽きるまで御方《おかた》さまをお支えしたいしね。越前で一目見たとき、俺の主となるべきはきっとこの人だ、と思ったんだ。まあ、いくら傾奇者《かぶきもの》が流行《はや》った時代でも、剣客《けんかく》が仕える主は男と決まっていたんだが」

「確かに、おなごを主にするがは、内向きの小者か下男の類《たぐい》じゃな。武士の巌流どのが御方さまにじかにお仕えするがは、普通ではない」

「うつし世ではそうだった。だからこそ、死とあの世の境目のこの場所で、こうして甲斐《かい》甲斐《がい》しく御方さまのおそばで働かせていただけて、俺は天にも昇る心地なんだよ」

小次郎の笑みは、とろけてしまいそうに甘い。まつは、困ったような怒ったような、微妙な顔をしている。

慎太郎は一つ咳払《せきばら》いをして、小次郎の注意を己《おのれ》に向けさせた。

「巌流どのは、越前の一乗滝で修業したちゅう話じゃったか？」

「そうそう。あちこち渡り歩いたけど、越前は思い出の地の一つだね。前田家も越前で戦ったり所領を治めたりしておられたんで、そのご縁で御方さまと知り合ったというわけね？　と小次郎がまつに目配せをする。

慎太郎は進み出て、小次郎のまなざしをさえぎった。

「安芸《あき》の毛利《もうり》さまにもお仕えしちょったち聞いちゅうけんど」

小次郎の表情が少し変わった。

「へえ、俺のこと、よく知ってるんだね。うん、安芸にもいたことがあるよ。それが何か？」

慎太郎はにこりとしてみせた。いかにも人懐っこそうな、相手の油断を誘う顔だ。

「毛利さまのところには、おれも世話になっちょったきね」

「そうかい。関ケ原の合戦《かっせん》の後は、毛利さまも苦労なさっていたよ。領国も小さくなっちやってさ」

戦国時代の毛利家は安芸を拠点とし、山陽道と山陰道の八国を領有するに至っていた。

だが、関ケ原の合戦《かっせん》に西軍として参加し、敗れた。そのため、徳川幕府の樹立後は領国を大きく削られ、長門《ながと》と周防《すおう》の二国から成る長州藩を割り当てられた。

「毛利さまの所領、長州に、おれはよう行きよった。特に下関じゃ。関門《かんもん》海峡を渡った先の門司《もじ》にも行って、おまんが宮本武蔵と果たし合いをした船島《ふなしま》も見物したぜよ。船島は、後の世では巌流島《がんりゅうじま》と名を変えちゅう」

「船島とは懐かしいねえ。俺の号から取って巌流島になったって？　まるで墓標みたいだ」

「おまんは果たし合いの頃、小倉藩《こくらはん》の剣術師範やったがじゃろう？　当時の藩主は細川忠《ほそかわただ》興《おき》公。風流と酔狂を併せ持つお人やったらしいのう」

「どっちかっていうと、酔狂って印象のほうが強いかな。俺と武蔵の果たし合いも、藩の治安を乱す騒ぎとはみなさず、おもしろがっていたくらいだ」

話に乗ってきた小次郎に、慎太郎は言葉の刃《やいば》で斬り込んでいく。

「あの一件、おれには不思議でならんぜよ。忠興公は、藩の大事な剣術師範を一人で行かせて、危ういとも思わんかったがじゃろうか？　おまんは、あの果たし合いでは妙な役回りを負ってしもうたの。小倉を訪れた武蔵は、弟子を引き連れちょったがじゃろう？」

小次郎の笑みに異様な影が差し始めた。三日月形に微笑《ほほえ》んでいたはずの目が、いつしかぎらりと見開かれている。

「ああ……まあね。武蔵もひとかどの剣客《けんかく》だったから、弟子も取り巻きもいたさ。ぞろぞろとね。小倉でもたいそう話題になったもんだ」

　慎太郎は畳みかけた。

「武蔵は船島の果たし合いにも弟子を連れていったちゅう話もあるけんど、まことながか？　ほんまは一対一の約束やったがじゃろ？　おまんは約束どおり一人で行ったに、武蔵は約束を違《たが》えた。ほがな話を聞いたけんど、実のところはどうだったんじゃ？」

「どうだったかなあ……覚えていたくもないことだからね。今さら思い出したところで、どうにもならないし……なぜそんなことを聞きたがるんだい？」

　小次郎はだらりと両手を垂らしている。脱力しているように見える。だが、今すぐ慎太郎に飛びかかって食い殺してしまいそうな、恐るべき気迫を放っている。

　慎太郎もその気迫を感じ取っているはずだ。

　しかし、ここで平然としたふうを装ってみせるのが、慎太郎の凄《すさ》まじいところである。

「小倉で聞いた話によれば、おまんは果たし合いで武蔵に負けたらしいのう」

「ああ。それは確かだよ。俺は敗者だ」

「この話の不穏ながはここからじゃ。木刀の一撃を受けて気を失ったおまんが目を覚ますと、武蔵の弟子らに取り囲まれちょった。おまんがまだ動けずにおったところ、弟子らはおまんを滅多打ちにした」

「……やめろ」

「おまん、武蔵の弟子らに殴り殺されたらしいのう。武蔵との果たし合いによってやられたがではない。さぞかし無念じゃったろう？」

「やめろ。思い出したくもない」

「忠興公も薄情じゃ。肥後《ひご》に移った後の忠興公は、武蔵とその息子を重用した。小倉藩の頃にはおまんを剣術師範にしちょったに、ひどい変わり身じゃ。なあ？」

小次郎はうつむいた。と思うと、般若《はんにゃ》のような形相《ぎょうそう》で慎太郎を睨《にら》みつけた。

「やめろ……」

低い声が地を這《は》った。

慎太郎は、聞こえなかったふりで続けた。

「歴史は、勝った者がつくる。宮本武蔵は剣豪として称《たた》えられ、おまんは負けて殺されて言葉を封じられて、芝居では敵役じゃ。残念じゃのう。悔いも恨みも残っちゅうろう？」

「……憎いに決まっている」

色男の皮をかぶった猛獣の答えに、慎太郎は寄り添うような声音で問うた。

「おまんの叶《かな》えたい本当の望みは何じゃ？　死んでも死にきれんきに、こうして機をうかがっちゅうがじゃろう？　おまんが心から望んぢゅうがは、何じゃ？」

小次郎はとうとう言わされた。

「……復讐《ふくしゅう》したい……！」

もはや、初めの涼やかな印象は一切なくなっていた。猛々《たけだけ》しいと言うには、その目に宿る憎しみの炎があまりにどす黒い。復讐への渇望は、剣豪の悲願ではなく、亡者《もうじゃ》の執念である。

慎太郎は仕切り直すように、さて、と言った。

「何としても叶えたい望みを懸けて、戦うとしようや。おれも、新政府をよう動かしていくために、こがなところでは負けられんき」

小次郎は、背負った大太刀を鞘《さや》から抜き放った。三尺（約九一センチ）もの長さを持つ白刃《はくじん》は、日の光を浴びてぎらりと輝く。長船長光《おさふねながみつ》の業物《わざもの》である。

「貴様も抜け！」

小次郎は腰を落として身構えながら、慎太郎に告げた。

ふんと笑った慎太郎は、小屋の脇に積まれた薪《まき》の山から、ひときわ太く長いものを見つけて持ってきた。

「これがちょうどえい。この木刀で十分じゃ」

小次郎は激高した。

「貴様、殺してくれるわッ！」

慎太郎が選んだ武器は、船島の果たし合いで武蔵が用いたものと同じだった。小次郎の復讐心を十分にあおった上で、慎太郎は武蔵の役を演じようというのだ。

罠《わな》だった。小次郎は慎太郎の策に乗せられ、物語の中に取り込まれた格好だ。慎太郎が渡辺綱と戦ったときと同じ策である。

小次郎は必殺の気迫を迸《ほとばし》らせながら、慎太郎に肉薄する。

「死ねッ！」

大太刀の切っ先は低く構えられている。燕《つばめ》が地面すれすれを飛んで空へと翔上《かけあ》がるように、斬撃は下から上へと繰り出される。凄《すさ》まじい膂力《りょりょく》あればこその技だった。ただでさえ重い大太刀を、目にも留まらぬ速さで打ち上げるのだ。

その技を知るのが初めてであれば、躱《かわ》せるはずもない。

だが、慎太郎は知っていた。巌流島の果たし合いとして、言い伝えに残るとおりの展開だ。

小次郎の一刀は、必殺の一撃である。二の手を残していない。

慎太郎は、毛ほどの差で小次郎の斬撃を躱した。そして木刀を振り上げ、振り下ろす。

「えいッ！」

ごっ、と鈍い音がした。木刀が小次郎の額を打ったのだ。

小次郎は、しかし倒れなかった。顔を上げる。慎太郎に一歩近づく。見下ろしながら、にたりと笑う。

「武蔵の真似事をしたとて、貴様は所詮、剣においては凡才よ。武蔵の一撃は、雷よりも速いほどだったが……ぐッ」

呻《うめ》いた小次郎は、額を押さえて膝をついた。衝撃からやや遅れて、めまいが起こったのだろう。わななないた手から、長光の大太刀がこぼれ落ちる。

その隙を突いて、慎太郎はすかさず小次郎の頭を再び打ち、みたび打った。

「凡才で結構。おれが武蔵になれんがは、自分でもようわかっちゅう。けんど、剣術勝負で勝てることだけが強さやない！　殊に、おれの生きる時代においてはな！」

さらに小次郎を打つ。何度でも打ち据える。

打たれた弾みで、小次郎はうなだれた。さらに打たれたとき、組紐《くみひも》がほどけ、長い髪がばさりと広がった。

小次郎はうつむいたまま、頼りない声でつぶやいた。

「うぅ……む、武蔵……武蔵、どこだ？　勝負はもう、終わっただろう？」

小次郎がどうにか面《おもて》を上げた。その目は慎太郎のほうに向けられているが、慎太郎ではない者の姿を見ているようだ。

「武蔵じゃと？」

慎太郎はなおも用心深く木刀を構えている。

ふと、小次郎はどこでもないところを見て、くしゃりと微笑《ほほえ》んだ。

「ああ……武蔵よ、頼む。やめさせてくれ。弟子たちを止めてくれ。約束する。俺は、おまえの強さを、必ず世に伝える。おまえに敗れたことを、確かに広めるから……」

ぐらぐら揺れるまなざしの先に、慎太郎は回り込んだ。

「まことか？　もう一度言うてみい。おまんは勝ったか、負けたか、どっちじゃ？」

「負けた。だから武蔵、そろそろ勘弁してくれよ。俺は船島で……俺の墓標のような名の巌流島で、幾度戦っても武蔵に敗れて命を落とす、佐々木小次郎なんだ。わかっているとも」

慎太郎が小さく笑った。

それこそが慎太郎の狙いだった。巌流島の物語を呼び起こし、招き入れることができれば、小次郎が相手に勝てるはずはない。

まつが声を上げた。

「そこまで！　小次郎の負けです。小次郎はこれ以上、戦えません。もう痛めつけないで！」

慎太郎は木刀を下ろし、大太刀の間合いの外まで下がった。

「承知しました。おれは、勝てればそれでえい。小次郎どのへの恨みなんぞないですき、もう手は出しません」

＊

まつは、動けなくなった小次郎を優しく抱き寄せた。

「小次郎よ、しっかりなさい。あなたは今、わたくしの場の中にいる。ここは船島ではありません。巌流島の悪夢から戻ってきなさい」

ほっそりとした指が、小次郎の顔にかかる髪を掻《か》き分ける。

小次郎はゆっくりとまばたきを繰り返した。焦点の合わなかった目が、ふっと、まつを見つめ返した。

「御方《おかた》さま……」

「そうですよ。ここがどこか思い出しましたか」

「はい。申し訳ございません。俺は、役立たずですね」

まつは、ため息をつくような、ひそやかな笑い方をした。

「何を言っているのですか。まったくもう。あなたはいつも曲者《くせもの》のふりなどしてみせますが、似合っていないのですよ。根がどうしようもないほど素直で、人が好いのですから」

「かないませんね。面目ありません」

「よいのです。わたくしのほうこそ謝らねばなりません。ごめんなさいね、わたくしの戦いにあなたを巻き込んでしまって」

「俺が勝手に御方《おかた》さまを追いかけてきただけですよ。ねえ、御方さま。俺、頑張ったでしょう？　だから俺の望み、御方さまが叶《かな》えてください」

「何かしら。わたくしが叶えてあげられる望みならば、おっしゃいな」

小次郎は、はにかむように微笑《ほほえ》んだ。前髪姿のきれいな顔立ちに、少し甘えた笑みはよく似合っていた。

「もうちょっとこのまま、あなたの胸に抱かれていたいんです。俺は、母のことを覚えていない。だからでしょうか。おなごを求める気持ちがあっても、うまく愛せない。愛されたいのに、続かない。結局いつも旅の空で、いつも一人で……」

「そうでしたか。寂しかったのですね」

「御方さま、あなたは俺の母ではないけれど、おなごとして愛することも許されないけれど……慕っているんです、心から。あなたは俺にとっての、理想の母で、理想のおなごで、天女《てんにょ》のようなお人で、守ってさしあげたくて、守ってもらいたくて……」

「小次郎」

「嘘《うそ》など、一つもついておりません。魂を懸けてでも、あなたのおそばに……ああ、何と柔らかいのでしょうか。御方さま、小次郎は幸せにございます。どうか、もっとしっかりと……眠った幼子《おさなご》を抱くように、放さないで……」

小次郎の声は、だんだんと頼りないものになっていく。やがて焦点の合わなくなった目を、小次郎は閉じた。

その姿が、次第に、きらきらとした塵芥《ちりあくた》へと変じていく。

小次郎の姿がすっかり消えてしまうまで、さほど長くかからなかった。

まつは、空っぽになった腕で己《おのれ》を抱きしめ、慎太郎に問うた。

「こうして小次郎の魂が消え果てた今、あなたの記憶の中から、佐々木巌流の物語は消えましたか？」

慎太郎はかぶりを振った。

「いいえ。覚えちょります。おれの記憶は、何ひとつ変わっちゃあせんはずです」

「よかった。後の世に語り継がれていく小次郎の物語があるのなら、小次郎の魂が完全に消え去ったわけではないと、わたくしは考えます。うつし世とかくり世の狭間《はざま》で出会った佐々木小次郎のことも、どうかあなたが覚えていてくださいまし」

黒目がちなまなざしが、ひたと慎太郎を見つめた。

慎太郎は黙ってうなずいた。

＊

まつは、大典太光世を鞘《さや》から抜いた。

大典太の刃長はさほど長くない。しかし、どっしりと身幅が広く、腰から反りのついた姿が力強いので、太刀として小振りであるとは感じさせない。細直刃《ほそすぐは》の刃文《はもん》は、実にきりりとしている。

まつは大典太を構えると、体を慣らすように、一つ二つと型を演じてみせた。切られた空《くう》が唸《うな》る。白い残光がくっきりと見えた。

龍馬は感嘆の声を上げた。

「凛々《りり》しいのう！　大典太は天下《てんが》五剣《ごけん》で最も武骨な姿の太刀じゃ。ほがな太刀が、まつさまの手にあるときは、折り目正しい男前に見えるぜよ」

まつは微笑《ほほえ》んだ。

「大典太は、もとより優しい男前ですよ。わたくしの娘の病を祓《はら》ってくれました。その霊力の強さゆえ、大典太を納めた蔵には鳥さえ止まりません。恐れる者もいるのですけれど、わたくしも娘もこの太刀が大好きなのです」

「男ばかりやのうて、おなごにも好いてもらえりゃあ、刀も嬉しいろう。大典太は幸せ者じゃ。にゃあ、まつさま。一つ、訊《き》いてもえいがか？」

「何でしょう？」

「慎太郎さんが小次郎さんに訊いたがと同じことじゃ。まつさまは、生き返ったら何を叶《かな》えたいと思っちゅう？」

まつは大典太を宙にかざした。刀身《とうしん》に宿る陽光を見つめて、まつは逆に、龍馬に問うた。

「あなたは、天下がほしいと思ったことはありますか？」

突拍子《とっぴょうし》もない問いだった。龍馬は目を見張り、かぶりを振った。

「それはないにゃあ。まつさまの頃とわしらの時代では、天下取りちゅう言葉の持つ意味がきっと違う。わしは天下の政《まつりごと》のあり方を変えたいとは思うけんど、それは天下を手中に収めることではないぜよ」

「天下を変えたいのに、天下がほしいわけではないとは、わたくしにはよくわかりません。育ちや時代が違うせいでしょうか。あるいは、老婆になるまで生きてから死んだわたくしと、まだ若いあなたとでは、ものの見え方が違うのかしら」

龍馬は問うた。

「まつさまは、天下がほしいがか？」

うっとりするような笑みを浮かべて、まつはうなずいた。

「ええ、わたくしたちは天下を欲しております。天下人になりたいのです」

「わたくしたち？」

「豊臣家のねねさま、徳川家の阿茶局《あちゃのつぼね》さま、浅井《あざい》家から柴田《しばた》家に再嫁なさったお市《いち》さま、そのご息女の茶々《ちゃちゃ》さま。男たちの戦《いくさ》の裏側で、わたくしたち女もまた、天下のために働いておりました。婚姻による家同士の結びつきをつくった、その後の働きのことです」

「何をしておいでじゃった？」

「対話をし、約束をし、誼《よしみ》を通じ、わたりをつけ、戦の落としどころを見つけます。人質として預かっている子らを養い育て、学ばせ、生涯の友として誓い合わせます」

「人質ちゅう呼び方ではあっても、ある種の賓客《ひんきゃく》で、養子でもあるわけじゃな」

「預かっていた子らがやがて大きくなり、日ノ本じゅうに散っていけば、わたくしたちが築いた誼の網をつないで広げ、国同士の付き合いや商いをうまく回してくれるようになるのです。これがわたくしたち、女にとっての天下取りのやり方でした」

たとえば、と、まつは語った。

「慶長《けいちょう》十九年（一六一四）に始まった大坂の陣が、その一例です」

「徳川家康公が軍を率いて、大坂城を拠点とする豊臣秀頼《ひでより》公の軍とぶつかり合った。戦国時代最後の大戦《おおいくさ》とも呼ばれちゅう、大坂の陣じゃな」

慶長八年（一六〇三）に江戸に徳川幕府が建ってからも、秀頼を当主とする豊臣家はいまだ存続していた。

徳川家康は、人生における後始末として、豊臣家を滅亡に追い込む戦を仕掛けたのだ。

「関ケ原の合戦《かっせん》の後も徳川家に従わずにいた牢人《ろうにん》が多数、豊臣家と大坂城を守るべく押し寄せ、戦は混乱を極めました。下手をすれば、再び戦国の世に立ち返ってしまいそうなほどのありさまでした」

「けんど、関ケ原の合戦からは十年以上が経《た》っちゅう。戦のやり方を知らん武士も、大勢おったろう？」

「そのとおりです。初めは意気揚々としていた両軍とも、たちまち気が萎《な》えてしまいました。けれど、より悩ましかったのは、戦の収め方を知る者が少なくなっていたことです」

「戦の落としどころがわからんかったがか」

まつは苦笑のような表情でうなずいた。

「それでも、ようやく講和の席が成立しました。その席は、若狭国《わかさのくに》小浜《おばま》藩主の京極忠高《きょうごくただたか》さまの陣において開かれました。忠高さまのこと、ご存じです？」

「いや、よう知らん。キリシタン大名やったがは、その祖先かえ？」

「京極高吉《たかよし》さまのことでしたら、忠高さまの祖父君にあたります。忠高さまは、徳川家や豊臣家の血を引いているわけではありません。小浜藩は弱小などではありませんが、さしたる大藩とも言えません」

「ほいたら、なぜ京極氏が講和の席に？」

「女にとっての天下取りの話、いたしましたでしょう？　豊臣家の淀殿《よどどの》は、幼名を茶々さまといいました。徳川秀忠《ひでただ》公のご正室は、江《ごう》さまといいます。京極忠高さまはご側室の子でしたが、義理の母君、すなわち父君高次《たかつぐ》さまのご正室は、初《はつ》さままでです」

そこまで説かれると、龍馬も知っていた。

「茶々さまと、初さまと、江さま……信長公の妹の、お市さまが生んだ三姉妹じゃ！」

「そういうことです。長女の茶々さまと三女の江さまが両陣営に分かれて戦《いくさ》をしていたのを、次女の初さまが何とか取り持とうとした、というのが、大坂冬の陣の講和の席だったのです」

「なるほど……」

「初さまは姉の茶々さまに代わって豊臣方の使者を務め、徳川方からは家康さまのご側室の阿茶局さまが使者となり、講和を取りまとめました。こうした席における阿茶局さまの手腕は、凄《すさ》まじいものがありました。あの講和は、女たちを契機として開かれ、女の手腕でもってまとめられたのです」

　まつは続けた。

「わたくしたちはいつだって、夫たちの戦の尻ぬぐいに奔走しながら、真剣に語り合っておりました。初めから女のやり方で天下をまとめるのなら、あまたの命を奪う戦など起こらないのではないか、と」

「戦のない世のために、おなごのまつさまが天下を取り、おなごたちで力を合わせて政《まつりごと》をおこなうちゅうことか……」

　確かめる龍馬の声はかすれていた。

　そんな政のあり方は、考えたこともなかった。政は男のものであるかのように、知らず知らずのうちに思い込んでいた。

　がん、と頭を殴られたような心地だ。

　しかし、思い返してみれば、商談でも会談でも上手にまとめてみせる女傑が、長崎には幾人もいた。あの女傑たちが本気を出して政の場に乗り込んできたら、日本はどう変わっていくだろう？

　まつは、歌うように声を張り上げる。口元に笑みを浮かべ、身幅の広い太刀を構えた姿は、齢《よわい》十八の小娘では到底ありえない威厳に満ちていた。

「わたくしは天下がほしいのです。男たちには任せておけません。わたくしたちのほうがずっと上手にやれるはずだと、あなたも思いません？」

「……ほうじゃのう」

「うつし世において、女がこのようなことを言えば、不届きな絵空事と呆《あき》れられるか、危ぶまれて命を狙われてしまうでしょう。ですが、ここは〈ヨモツタメシ〉の場です」

「どがな望みでも、七つ勝てば叶《かな》えられる」

「ええ。まずは坂本龍馬、あなたを倒し、続く六つの戦いを制することができるならば、わたくしの望みが叶います。スサノオさまは、姉君のアマテラスさまが日ノ本の主神であることに触れ、女のわたくしでも天下取りの夢を見てよいとおっしゃいました」

「天下取りの夢、か……」

まつは、笑みに棘《とげ》を含ませた。

「ほんの一握り、夫に意地悪をしたい気持ちもありますの。わたくしはあの人の子を十一人、生みました。息子は二人いて、二人とも成人しました。けれど、巡り合わせが悪かったのでしょうね。前田家の世継ぎには結局、側室が生んだ子が納まりました」

「加賀藩の最初の藩主は、まつさまの長男の利長公じゃったけんど、お世継ぎが生まれんかった。次男の利政《としまさ》公は関ケ原の戦いで西軍に与《くみ》して、失脚した」

「ご存じでしたか。そうなのです。わたくしは妻としても母としても懸命に働いたつもりだったのに、結果を見れば、負《ま》け戦《いくさ》。もちろん、側室が生んだ子もわたくしの子として大事に育てましたよ。それでも悔しかったの。夫はきっとわかってくれないけれど」

まつは、くすくすと笑うと、顔つきを引き締めた。

「さあ、そろそろおしゃべりはおしまいにしましょう。女が相手だから手加減するだなんて、言わないでくださいましね」

＊

まつは身構え、気息を整えた。

主の気迫を宿して、大典太の細直刃《ほそすぐは》の刃文《はもん》がひときわ鋭く白くきらめいた。

龍馬は陸奥守吉行を抜き放つ。

「むろん、手加減らぁしやせん。わしの古い馴染《なじ》みに、男よりも巧みに刀を使うおなごがおった。そのおなごも、己《おのれ》の勝ち負けにかかわらず、手加減されるがを嫌っちょったきに」

北辰一刀流《ほくしんいっとうりゅう》の千葉道場の小町娘、佐那のことだ。江戸の女には気性《きしょう》のきつい者も多かったが、佐那はとりわけ勝気だった。

まつと佐那と、背格好は近い。ならば、膂力《りょりょく》の程も同じくらいか。

「参ります」

宣言したまつは、迷いのない太刀筋で斬り込んできた。

龍馬は陸奥守吉行で受ける。

甲高い音を立てて、鋼がぶつかり合う。火花が散る。

大典太の一撃は凄《すさ》まじく重い。

龍馬はぞっとした。

「何じゃ？　霊力ちゅうやつか？」

まつは答えず、流れるような身のこなしで剣技を繰り出す。

「はッ！」

龍馬は危うく避《よ》ける。

「速い……！」

しかも、白銀の残光を引く大典太の攻撃は、やはり、一つひとつがとてつもなく重い。

まつは低い構えから薙《な》ぎ払い、あるいは鋭く払う。

龍馬は防ぐ。技の出どころを確かめながら、重い太刀筋を捌《さば》く。いや、十分には捌ききれずに、ほつれ毛が切り飛ばされ、袖に穴が開いた。

「手強《てごわ》いのう」

思わず笑みを浮かべてしまう。

懐かしい、と龍馬は思った。まつの背丈も戦型も、間合いの取り方も、本当に佐那に似ている。

見下ろしながら目が合うときの角度。下から龍馬を射貫《いぬ》くような強いまなざし。

「何を笑っているのです？」

「いや、おまさんが手強《てごわ》いきに」

「嘘《うそ》をおっしゃいな。よそごとを考えているくせに！」

強烈な横薙《よこな》ぎの一撃。

「おっと」

間一髪で躱《かわ》す。

まつの剣術の基礎にあるのは、きっと薙刀《なぎなた》術だ。

佐那も薙刀を得意としていた。柄《つか》が長い薙刀で戦うときのほうが、駆け引きが多彩だった。刀の間合いに入ると、ほとんど猪突猛進《ちょとつもうしん》といってよいような、ひたすら攻め立てる戦い方になった。

佐那は目ざとくて機敏だった。身の軽さを活かして手数を多くし、龍馬の反撃を封じるのだ。龍馬が反撃を繰り出そうとすれば、すかさずそこに合わせてくる。

龍馬の策は結局、いつも同じだ。受け止められることを承知で、あえて大振りの一撃を放つ。

「そりゃあ！」

龍馬の斬撃を、まつは大典太で受けた。そのまま勢いを流そうとする。龍馬はそれを強引にからめ捕る。

鍔《つば》迫《ぜ》り合《あ》いだ。二つの鋼が、ぎしぎしと呻《うめ》く。

佐那がどれほど技の巧者であっても、単なる腕力は龍馬のほうが圧倒的に強かった。だから、そこから勝機を引き出すのだ。

力ずくで刀を押していく。耐えかねた佐那の刀が、わなわな震えだす。あともう一歩、体の重みをのせて押し切る。

佐那の手から刀が弾《はじ》け飛ぶ。

「まだです！」

得物を失っても、佐那はきつい目をして龍馬を睨《にら》みつける。徒手でつかみかかってくる佐那の手首を、龍馬が逆につかまえて、佐那の動きを封じる。

抱き寄せて、腕と胸の中に閉じ込めてしまえば、さすがの佐那も逃れようがない。両脚をからめて押し倒し、覆いかぶさって、佐那の背を床につける。

佐那の耳元でささやく。

「動けんろう？」

それでも佐那はしばらくじたばたと抗《あらが》って、疲れ果ててからようやく涙目で、負けを認める。ここに来て初めて、龍馬は両手両脚の力を緩め、佐那をふんわりと抱き締めることができるのだ。

手強くて頑固で意地っ張りで、たまらなくかわいい恋人だった。

鍔迫り合いに耐えられなくなった大典太が、まつの手からすっぽ抜けた。

「あっ……！」

まつが小さく声を上げた。大典太は力を失って、足下に落ちる。

龍馬は刀を棟《むね》に返すと、そぉっと、まつの面《おもて》を打つふりをした。

「わしの勝ちじゃ。な？」

まつはまばたきもせずに、頭上の刀を見つめた。

「なぜ、最後に手加減したのです？」

「すまん。けんど、わしは人を斬るがは、こう……やっぱり苦手やき」

「苦手でも不得手でも、己《おのれ》のなすべきことは、きちんとなしなさい」

「できん」

「わたくしは太刀を手放しても、懐刀を帯びているのですよ。藤四郎《とうしろう》の短刀を」

龍馬は顔をしかめた。

「やめとうせ。懐に忍ばせた武器で仕留めるがなら、わしのほうが速い」

「やってみますか？」

言うが早いか、まつは手甲《てっこう》をつけた腕で、陸奥守吉行をはねのけた。と思うと、逆の手はすでに懐刀を取り出している。

龍馬も動いていた。刀を片手で支え、もう一方の手で拳銃を懐から取り出す。

互いの武器を相手に向けて突き出した。

まつの短刀は、龍馬に届かない。まつは踏み込めなかったのだ。

龍馬が、銃口をまつの額に向けている。

「種子島《たねがしま》に初めて伝来した鉄砲の、三百年ばぁ後の姿がこれじゃ。なりは小さいけんど、まつさまの頃の鉄砲より威力は高い。わしが引き金を引きゃあ、まつさまの頭に穴が開く」

「では、脅すだけでなく、やってごらんなさい」

「できんち言いゆう」

「できるはずですよ。ここで敗れるわけにはいかないのでしょう？」

龍馬は、ぎゅっと顔をしかめたまま、まつを見下ろしていた。まつも拳銃越しに龍馬を見つめている。

ともに動かず、口を開きもしなかった。

沈黙が続く。

と、突然、まつが笑い出した。

「うふふ、見事な『へ』の字のお口ですこと」

「まつさま？」

「立派な体つきの偉丈夫《いじょうふ》だというのに、子供のような顔をして拗《す》ねるのですね。かわいい人、と言われませんか？」

「へ？　か、かわいい？」

龍馬はきょとんとして目を見張った。

まつは、鈴を転がすような声で笑った。そして、きっぱりと告げた。

「潔く認めましょう。負けました。龍馬どの、あなたの勝ちです」

第八章　双璧、相容《あいい》れぬならば

まつが手放した大典太光世は、光になってふわりと浮かぶと、友姫の袖に吸い込まれた。

友姫は、舞を舞うように袂《たもと》を振って、天下五剣《てんがごけん》の模様を皆に披露した。

「これで天下五剣が揃《そろ》ったわ。龍馬、慎太郎、よくぞ〈五つの苦難〉を乗り越えました。残るは〈二つの試練〉ね。先へ進みましょう」

まつは小袖《こそで》の裾を整え、きれいな所作で頭を下げた。

「あなたがたのご武運をお祈りいたします。この先の道はきっと、より過酷なものとなりましょう。どうぞお心を強く持ってくださいまし。さあ、早くお行きなさい」

まつは清須の市《いち》のほうを見やった。

きらきらと輝きながら、場の崩壊がすでに始まっていた。

＊

龍馬たちは、永禄年間の清須を後にした。

友姫の先導で、薄闇の道を抜けていく。

やがて、道は円柱形の部屋に行き着いた。部屋の差し渡しは、四間《よんけん》(約七・三メートル)といったところだ。

床や壁は、石とも木とも金物ともつかないものでできている。天井は高く、びっしりと絵が描かれている。四季折々の花鳥風月の絵だ。

おかしな造りの部屋だった。壁面には五つもの床の間《とこのま》がしつらえられ、刀掛けが置かれている。入ってきた戸口の向かいには、ぴたりと閉ざされた扉がある。

「この刀掛けに天下五剣《てんがごけん》を納めれば、扉が開くがかの？」

龍馬の確認に、友姫は手鏡をのぞいてからうなずいた。

「そうみたい。どの刀掛けに納まるべきかは太刀自身が知っているそうだから、行きたがるところへ行かせてあげて」

友姫は、何もない宙に両手を掲げ、差し招くような仕草をした。友姫の袖から一条の光が抜け出し、太刀本来の大きさと形に戻って、ゆるゆると降りてくる。拵《こしらえ》をつけない、素裸の刀身《とうしん》だ。かすかな燐光《りんこう》が刀身に宿っており、鼓動のような明滅が見て取れる。

龍馬はその太刀の名を呼んだ。

「童子切安綱」

龍馬が両手を差し伸べると、童子切はふわりと飛んできた。

手のひらの上に二寸（約六センチ）ほどの空隙《くうげき》を介して、童子切が浮いている。ぬくもりとわずかな重みが感じられた。

童子切はむずむずとまたたいて、龍馬の手のひらに何かを伝えようとしている。龍馬は素直に、童子切の望むままに体を委《ゆだ》ねた。

足がおのずと動いた。龍馬は床の間の一つへと導かれ、刀掛けに童子切をそっと置いた。

何もなかったはずの床の間の壁に、一幅の掛軸が現れた。

掛軸には、絵が描かれていた。五人の男たちが、大きな体の鬼を相手取って戦っている様子だ。中央の男の顔に、龍馬は見覚えがあった。

「源頼光どのじゃ。これは、大江山の鬼退治の絵にかぁらん」

隣の床の間に、慎太郎が数珠丸恒次を奉じた。掛軸に浮かび上がった絵は、墨で描かれている。僧と黒龍が山中でたたずむ様子は、静謐《せいひつ》でありながら力強い。

鬼丸国綱を供えた床の間には、太刀を掲げて海と天に祈る鎧武者《よろいむしゃ》の姿絵が現れた。

三日月宗近によって喚起された絵は、雨中で太刀を振るう高貴な男を描いている。

「これでしまいじゃ」

龍馬は最後の一振、大典太光世を刀掛けに納めた。異形《いぎょう》の武者が幼い姫君を守って戦う絵が、掛軸に浮かび上がる。武者が対峙《たいじ》する相手は、病の化身とおぼしき悪鬼《あっき》だ。

は、天下五剣《てんがごけん》があるべきところに納まると、扉が重々しい音を立てて開いた。扉の向こうは、例によって薄闇が広がり、一筋の道が伸びている。

龍馬は、陸奥守吉行の柄《つか》をぽんと叩《たた》いた。

「よし、道が拓《ひら》けたぜよ。進もうや！」

ブーツの足を勢いよく踏み出す。

しかし、慎太郎が龍馬を引き留めた。

「龍馬、待ちや。おれは、今ここで、おまんと話がしたい」

やはり、と龍馬は思った。やはり慎太郎はうやむやなままでいたくないのだ。

〈ヨモツタメシ〉開始以来、龍馬は自分の望みをはっきりとは口にしていない。「新政府のために」「政《まつりごと》を革《あらた》めるために」と大望を高らかに掲げていたのは、慎太郎だけだ。

龍馬が自分の望みについて語れば、慎太郎と揉《も》め事《ごと》になってしまう。それは火を見るより明らかだった。うまくことを運ぶには、龍馬は口を閉ざしておくしかなかったのだ。

一つ深い息をして、龍馬は慎太郎を振り向いた。

「何の話じゃ？」

慎太郎は冷たく言った。

「へらへら笑いなや」

「笑いゆうかのう？　この顔はもう癖になってしもうて、戻し方がわからんぜよ」

「まじめにせえ。おまんの本性は、お調子者やない。したたかで打算のうまい、抜け目のない男じゃ」

「おぉの、ほがな人聞きの悪いこと……」

慎太郎はおしまいまで言わせず、龍馬に詰め寄った。

「はっきり答えや。おまんの望みは何じゃ？　おまんは、おれとともに倒幕の戦《いくさ》をするつもりがあるがか？　日本の政を動かしていこうちゅう気概があるがか？　きちんと言葉にせえ。今、ここでじゃ！」

＊

沈黙が落ちた。

龍馬と慎太郎は、互いに目をそらさなかった。

あたりの気配がぴりぴりと張り詰めている。

友姫が途方に暮れた顔をして、龍馬を見つめている。そのまなざしを頬のあたりに感じつつ、龍馬はまっすぐ慎太郎と向き合っていた。

沈黙を破って、慎太郎が言った。

「答えや、龍馬」

龍馬は嘆息交じりに応じた。

「ないぜよ、慎太郎さん。倒幕の戦《いくさ》をするつもりも、日本の政《まつりごと》を動かす立場になるつもりも、両方とも、ない」

「なぜじゃ？」

「なぜち言われても」

「おれらが必死になって働きかけて、土佐の重鎮《じゅうちん》を動かして、土佐の献策によって将軍に大政奉還《たいせいほうかん》をさせた。おかげで薩摩も、今では土佐を信用しちゅう。薩長の盟約も盤石《ばんじゃく》じゃ。おまんは海援隊ちゅう海軍を動かせる立場にある。何が不満ながか？」

「不満はない。やれることは全部やった」

慎太郎は声を荒らげた。

「終わったことみたいに言いなや！　まだ途中じゃ。おれらのなすべきことは、まだまだある。おまんも『新政府綱領八策《しんせいふこうりょうはっさく》』を著《あらわ》して、皆に道を示してみせよったろう！」

慶応三年（一八六七）の十月十四日に大政奉還がなされた。土佐藩上士《じょうし》の後藤象二郎《ごとうしょうじろう》が将軍徳川慶喜に京の二条城で拝謁し、政権を天皇に返上するよう献策した。その策に慶喜が従ったのだ。

これにより、事態は急速に動くこととなった。

最も戸惑ったのは、過激な倒幕派の論客たちだっただろう。

「徳川慶喜が政権にしがみつくようであれば、即刻、武力によって幕府を討つべし！」

そう訴えて拳を振り上げていたのに、肩透かしを食わされたのだ。

龍馬は、しめた、と思った。大規模な軍を興《おこ》さずに済むのなら、そこに注ぎ込むはずだった力を新政府の運営に充《あ》てることができる。

ゆえに、大政奉還から半月ほどのうちに、龍馬は『新政府綱領八策』を書いた。末尾に付した署名は、通名の龍馬ではなく、本名の直柔《なおなり》とした。幾通もの写しを作ったのは、あちこちにばらまくためだった。

『新政府綱領八策』とは、おおよそ次のとおりだ。

第一義、**人材登用**。身分や所属にかかわらず、優れた人材を政府に起用する。

第二義、幕藩体制から**新しい統治機構**への移行。古いしがらみから脱却する。

第三義、日本の**国際化**。世界と関わりゆく中で、日本の社会の新たなあり方を定める。

第四義、**新たな律令《りつりょう》**の制定。社会をよりよく導くための大典を策定し、公布する。

第五義、**上下議政所**の設立。貴族院と衆議院をつくり、活発な議論を促す。

第六義、**海陸軍局**の設立。各藩に分散している兵力を日本の陸海軍として統括する。

第七義、**天皇の直属軍**の設立。政権の中心となる朝廷に、強力な護衛の軍を置く。

第八義、**金銀の相場**を諸外国と揃《そろ》え、対等な貿易を基盤とした外交をおこなう。

そして、**〇〇〇がみずから盟主**となり、右の八義にのっとった政治を推し進めていくのだ。天皇を君主とし、すべての国民にも知らしめて、改革をおこなっていく。

もしもこの新しい政治に異を唱え、武力によって破壊しようとする者がいるのなら、戦うべきだ。相手が権門貴族であっても、断固として我らの綱領を曲げてはならない。

慶応丁卯《てぃぼう》十一月　**坂本直柔**

龍馬はあえて盟主の名を「〇〇〇」と記した。そこに入るべき人物の名は、読み手の判断によって変わってくる。

駆け引きの余地を残した文書だった。

あるいは、疑惑を差し挟む余地、と言えるかもしれない。宣戦布告と受け取る者もいるだろう。

今の世において甘い汁を吸っている者にとっては、目障りなばかりの文書である。

こんな危ういものをばらまけば自分の命がどうなるか、龍馬にもわかっていた。

「いつ殺されてもおかしゅうない、殺されるかもしれんちゅう思いはあった。実際、近江屋でわしらが殺されたがは、大政奉還《たいせいほうかん》からほんの一月後じゃ。わしは目立ちすぎた」

龍馬の署名を付した『新政府綱領八策』だが、どの案も、龍馬の頭から出たものではない。今まで出会ってきた人々と語り合った未来の政治のあり方を、龍馬が己《おのれ》の署名を添えて書き表しただけだ。

土佐の絵師の河田小龍《かわだしょうりゅう》は、龍馬に世界の広さを教えた。幕府の勝海舟《かつかいしゅう》は、海軍のいろはを龍馬の身に叩《たた》き込んだ。同じく幕府の大久保一翁《おおくぼいちおう》は、龍馬に外交の重要性を示した。熊本の横井小楠《よこいしょうなん》は、幕藩体制によらない政治のあり方を龍馬に説いた。

そうした類《たぐい》まれな人々と出会うたびに、龍馬は新しいものの考え方を知った。己の中にいつの間にか建っていた古めかしい柱を、根こそぎ引っこ抜かれるような体験だった。その衝撃に、龍馬はいつもわくわくしていた。

龍馬はふと気づいて、笑った。

「わくわくしちゅうだけやった。でっかいことを考えて、それを人と話す。それがただ楽しかった。わしの話を聞いた相手が驚いたりおもしろがったり、心を開いて仲良うなってくれたりする。ほがな出会いを求めて飛び回ることが、わしは楽しゅうて楽しゅうて」

無我夢中で走ってきた。

何のためにと問われても、うまく答えられない。

いや、何かしら言葉にすることはできるだろう。だが、いつものように調子のいい言葉を紡げば紡ぐほど、走り続けているときの爽快な心地からかけ離れてしまう。

慎太郎は龍馬の顔をじっと睨《にら》んでいた。それから、低く問うた。

「もう一度だけ訊《き》く。おまんは、倒幕の戦《いくさ》にも新政府の足固めにも、もう何の責を負うつもりもないがか？」

龍馬はきっぱりと答えた。

「ない。慎太郎さんには悪いけんど、できんぜよ。そこに納まって縛られてしもうたら、わくわくできんろう」

「納得できん！　何じゃ、その答えは？　新政府におまんは欠かせん。おれだけやのうて、長州の桂《かつら》さんも薩摩の西郷さんも土佐の後藤さんも、多くの志士がそう思っちゅう」

「それと同じ数だけ、新政府に坂本龍馬を加えちゃあ危うくてかなわんち思っちゅう人らもおる。このわしぜよ？　どこにふらふらと話をしに行って、この人は新しい仲間じゃ言うて、妙な者を連れてくるかわからんろう？」

「龍馬、おまん……ひょっとしてそれは、もし生きちょったとしても、同じことを言うつもりやったがか？」

「ああ、もちろんじゃ。わしは初めから、新政府の内側にわしの席はないち考えちょった。西郷さんらから『一緒にやりもそう』ち誘われりゃあ、色よい返事をしてみせたこともあったけんど」

「嘘《うそ》やったがか？」

「謀《たばか》ったつもりはない。その都度受け止めて、よう考えて、けんど結局、同じ結論に行き着くがよ。新政府の参議や大臣らぁ、わしにゃあ向かん。慎太郎さんに任せるぜよ」

「陸援隊のおれと、海援隊のおまんは、対になって働く仕組みじゃ。おれだけ置いていかれても、十分なことができん。龍馬、おまんがおらにゃあならん」

「いや、新政府の要人にふさわしいがは、わしよりも慎太郎さんのほうじゃ。考えてみい。武士の生まれではない慎太郎さんが新政府で活躍すりゃあ、幕府の頃とは違う世の中になったことを、大勢の人に知ってもらえるろう。その役目は、わしにゃあ務まらん」

慎太郎は荒々しく息をつき、かぶりを振って、食い下がった。

「海軍はどうする？　おまんが引っ張る海援隊は？　幕府は、性能のえい軍艦を持っちゅう。あれを倒せるがは、今の日本では、勝海舟先生の門下生やったおまんらだけじゃ。中でも龍馬、おまんに皆ついていきゆう。そのおまんが戦を放り出すつもりか？」

龍馬は慎太郎の言葉を否定した。

「放り出すがやない。ただ、戦を起こすがはまだ早いちや。倒幕の道の途中で戦が起こるがはきっと避けられんけんど、今は時期尚早《じきしょうそう》、まだ中途半端じゃ」

「中途半端？　まだ引き延ばしたいがか？　むしろ、今こそが好機じゃ。将軍の大政奉還《たいせいほうかん》によって、世の中が混乱しゆう」

「その混乱を活かしきれるとも限らんろう」

「活かしてみせる。おれも長州の皆も本気じゃ。けんど、おまんはぐずぐず言い訳しゆうし、薩摩も土佐も腰が重かった。おれらはもう我慢の限界じゃ」

「長州の言い分はわかっちゅう。幕府の策略で賊軍や朝敵と呼ばれたことも、討伐軍を差し向けられたことも、その戦《いくさ》の中で大勢の長州藩士が死んだことも、長州の者らの胸の内に憎しみを生んだ。幕府に一矢報《いっしむく》いねば耐えられん気持ちは、わしも察しちゅうよ」

　慎太郎は龍馬の胸ぐらをつかんで息巻いた。

「他人事《ひとごと》みたいに言いなや！　おまんも喪《うしな》ってきたろう！　旧態依然とした幕府のあり方を批判した仲間が、大勢殺されてしもうたろう！」

「そのとおりじゃな」

「ほいたら、なぜ悠長なことばかり言うていられるんじゃ！　なるたけ戦を避けたいらぁて日和見《ひよりみ》ばかりのおまんに、おれはもう我慢ならん！」

「戦は起こるろう。けんど、まだじゃ」

「いや、すぐにじゃ。京都守護職の仕事を会津藩から取り上げて、将軍と会津藩を京から追い払う。早けりゃあ年明けに開戦できるぜよ。ぼさっとしなや。おまんは急いで海援隊の船を回して、武器を調達せえ。おまんの力が今すぐ必要なんじゃ！」

慎太郎は腕を掲げ、龍馬の胸ぐらをぐいぐいと締め上げる。

こうやって手を出すのは、いつも慎太郎だ。龍馬のほうが力が強く、取っ組み合えば、小柄な慎太郎には勝ち目がない。

それがわかっているくせに、慎太郎は突っかかってくる。それがわかっているからこそ、龍馬は懐に入れたままの手を、ただぎゅっと握り締めている。

議論をするときに刀を身から遠く離しておくのは、龍馬と慎太郎の間にいつしか固まっていた約束事だった。どれほど議論が激しても、決して刀に手を触れずにいた。

しかし、と、龍馬は唐突に思った。

今となっては、刀を使わないという約束事も、もう意味がないのではないか。

だって、お互い、もう死んでいるのだ。

今ここにいる龍馬と慎太郎は、生者でも死者でもない存在で、戦って勝ち抜くためだけに魂を懸けている。

ならば、実は最も戦ってみたかった相手とここで剣を交わすのも、おもしろいのではないか。これが宿命というものではないのか。

龍馬は慎太郎の目の奥に、今なすべきことを見出《みいだ》した。慎太郎が今この瞬間、何を望んでいるのか、ありありと汲《く》み取ったのだ。

きっと龍馬も同じ目をしている。

慎太郎は、龍馬の胸ぐらをつかむ手を離した。間合いを空ける。その手が源清麿の鯉口《こいぐち》を切った。

「抜きや、龍馬」

言いながら、慎太郎は抜刀した。大鋒《おおきっさき》の勇壮な刀身《とうしん》が、ぎらりと輝いた。

龍馬は黙ったまま、陸奥守吉行を抜き放った。

刀を正眼《せいがん》に構《かま》える。彼我《ひが》の間合いを探る。激高していた慎太郎の気息が、すっと整う。

龍馬は目を見開き、まばたきを忘れる。

友姫が慌てた声を上げた。

「ちょっと、龍馬！　慎太郎もやめてちょうだい！　ねえ！」

友姫には悪いが、それはできない相談だ。

龍馬の心はすでに、慎太郎との立ち合いに向けて、わくわくと躍り始めている。

慎太郎と刃《やいば》を交えたことはない。竹刀《しない》でのやっとうに興じたことすら、近頃はなかった。

龍馬は、慎太郎の剣術の力量を本当のところでは知らない。刀を使うがは苦手じゃ、と尻込みする姿ばかりを見てきた。

そのくせ抜け目なく、慎太郎は数々の戦場を生き延びてきた。こたびの〈ヨモツタメシ〉もそうだ。大将戦を龍馬に譲る格好をとりながらも、慎太郎はきちんと勝ち星を挙げてきた。

慎太郎は手強《てごわ》い。きれいな剣術を使うわけではないが、それでも泥くさく手強いのだ。

そんな相手と戦えることが楽しい。

龍馬は牙《きば》を剥《む》くように笑った。

「いっぺんこうして戦ってみたかったんじゃ」

慎太郎は、食い縛った歯の間からささやいた。

「行くぜよ」

おう、と龍馬は答える。

その途端、時の流れ方が変わる。音の聞こえ方が変わる。ものの見え方が変わる。

視野が広がる。色が抜け落ちる。人と刀の形をした線が、影のような世界の中で、克明に浮き上がって見える。

彼我の息遣いが聞こえる。刀の吠《ほ》える声も聞こえる気がする。刃を交える自分と相手のほかには誰も何も存在しないかのように、周囲の音や声は絶える。

先手は慎太郎。速さを活かして、低く薙《な》ぐ一撃。

龍馬は跳躍した。体を沈めた慎太郎の頭よりも高く跳び、その勢いをのせて斬り下ろす。

＊

まさにその瞬間だった。

真空のような集中が、ガラスを打ち砕くように破られた。


「やめよ！」

女神の声が響いた。


龍馬と慎太郎の体は、そのまま固まった。龍馬は跳び上がって刀を掲げた格好で、慎太郎は深く低く踏み込んで横薙《よこな》ぎの追撃を繰り出そうとした格好で、止まったのだ。

何じゃ、と思わずこぼしそうになった言葉さえ、喉も腹も動かないので、つぶやくことができない。

宙に留めつけられた龍馬は、かろうじて動く目だけをきょろきょろさせた。

友姫の傍らに、白い衣をまとった女神がいる。アマテラスだ。美しい顔を曇らせている。そこに現れている色は、不快か、不満か。それとも、もしかして……心配、だろうか。

男神の声も聞こえた。

「血の気が多いのはけっこうだが、おなごを泣かせるのはいただけぬな。友姫が困り果てておるではないか」

苦笑交じりの口ぶりである。

スサノオはのしのしと近づいてくると、猫の喧嘩《けんか》を仲裁するかのように、龍馬と慎太郎の首根っこを左右の手でつかんで引き離した。

途端に、アマテラスの一声による呪縛が解けた。

龍馬はようやく友姫のほうをまともに見た。友姫は泣きじゃくっている。たちまち罪悪感が龍馬の胸に込み上げてきた。

「友姫さま、すまん」

龍馬が言うのとほとんど同時に、慎太郎も謝罪の言葉を口にした。

スサノオの両手にぶら下げられたまま、龍馬と慎太郎は目と目を見交わした。ばつが悪くなり、しゅんとして押し黙る。

友姫は、子供のように拳で目元を拭いながら、嗚咽《おえつ》を止められずにいる。アマテラスが肩を抱いてなだめてやっている。

スサノオは、呆《あき》れて笑っているらしい。

「おぬしらの振る舞いに非があるとは、我は思わぬがな。男同士、時としてぶつかり合うものであろう。しかし姉者《あねじゃ》は、こんな内輪揉《うちわも》めはならぬ、と言う。姉者が嫌がることをするのは、我の望みではない」

アマテラスはスサノオをじろりと見やった。

「ずいぶん殊勝になったものよな、弟よ。われの嫌がることをさんざんやらかしたのは、そなたであったのに」

「遠い昔のことではないか、姉者。さすがに、我ももう分別がついた。姉者を泣かせはせぬ。姉者には笑っていてほしいのだ」

アマテラスはため息をついた。

友姫の涙が落ち着いてきた。まだぐすぐすしているが、友姫は一応、顔を上げている。

龍馬は首をひねって、スサノオのほうを振り向いた。

「にゃあ、スサノオさま。もうおとなしゅうするき、放《はな》いとうせ」

「よかろう。すぐに刀をしまうのだぞ」

スサノオは龍馬と慎太郎を床に下ろした。龍馬と慎太郎は命じられたとおり納刀《のうとう》する。

慎太郎は、乱れた襟元を直しにかかった。

龍馬は友姫のところへ飛んでいった。ひざまずいて、友姫の顔をのぞき込む。

「ごめんにゃあ、友姫さま。怖がらせてしもうたかえ？」

友姫は涙目で龍馬を睨《にら》んだ。

「怖くなんかないわ。わたしは悔しかっただけ！　だって、龍馬も慎太郎もわたしの話に耳を貸そうとしないんだもの。悔しいし悲しいし、腹が立つのも当たり前でしょう！」

友姫の大きな目から、また涙があふれる。

龍馬は袂《たもと》から手ぬぐいを出し、友姫の頬をそっと拭いてやった。

「すまんすまん。わしも慎太郎さんも、ちっくと熱くなってしもうた。友姫さまのことをないがしろに思っちゅうわけではないんじゃ。悪かったぜよ」

「龍馬が遠くに行っちゃうみたいで、知らない人になったみたいで、嫌だったの。心配ばっかりさせないで！」

友姫は龍馬の手ぬぐいに顔をうずめ、すすり泣いている。龍馬はひざまずいたまま、腕を伸ばしてぽんぽんと友姫の肩を叩《たた》いてやった。

スサノオは龍馬と慎太郎へ順繰りに目を向けた。

「さて、おぬしらに問おう。選ぶがよい。ここから先の道をともに行くか、それとも、別々の道を行くか」

慎太郎は、はっと顔を上げた。目に強い光がある。

「二人別々になっても、この先の道を進んでえいがですか？　私は、龍馬と違《ちご》うて、選ばれて〈ヨモツタメシ〉に参じたわけではありません。おまけみたいなもんですろう。この私が、ほんまに、龍馬と離れてもまだ戦い続けることを許されるがですか？」

スサノオはうなずいた。

「許す。おぬしがこの先へ行くことを望むのならば、我も姉者《あねじゃ》もその道を嘉《よみ》しよう。どうだ、慎太郎よ」

慎太郎はきっぱりと答えた。初めに神々の御前に引き出されたときの委縮した様子は、もうなかった。

「行きます。私は一人になろうとも、戦い続けます。必ず叶《かな》えたい望みがありますき、あきらめることはしません」

「ならば、行け。道はすでに拓《ひら》いてある。慎太郎、おぬしはおまけなどではないぞ。なあ、姉者」

スサノオに水を向けられたアマテラスは、思いがけないほど柔らかな声で言った。

「そなたの戦《いくさ》ぶり、見ておったぞ。〈ヨモツタメシ〉に懸ける覚悟の強さ、ようわかった。慎太郎よ、そなたならば、ただ一人、明かりがなくとも道に迷うことはあるまい。さあ、お行き。振り返らずに」

アマテラスは、優美な仕草で扉のほうを指し示した。

慎太郎は神々に一礼すると、機敏な足取りで駆け出した。龍馬に対しては一言もない。

一瞥《いちべつ》すらしなかった。

薄闇に続く扉を、慎太郎はくぐる。

龍馬は扉のそばへと駆け寄った。走り去る慎太郎の背中に、声を張り上げる。

「慎太郎さん！　生きちゅう間も言い合いばっかりで、最後にゃあ喧嘩《けんか》までしてしもうたけんど、わしは決して、おまんを憎んぢゃあせん。嫌っても怒ってもおらん。わしはおまんを尊敬しちゅうし、おまんのことが好きじゃ！」

慎太郎は足を止めた。振り返らない。

龍馬は待った。慎太郎が何か答えるのを待ったが、返ってくるのは沈黙ばかりだ。これが本当に最後になるかもしれないのに、慎太郎はただ、じっとしている。

結局、龍馬は笑って言った。

「また会おう！」

果たせない望みだとしても、そう言って別れるのが正しいような気がした。

慎太郎は、前を向いたまま手を振ると、薄闇の道を駆け去った。

＊

龍馬は、丹田《たんでん》に力を込めて、アマテラスとスサノオに向き直った。

肉づき豊かなアマテラスも、筋骨隆々としたスサノオも、威風に満ちている。二柱《ふたはしら》とも身の丈は人と変わらないのに、はるかに見上げるような心地だ。

やはり畏《おそ》れ多い。押し潰されてしまいそうだ。

だが、龍馬は意を決して、姉弟二神をまっすぐに見つめた。

「この際やき、教えてつかあさい。アマテラスさまとスサノオさまは〈ヨモツタメシ〉で人と人が戦うがを見て、楽しいがですか？」

姉弟二神は、互いに目を見交わした。

アマテラスに促され、スサノオが口を開いた。

「我は生来、武というものを好むゆえ、楽しんでおる。姉者《あねじゃ》もまた、おぬしらの戦《いくさ》ぶりに目を細めておるぞ。強き望みを抱く武者たちの戦いは、人の短い一生ならではの輝きに満ちておる。その輝きが、儚《はかな》くも美しい」

「神さまは、ほがなふうに人の生きざまを見ゆうがですか」

「不満か？」

龍馬はかぶりを振った。

「こがな機会を与えてもろうて、わしは光栄です」

「そのわりには浮かぬ顔だな。何だ、慎太郎との喧嘩《けんか》を止めたことが不服か？」

龍馬はまた、かぶりを振った。

「止めてもらえてよかったち思います。一人で走っていく慎太郎さんは、生き生きしちょった。一人で行くがぁお互いのためですろう。わしと慎太郎さんが両方とも新政府に名を連ねたところで、早晩、ああいて喧嘩してしもうたはずですき」

ため息をついたら、同時に、笑いが口からこぼれた。

楽しいわけではない。自分の振る舞いを思い返すと、つい呆《あき》れて笑ってしまったのだ。

龍馬は笑いながら額を押さえた。

「ここまで至る〈五つの苦難〉は、苦難ちゅう名のとおり、たやすい道ではなかったです。進めば進むほど、心を裸にされていくみたいで、しまいにゃあ慎太郎さんとも喧嘩別れじゃ。もっとうまいことやれりゃあよかったに、わしも下手くそやにゃあ」

アマテラスは胸に手を当てた。

「それこそが、人の子の輝きだ。一所懸命な者の魂は、輝かしくて愛《う》い。われは神として、人の子らのそういうところを好いておる」

春の日の陽だまりのような、何とも穏やかで温かな言葉だった。ぬくもりにふんわりと包まれた心地になって、龍馬は思わず息をついた。

「嫌われちゃあせんなら、よかった」

スサノオが笑いながら口を開いた。

「姉者はまじめであるゆえに、気難しいように見えるかもしれぬが、人の子らを嫌うことこの暴れ者めが」

アマテラスは、弟にしかめっ面《つら》を向けた。

「われが気難しげに見えるのは、そなたがわれに気苦労をかけさせてばかりだからだ。こ
の暴れ者めが」

「すまぬすまぬ。こたびのことは我も反省しておる。だが、姉者《あねじゃ》も〈ヨモツタメシ〉で戦う者らに心を動かされておるだろう？　あの者らの戦《いくさ》ぶりを通じ、その生きざまを深く知ることができて、よかったと思っておるだろう？　な？」

スサノオは、しわの寄ったアマテラスの眉間をちょんとつついた。アマテラスは渋面を崩さず、そっぽを向く。

「つれない顔をするな、姉者ぁ～」

体ごとそっぽを向かれると、スサノオはアマテラスを後ろからすっぽり抱きすくめた。背中を丸め、姉の肩に自分の顎を乗せる。

まったくもって子供のようなじゃれつき方だ。

龍馬は驚きの一方で、懐かしさを覚えていた。自分の姉のことを思い出したのだ。

「乙女姉やんは元気かのう」

三つ年上の姉の乙女は、気も力も強いしっかり者だ。学問も武芸もできるので、龍馬は

子供の頃、乙女に頭が上がらなかった。

いつも元気で頼もしい乙女だったが、その実、人一倍傷つきやすかった。まじめで気丈な性格が災いして、何でも正面から受け止め、抱え込んでしまうのだ。

乙女が悩みを打ち明けられるのは、龍馬と交わす手紙の中だけだった。龍馬は精いっぱいおどけた手紙を書いて、大好きな姉を励ました。


龍馬とアマテラスの目が合った。日輪のようなまなざしは、とんでもなく畏《おそ》れ多い。だが、この上なく温かく優しい。龍馬はにこりとしてみせた。

「スサノオさまをうらやましゅう思います。大好きな姉やんと、ずっと一緒におられるがやき。それはまっこと幸せなことですろう」

アマテラスにくっついたままのスサノオが、ぱっと嬉しそうに笑った。

「うらやましかろう？　自慢の姉者《あねじゃ》なのだ」

アマテラスは弟の太い腕の隙間から手を伸ばし、弟の頭をぽんぽんと撫《な》でてやった。スサノオは満足そうに笑う。犬ならば、ちぎれんばかりに尾を振っているだろう。

友姫が龍馬の傍らに並んだ。もう泣いてはいない。涙に濡れた手ぬぐいは、懐か袂《たもと》にしまい込んだようだ。

龍馬は友姫に告げた。

「さて、わしらもそろそろ次に進もう。もやもやした気持ちもあったけんど、今こうしてアマテラスさまやスサノオさまとお話しして、すっきりしたぜよ」

龍馬の言葉に、友姫はうなずいた。

スサノオは扉のほうを指し示した。

「おぬしのための道も、扉の向こうに拓《ひら》いておいたぞ。心して行け！」

龍馬は陸奥守吉行の柄《つか》に手を乗せた。相棒の手ざわりはいつでも心強いものだ。改めて気を引き締め、龍馬は笑顔をつくり、声を張り上げた。

「行ってきます。わしの戦《いくさ》ぶり、とくとご覧になってつかあさい！　こたびはアマテラスさまも天岩戸《あまのいわと》に引きこもる暇もないはずやき、日本の夜明けは近いろう！」

友姫は、薄闇を照らす提灯《ちょうちん》を掲げた。

「行きましょう、龍馬」

「おう！」

龍馬は力強くうなずき、〈二つの試練〉の地に向かって、ブーツの足を踏み出した。

第九章　道は再び交わらず

懐かしい唄を、龍馬は口ずさんだ。

土佐の高知のはりまや橋で
坊さん簪《かんざし》買うを見た
よさこい　よさこい

高知の流行《はや》り歌だ。

古くから土佐にあった「よさこい節」に、近頃起こった駆け落ち騒動の詞を乗せたのが、お座敷遊びから城下に広まった。

近頃起こったといっても、考えてみれば、あれからもう十年以上経《た》っている。その駆け落ち騒動は、龍馬が二十一の頃、安政《あんせい》二年（一八五五）に起こった出来事だ。

妙高寺の僧の純信《じゅんしん》と鋳掛屋《いかけや》の娘のお馬《うま》が手に手を取って逃げ、関所破りの罪を犯した。しかし二人は捕らえられ、城下で見せしめとして晒刑《さらしけい》とされた上で、土佐から追放されて別れ別れになった。

「簪を買《こ》うたがは純信さんではのうて、別の坊さんやったそうじゃ。もともとその坊さんのほうがお馬さんと恋仲やったがやけんど、お馬さんの心は純信さんに移っていった。初めの坊さんは、お馬さんの心変わりを止めるために、きれいな簪を買い求めたんじゃ」

友姫に説き聞かせながら、龍馬は、夢とうつつの狭間《はざま》にいるような心地だった。

薄闇の道を行くうち、緩やかな眠りに落ちるようにだんだんとあたりが暗くなって、気がついたら、はりまや橋のたもとに立っていたのだ。

堀川の水は、さらさらと涼やかな音をたてて流れている。

手鏡をのぞいた友姫が、迷いを含んだ様子で、季節だけを告げた。

「九月ですって。晩秋の、少し肌寒くなってきた頃ね」

ふと目を上げれば、もみじや銀杏《いちょう》が色づいていた。

はりまや橋より西側、上士《じょうし》が住まう大きな屋敷の屋根越しに、高台に築かれたお城が町を見下ろしている。

友姫が龍馬に問うた。

「お城に行きたい？」

龍馬はかぶりを振った。

「いや、行かんでえい」

郷士《ごうし》の家柄に生まれた龍馬は、登城を許される身分ではない。同じ藩士とはいえ、上士《じょうし》が住む町への出入りも自由ではなかった。

そもそも上士とは、幕初に山内家が土佐に入封したとき、初めから家臣であった者たちのことだ。対する郷士は土着の武士で、もとは長宗我部《ちょうそがべ》氏の家臣だった者たちだ。土佐の上士と郷士の間には、成り立ちからして、越えられない壁がある。他藩より身分差別が厳しいのも、このためだ。

郷士は、着物も綿か麻の地味なものしか許されず、夏の厳しい日差しの下でも日傘を差してはならず、下駄は禁じられて粗末な草鞋履《ぞうりば》きを強いられる。江戸遊学の折は、狭苦しい部屋での雑魚寝《ざこね》という扱いだった。

多くの郷士は貧しかった。だから、なおのこと上士に蔑《さげす》まれていた。坂本家は裕福だったから、まだましだった。

しかし、その龍馬でさえ、子供の頃は上士の子にいじめられていた。甘んじて受けていれば弱虫と罵《ののし》られ、腹が立って反撃すれば無礼だと叩《たた》きのめされた。結局、手習い塾も剣術道場も、転々とせざるをえなかった。

だから、友姫は本当に変わり者だったのだ。

友姫は、上士どころか、藩主の血を引く姫君だ。それなのに、郷士である龍馬たちとも親しく遊んでいた。お目付役の吉田東洋がはらはらするのも道理だった。

「龍馬のおうちのほうに行ってみなくていい？」

友姫は城の南西の方角を指差した。

龍馬はまた、かぶりを振った。

「あれもこれも見とうなって、きりがなくなるき、行かんでえい。まあ、どっちにしろ、ここは本物の高知城下とは違う。静かすぎて気味が悪いぜよ」

はりまや橋のあたりには大店《おおだな》が建ち並んでいる。大勢の人がにぎやかに行き交っているはずの通りだ。

しかし、今ここでは、堀川の流れる音だけがひそやかに聞こえている。

人の姿はない。よくよく目を凝らせば、薄っぺらな影法師がいくつか見える。刀を差した姿のようだ。

友姫は顔を曇らせている。

「まつさまの清須城下は大勢の人の姿が生き生きと写されていたわ。義輝さまの二条御所も、そのお心の孤独を表してはいたけれど、人の形をしたものが動いていた。ここは何なのかしら」

「この高知城下があの人の心を写しちゅうがなら、自分以外の者を人として認めちゃあせんちゅう本心の現れかもしれん」

「一つ目の試練の相手が誰なのか、龍馬にはわかっているの？」

龍馬は友姫に笑ってみせた。

「間違《まちご》うちゃあせんろう。友姫さまの顔に書いてあるき、答え合わせはせんでえい。さあ、行こうや。あの人が待ちくたびれてしまうぜよ。友姫さま、案内しとうせ」

「わかったわ。こっちよ」

友姫は東を指差した。

やはり、と龍馬は確信を持った。黒いもので胸がふさがっていくような心地だ。〈ヨモツタメシ〉に挑む前、別れを告げる藤吉との会話であの人のことを思い出したのは、虫の知らせだったのかもしれない。

近頃は記憶の底に追いやっていたあの人と、もしもここで再び相まみえるのなら。

一つ目の試練は、きっと苦い。

＊

新町にある小野《おの》派《は》一刀流《いっとうりゅう》の道場は、嘉永《かえい》七年（一八五四）の地震の後に新築されたものだ。まだ新しいとはいえ、荒っぽい郷士《ごうし》らが腕を競い合う場である。もうすっかり、あちこちに傷や染みができている。

龍馬が木刀で突いて開けた穴も、そのままだ。門柱には、小便を引っ掛ける的にしていた落書きが残っているに違いない。

「懐かしいだろう、坂本くん？」

朗々とした声に呼ばれ、龍馬は振り向いた。

「武市《たけち》先生」

はりまや橋のそばで思い描いたとおりだった。ここには己《おのれ》と対等に話せる者はいないとでも言わんばかりの、空虚な高知城下を現出させた人物が誰であるのか。

龍馬より六つ年上の、昔は兄のように慕って尊敬していた相手だ。

だが後に、決して相容《あいい》れないのだと悟って、袂《たもと》を分かった相手だ。

「君もこちらに来たと聞いて、会うのを楽しみにしていたのだよ、坂本くん。ところで、そちらのおかたは？」

「案内人の友姫さまじゃ。容堂さまの妹御《いもうとご》ぜよ。武市先生も知っちゅうろう」

「ああ。噂《うわさ》はかねがねうかがっておりましたよ、姫君。お会いしたのは初めてでしょう。僕は武市半平太《はんぺいた》と申します。号の瑞山《ずいざん》のほうが通りがよいかもしれませんが」

友姫は、いかにも姫君らしい振る舞いで会釈した。

「初めまして。友と申します」

そっと龍馬の後ろに下がりながら、友姫は妙に硬い表情で龍馬を見た。龍馬自身がそんな表情をしているのかもしれない。

武市は端整な顔を微笑《ほほえ》ませ、気さくな様子で龍馬に近寄ってきた。龍馬よりも長身の武市は、身の丈六尺近く（約百八十センチ）にも及ぶだろう。

「さて、坂本くんとは積もる話がある。ああ、君がどのような死に方をしたのかは、スサノオさまからうかがっているよ。僕のほうの事情も、君は知っているだろう？」

いつの頃からか、武市は土佐訛《なま》りを消し、気取ったしゃべり方をするようになっていた。僕だの君だのというのは、長州の吉田松陰《よしだしょういん》が私塾の門下生に使わせていた、符丁《ふちょう》のような言い回しだ。

美男子と評判の武市だが、いくぶん顎が長い。龍馬や門下生らがふざけるときは、武市のことを「顎先生《アギ》」と呼んでいた。その長い顎でさえ、三日月のような横顔がきりりとしており、欠点とも言えない。

武市が「アギ先生」なら、龍馬は「アザ」だ。目立つほくろもあれば、頬にそばかすも散っているので、そんなあだ名がついた。色白な武市と比べると、落書きだらけのような顔だ。

龍馬は、じっと武市を見つめ返した。

「一年半以上も獄中におって、しまいにゃあ腹を切ったわりに、小ぎれいな格好をしちゅうのう」

「今の僕は、死に際の姿をしているわけではないからね。ここは、文久元年《ぶんきゅう》（一八六一）

九月の高知城下の写しだ」

「土佐勤王党《とさきんのうとう》を結成したときじゃな」

「そう、あの九月だよ。僕が土佐勤王党の結成を決めたのは、江戸でのことだった。党で成し遂げるべき理想を掲げて土佐へと戻ってきたのが、あの九月だ。やはりこのときが僕の人生の中で最も晴れがましく、力に満ちていたということだろうね」

「ほうかえ」

「どうした？　君にしては、ずいぶんと冷たいじゃないか。久方ぶりの再会を、もっと喜んでおくれ」

武市は朗々とした声で言う。

これだけ声がよいのに、歌うと凄《すさ》まじく下手なのだ。見目がよく弁舌爽やかで、品行方正にして文武両道、大変な愛妻家で、浮気どころかお座敷遊びすらしない。そんな武市の、数少ない欠点が歌だった。

龍馬は率直に告げた。

「冷たくしたいわけやない。ただ、後ろめたいんじゃ。わしは、土佐勤王党と向き合うことから逃げてしもうたきに」

違う道を行くしかないと悟り、黙って立ち去った。せめて別れを告げるべきだったと、後になって深く悔いた。晴れやかな顔をしていた藤吉のように、とはいかなかっただろうが。

武市はうっすらと微笑《ほほえ》んだ。

「責めるつもりはないよ。君はいささか飽きっぽいところがあるからね」

「飽きっぽい？　違うちや、武市先生。あのときは……」

龍馬の言い訳は、武市の朗々とした声にさえぎられた。

「土佐では君が真っ先に、我が土佐勤王党の理念に賛同して、署名をしてくれた。危険を承知で長州の久坂玄瑞《くさかげんずい》さんに僕の手紙を届け、勤王攘夷《じょうい》の意を通じる手伝いもしてくれた。そうだろう？」

「……ああ。確かにそのとおりじゃ」

「なのに結局、ほんの半年で、君は僕の前から姿を消した。神田《こうだ》の桜を見に行く、と言ったのを最後にね。僕から離れて一人で見る桜は美しかったかい？　僕は、ただただ悲しかったよ」

龍馬は腹に力を込めて言った。

「わしは、飽きたわけやない。長州の久坂さんや桂さん、ほかのいろんな人たちと話をするうちに、武市先生の理念は幻に過ぎんと気づいたんじゃ。過激な勤王も徹底した攘夷も、できるはずがない。武市先生、ほがな考えはただの幻ぜよ」

武市はため息をついた。

「そんな言い方をするのかね。僕に対する態度が最も顕著だが、君はときどき、本当に冷たいね。後ろめたいからだと君は言うが、やはり僕は、冷たさを感じてしまうよ」

「冷たいがは武市先生のほうじゃろう。己《おのれ》とは考えの違う者らを人として認めず、己の描いた幻を世の中に押しつけようとして、失敗した。わしには、土佐勤王党の動きは、そういうふうにしか見えんかった」

「僕は土佐勤王党を使って君側《くんそく》の奸《かん》を除いただけだ。君主が惑うのは奸臣《かんしん》のせい。つまり、正しからぬ家臣によって悪道を示されてしまうからに過ぎない。奸臣を排除することは、正しき家臣の務めだ」

「儒学《じゅがく》の教えじゃな」

「坂本くんも学んだはずだよ。日本の武士は皆、体現すべき理想として儒学を身につける。せっかく儒学の教えを受けたにもかかわらず、その道から外れてしまう残念な者も少なくはないがね。新おこぜ組の吉田東洋らはひどかっただろう？」

えっ、と、友姫が声を上げた。

「東洋が何ですって？」

「おや、姫君があんな奸臣の名を口になさるとは」

「奸臣？　待ってちょうだい。がみがみとうるさくて煙たい人だったけれど、東洋はわたしのお目付役で、手習いの師匠でもあったのよ。奸臣だなんて、おかしな言い方をしないで。東洋は忠臣だったわ」

龍馬は眉をひそめた。

「友姫さまは、土佐勤王党と東洋さまの関わりについて、何も知らんかったがか？」

「知らない。東洋が土佐藩参政として改革を進めている途中で命を落としたことは、後になってから聞いたわ。せっかくなら、わたしが黄泉路《よみじ》の案内をしたかった。東洋にはずいぶん迷惑をかけたから、少しは恩返しをしたくて」

「それを聞いたら、東洋さまも喜ぶろう。東洋さまの名誉もなぐさめられるぜよ」

「名誉って？　どういうこと？　東洋はなぜ死んだの？　土佐勤王党と何の関わりがあるというの？」

友姫は問いを重ねながら、胸の前でぎゅっと両手を握り合わせた。強いまなざしで龍馬と武市を順繰りに見つめる。

武市の表情に変化はない。己《おのれ》の正しさを信じる、悠然とした表情だ。

龍馬は唇を噛《か》んだ。友姫には酷だが、真実を隠すこともごまかすこともできないだろう。意を決し、龍馬は武市に問うた。

「武市先生は、君側《くんそく》の奸《かん》を除くことが土佐藩の将来のためになると思った。やき、奸臣《かんしん》とみなした吉田東洋さまの暗殺を、土佐勤王党に命じたがか？」

武市はゆったりとうなずいた。

「そのとおり。桜田門外で水戸藩士らが井伊直弼《なおすけ》を討ったのと同じだよ。吉田と井伊は、除かれて然るべき奸臣だった。あれらを討ったことは、歴史に残る偉業だ」

友姫の体が、ふらりと揺れた。龍馬はとっさに友姫の体を支えた。

「何てことを言うの？　東洋を……懸命に生きていた人を殺しておいて、そんな……！」

友姫の小さな拳が震えている。体じゅうが震えている。気丈な姫君は、泣いてなどいない。怒りのあまり、震えているのだ。

この純粋な怒りこそがきっと正しい、と龍馬は感じた。

そうだ。後ろめたいなどと尻込みしている場合ではない。うつし世では永遠に失われてしまった対話の機会を、〈ヨモツタメシ〉によって、こうして再び得ているのだ。言葉をぶつけよう。思想と理念を真っ当に闘わせよう。

かつては黙って離れることしかできなかった。語るべき言葉を、あの頃の龍馬は十分に持っていなかった。

だが、今は違う。

龍馬は、武市の涼やかな顔を睨《にら》みつけた。

「武市先生はあくまで、暗殺を正しいおこないじゃと言い張るかよ？」

「先ほどから思っていたがね、人聞きの悪い言い方はよしておくれ。暗殺ではなく、天誅《てんちゅう》だ。この世にあっては人を惑わすばかりの、必ず除くべき奸臣を、天に代わって誅殺する。我が土佐勤王党がおこなっていたのは、そういう天誅《てんちゅう》だよ」

「いかんちや！　武市先生の言う天誅によって、武市先生の言う奸臣《かんしん》を除いて、世の中の何が変わった？　土佐勤王党が東洋さまを殺した後、土佐の殿さまは、武市先生こそが正しかったち、考えを改めたか？」

武市は嘆かわしげに頭を振った。

「実のところ、僕はあのとき、土佐勤王党の若い者たちを止めたのだ。吉田東洋ひとりを討ったところでまったく足りないよ、と。土佐藩の上士《じょうし》どもは、古くからの権威の上にあぐらをかいて、何もかもを見誤っている。除くならば、もっと徹底すべきだった」

「何じゃと？」

「天誅、斬奸《ざんかん》を徹底したかった。京ではそれなりに仕事がはかどったが、土佐では何かと邪魔が入ってね、容堂さまには、斬奸と勤王と攘夷《じょうい》を進言しても、十分にご検討いただけなかった」

「武市先生が間違っちゅうせいじゃ。邪魔者を斬ったら君主に取り入ることができて、好いたように国を動かしていけるらぁて、思い上がりもほどほどにせえ！　ほがな考えやき、土佐勤王党は失敗したんじゃ！」

「坂本くん、それは誤りだ。土佐勤王党の頓挫《とんざ》の理由は、八月十八日の政変だよ」

「文久三年（一八六三）の八月十八日に京で起こった、あの騒動のことか」

「そうだ。あの日、薩摩と会津の謀略によって、世の中の流れがおかしくなってしまった。そのとばっちりで、我が土佐勤王党や長州藩の志士たちは不当な弾圧を受けることになったのだ」

龍馬は頭を振った。何度も何度も振った。

否定しなければならない。だが、どこから否定すべきだろうか。何を否定すべきだろうか。もはや武市のすべてを否定すべきなのだろうか。

胸が痛い。

それでも、言葉にして伝えようと試みなければ、対話は生まれない。ろくに伝わらないのだとしても、対話を試みることを投げ出してはならない。

龍馬は言った。

「尊王攘夷《そんのうじょうい》の思想も、時の流れとともに、より正しい道へ進むために指針を変え続けてきた。八月十八日の政変も、あまりに過激で古い考えの尊攘派を朝廷から除く動きやった。ほがな変化についていけんらぁて、武市先生、おまさんは窮屈すぎる」

武市は苦笑交じりに息をつくと、いきなり刀を抜いた。目を見開く龍馬に、切っ先を突きつける。

「前にも君から同じ言葉を聞かされたよ。何度も何度もね。君は結局、僕に対しては、そうやって意地を張り続けるというわけだ」

武市の愛刀は、近年の土佐の刀工、南海太郎朝尊《なんかいたろうちょうそん》の手によるものだ。これは不思議な刀でね、と、武市がいとおしそうに自慢していたのを覚えている。

いくら血曇りがついても、刃文《はもん》の美しさが損なわれないのだ。かえって白々とした輝きを増すようにさえ見えるのだよ。

まるで僕の天誅《てんちゅう》と斬奸《ざんかん》の正しさを証《あか》すかのようにね。

あの言葉のままに、武市の愛刀は異様な輝きを帯びている。もっと血を吸いたいと言わんばかりだ。

龍馬は友姫をそっと後ろに押しやると、陸奥守吉行を抜いて構えた。

「武市先生の意に沿わんわしも、天誅の標的ながか」

「そうではない。これは正当な真剣勝負だ。僕が勝ったら、君にはともに来てもらうよ」

「どがな意味じゃ？」

「生き返って、やり直すのだよ。土佐勤王党を、もう一度。僕が生き返って叶《かな》えたい望みは、僕が欲する人材を土佐勤王党のもとに集めることだからね。坂本くん、君が来てくれるなら、もっとうまくやれる気がするんだ」

「わしの考えも何もかも歪《ゆが》めて、土佐勤王党に抱き込むつもりか。それが武市先生の望みかよ？」

「素直になって、こちらへ戻ってきなさい。土佐の懐かしい顔ぶれが揃《そろ》っていたじゃないか。天誅と改革をなした後は、我ら土佐勤王党が中心となって、新しい日本を築いていくのだ」

龍馬は激高した。

「願い下げじゃ！」

武市は動じない。

「おや、つれないねえ」

龍馬は一歩、前に踏み出した。

「武市先生、おんしゃあ、天誅や斬奸と称する人殺しによって、土佐の、日本の、大勢の人々の未来をよりよいもんに変えていけるち、本気で思っちゅうがか！」

「もちろんだとも」

「その人殺しのために土佐勤王党の仲間が幾人も死んだ。捕らえられて獄につながれて、拷問を加えられて、腹を切らされた者も首を刎《は》ねられた者もおった。おんしゃあが過激な思想をみんなに吹き込まんかったら、むごたらしい死に方をせずに済んだはずやに！」

「坂本くん、それは僕が負うべき責ではない。僕が彼らを虐げたのではないのだからね。土佐勤王党の思想を理解せず、我らに弾圧を加えたのは、土佐藩の頑迷な奸臣《かんしん》どもだ」

「武市先生も捕らえられた。獄中では取り調べだけやのうて、土佐のいろんな人と話をして思想を交わすこともできたろう。それでも、おんしゃあ、何も変わらんかったがか？」

龍馬は激怒している。体の中が嵐のようだ。鼓動がめちゃくちゃに走り、顔がかっと火照《ほて》っている。

対する武市は、笑みさえ浮かべながら、諭《さと》すように龍馬に告げた。

「僕の死は正しくなかった。僕が失われては、世のためにならないよ。やり直さねばなるまい。あのような死に方が僕にふさわしかったとは、認めたくもないのでね」

「むざむざ刑死したわけじゃあなかったちや。おんしゃあ、見事な三文字割腹やったがを、みずから否定するがか？」

「小汚い獄中で長らく過ごし、妻や獄吏《ごくり》からさえ哀れまれ、みじめたらしく死んだ。あんな終わり方が僕の人生であってよいはずがないのだ」

武市はすっと腰を落とした。長身の体躯《たいく》から、獰猛《どうもう》な気迫が噴き上がる。

「このッ、莫迦《べこのかあ》ッ！」

龍馬は吠《ほ》えた。

それが戦いの開始の合図となった。

＊

陸奥守吉行の切っ先越しに武市を見据える。

やはり苦手な相手だと、改めて思う。

龍馬はたいていの男より背が高く、手足も長い。自分より大きな相手と立ち合いをすることはめったになかった。薩摩の西郷隆盛や大久保利通《おおくぼとしみち》は大柄だったが、道場でともに汗を流したことはない。

最も頻繁に木刀を交えた相手の中では、武市がいちばん背が高いだろう。しかも強い。きちんと数えてはいなかったが、おそらく龍馬が負け越している。

「どうした？　かかってこないのか、坂本くん？」

武市の冷笑に、首筋や背中の毛がぞわりと逆立つ。二寸（約六センチ）ほどの背丈の差が異様に大きく感じられる。

頭の中でぐちゃぐちゃとひしめく雑音が、さまざまな声が、あまりにうるさい。はらわたが煮えくり返るような怒りのせいだ。

落ち着け、と自分に言い聞かせる。その声がまた、頭の中でわんわんと響く。雑音がまた一つ増えて、こめかみが痛む。

まずい。武市に集中しなければならないのに。

「来ないならば、こちらから行くぞ！」

言葉尻と斬撃は同時だった。

龍馬は合わせる。武市の斬撃を、陸奥守吉行の棟《むね》で受ける。弾《はじ》き返したところから、剣技の応酬が始まる。

たちまち龍馬は息が上がる。

「そういえば、君と真剣でやり合うのは初めてだったかな、坂本くん？」

相手は武市で、ここは新町の道場だ。木刀を振るって稽古を重ねた日々の記憶が、龍馬の感覚を混乱させる。

木刀よりも真剣のほうが、腕にずしりと来る。重心の位置が違うから、同じだけ力を込めて振るっても、勢いのつき方がまったく違う。

あの刀で額を打たれたら、どうなる？

なまなましい痛みの記憶が、龍馬の脳裏をよぎった。

一度はそうやって、前頭を叩《たた》き割られて死んだ。あの近江屋の夜だ。頭蓋《ずがい》が割れて脳に刃が達するのを感じた瞬間、死を察して、凄《すさ》まじく静かな絶望に襲われた。

「坂本くん、手応えがないぞ。本気を出せ！」

色白な武市の頬が、剣戟《けんげき》の興奮で赤く染まっている。

武市は龍馬の面を打つと見せかけて、小手《こて》を打ちに来る。胴に穴を開けんとばかりに、豪速の突きを繰り出してくる。完璧な八双《はっそう》の構《かま》えからの、見事な袈裟《けさ》斬りを仕掛けてくる。

龍馬は防戦一方である。じりじりと下がらされる。

反撃できないはずがない。剣術の巧拙《こうせつ》だけで言うならば、おおよそ互角の戦いに持っていけるはずだ。雑音だらけの頭の片隅で、そう感じている。

だが、恐れが龍馬の剣を鈍らせてしまう。

この刀で切り込んだら、どうなる？

仮に袈裟懸けの斬撃がきれいに決まってしまえば、刀は鎖骨と肋骨《ろっこつ》と胸骨を叩き折りながら、武市の心ノ臓をたやすく真っ二つにするだろう。そして武市の魂は塵芥《ちりあくた》と化して消え去るのだ。

思い描いて、ぞっとする。刀をうまく振るえない。

生きていた頃と同じだ。〈五つの苦難〉の間はちゃんとやれていたのに、なぜだろう？

なぜここに至って急に、思い切ることができなくなったのだろう？

この道場があまりに懐かしいせいか？　武市に対する後ろめたさが、やはりどうしても消えないせい？

ああそうか、と武市がまた冷笑した。

「君は結局、実戦の中で人を斬ったことがないままなのだね。その手に人の命が絶える瞬間を感じたことがない。それゆえの未熟、というわけだ」

龍馬とて、身を守るために無我夢中で拳銃の引き金を引いたことならば、ある。

だが、撃つのと斬るのでは、この手に伝わってくる重みはまるで違うだろう。

「武士がなぜ刀を持つことを許されているのだと思う？」

なぜ？

そんな大《だい》それた問いの答えを武市は導き出しているというのか。

「君には覚悟が足りないのだよ。惜しいなあ、坂本くん。君は腕が立つのに、とんだ宝の持ち腐れだ。天に代わって悪を誅《ちゅう》し奸《かん》を斬ることは、今の世において、志ある武士の務めであるというのにね」

まるでそれが真理であるかのように、武市は滔々《とうとう》と説く。

ならば、あの夜斬られて死んだ龍馬は、悪であり奸であったのか。

あの夜の出来事は、ほとんど一瞬だった。龍馬はあっという間に絶命した。だが、それでも覚えている。痛かった。悔しかった。苦しかった。恐ろしかった。

ああ、雑音が多い。あっちからもこっちからも声が聞こえる。己《おのれ》の頭の中だけで響き渡る声が。

目の前の刀に集中せねば、斬られてしまうというのに。

「坂本くん、今なら赦《ゆる》してあげよう」

何を赦すというのだ？

「君は僕の理念を否定したね。けれども僕はその罪を赦し、再び君を受け入れてあげよう。君は僕のために働くべきなのだよ。僕こそが誰よりも正しく、土佐の、日本の、大勢の人々の未来を決することができるのだから！」

刺突を避《よ》けそこねる。左の前腕に鋭い痛みが走る。

鮮やかな血の色が見えた。

「龍馬……！」

友姫のささやく声が聞こえた。

ぶつん、と。

全部まとめて切れる音がした。

ようやくだ。頭の中で鳴り響く雑音と声が、やっと切れてくれた。

龍馬は静寂の中に立っている。陸奥守吉行の美しい乱刃《みだれば》が、冴《さ》え冴《ざ》えときらめいて龍馬を導く。

武市が何かを言っている。だが、もう聞こえない。

龍馬の左の袖が裂けて、赤い傷口がのぞいている。つうっと血の玉が膨《ふく》らんでしずくになってこぼれ落ちるのが、やけにゆっくりに見えた。

武市の刀が襲いくる。腹を狙う刺突。

龍馬はそれよりわずかに早く刀を繰り出していた。同じく、腹を狙う刺突である。

二振の切っ先がかすめ、すれ違う。

武市が刀をそらす。相打《あいう》ちの愚を避けようと、身をよじる。

だが、龍馬は武市の動きより早く、迷いもなく、まっすぐに踏み込んだ。

ずん、と重い手応えがあった。

龍馬は歯を食い縛って耐えた。

陸奥守吉行が武市の腹を貫いていた。

龍馬の頭上に、武市の苦悶《くもん》の吐息が降ってきた。

「な、莫迦《ばか》な……っ」

龍馬は刀を引いた。武市は突き飛ばされたかのように後ずさり、尻もちをついた。その顔に浮かぶ表情は、驚愕《きょうがく》と苦痛から、皮肉めいた笑みへと変わっていった。

刀の血振《ちぶ》りをし、武市を見下ろして、龍馬は静かに言った。

「わしの勝ちじゃ」

武市は笑った。

「甘いねえ。とどめを刺すまでは、勝敗はわからないものだよ」

龍馬は刀を左手に持ち替え、右手を懐に突っ込むと、拳銃を抜いた。武市に銃口を向ける。人差し指は引き金に掛かっている。

「わしの勝ちじゃ。この距離では外しようがない」

「引けるのかい？　僕に向かって、引き金を」

「今なら引けるぜよ。わしが引かんと、おんしゃあは何をするかわからん。ここにゃあ友姫さまもおるき、わしは決して外さん」

武市はうなずいた。

「なるほどねえ。君は相変わらずだな。誰かの存在を背負っているときに、妙な底力を発揮する」

武市は南海太郎朝尊の刀を置いた。そして、懐刀を取り出すと、居住まいを正して着物を肌脱ぎにした。

止める間もなかった。

武市は、龍馬に突かれてすでに傷のある腹に懐刀を突き立てた。

「……っ、……！」

絶叫を呑《の》み込《こ》んで、龍馬を見据える。

武市先生、と龍馬はつぶやいたかもしれない。

友姫が短い悲鳴を上げた。

武市は両目を見開いた。わななく口をぎりぎりと引き締め、懐刀で腹を掻《か》っ捌《さば》く。横一文字の傷から、たちまち真っ赤な血があふれ出す。

割腹は一度で終わらなかった。

二度目、三度目と、武市は懐刀を横ざまに動かした。

「坂本くん」

武市の血濡れた唇がそう動いたように見えた。三文字の割腹による壮絶な痛みに耐えかね、武市の体はぐらりと前にのめる。

立ち尽くしていた龍馬は、拳銃を置いて刀を振り上げた。武市の首に刀を振り下ろす。

ただ一刀。

武市の体は塵芥《ちりあくた》と化し、あるかなきかの秋風に吹かれ、ゆっくりと消えていった。

龍馬の手には、頸骨《けいこつ》を断つときの、がつんとした衝撃がいつまでも残っていた。

第十章　桂浜《かつらはま》の澄み渡る空

鏡川《かがみがわ》に小舟で漕《こ》ぎ出した。

友姫を舳先《へさき》のほうに座らせ、龍馬は艫《とも》で櫓《ろ》を操る。

先ほどの戦いで負った傷は、友姫の力で治してもらった。痛みも疲れも残っていない。

澄んだ水の上に一条の尾ができる。川の流れる音は静かだ。

河口の浦戸《うらど》を目指して、龍馬は舟を進めている。

たまに洪水を起こすものの、平時の鏡川は穏やかだ。幼い頃は、ここで水泳の稽古をしたものだった。

龍馬はなかなか泳げるようにならなかった。あまりに鈍くさいので、姉の乙女に呆《あき》れられてばかりだった。

いつだっただろうか。えいっと腹を括《くく》るやり方を身につけたのは。

ある時期から急に、龍馬には怖いものがなくなっていった。腹を括ってぶつかっていけば、たいていのことはどうにかできる。そう気づいたのだ。

泳ぎも稽古を重ねるうち、じきに得意になった。後に神戸《こうべ》で操船を学んだときにも、長崎で海運の社中を建てたときにも、水に親しんでいたことは役に立った。

長崎や五島《ごとう》の海はたくさんの魚がきらきらと泳いでいて、美しかった。鏡川とはまた違う美しさだった。海は、潮の流れに引っ張られて肝を冷やすこともあるが、川の水よりも体が浮くのがおもしろかった

清涼な川風に吹かれながら思い出をなぞっていると、すさんでいた気持ちが洗われた。

雨の多い土佐だが、今ここで見上げる空はよく晴れている。

龍馬は、行き先を告げたきり黙りこくっている友姫に、なるたけ明るい声を掛けた。

「友姫さまは、こがな舟に乗ったことはあったかえ？」

「いいえ、ないわ。涼しくていいわね。揺れも心地いいし。それに、景色が見えるのもすてきだわ」

「ほうかえ」

「わたしね、どこか遠くへ行くときは、必ず駕籠《かご》に乗らなければいけなかったの。しかも、引戸のついた乗物よ。狭苦しいし暑いし、閉じ込められているみたいで、遠出するのは大嫌いだった」

「ほにほに。お姫さまの暮らしも大変じゃのう」

友姫は龍馬を振り向いた。その顔つきが思いのほか明るかったので、龍馬はほっとした。

「龍馬はよく舟で出掛けていたの？」

「おん。河口の種崎《たねざき》に親戚が住んぢょったき、乙女姉やんと一緒に、よう遊びに行きよった。変わり者の親戚でな、舶来品を集めちょったもんで、ヨーロッパち呼ばれよったがよ」

「へえ、おもしろそうな人ね」

「わしはその親戚の家で、生まれて初めて世界地図を見せてもろうた。世界は広うて、日本は小《こ》んまい。そのことにびっくりして、わくわくしたんじゃ。いつか土佐を出て、日本も出て、遠くへ行ってみたいち思った」

晴れた日の鏡川は、その名のとおり鏡のようだ。水の中に上下逆さまの世界が映し出されている。

青く豊かな水の道を伝い下っていけば、水のにおいにだんだんと、甘い潮のにおいが混じり始める。

浦戸の岬の山手のほうに、古くは城があったらしい。長宗我部氏の城跡は、今では山に埋もれた石垣がわずかに残るばかりだ。

岬の南側は、真っ白な砂浜が緩やかな弧を描いている。

御畳瀬《みませ》見せましょ

浦戸を開けて
月の名所は桂浜《かつらはま》
よさこい　よさこい

歌いながら櫓《ろ》を漕《こ》ぐ龍馬に、友姫は手を打って拍子を合わせた。

「龍馬、歌が上手になったのね。昔はそうでもなかったでしょう」

「ほうかの？」

「ぱっとしなかったわ。今は、なかなかいい歌声だと思う。お座敷遊びの賜物《たまもの》かしら？」

「男はの、声がしっかり低うなるまでは、喉の使い方が難しいんじゃ。わしも大人になってからは、歌が下手らぁ言われたことはないぜよ。三味線《しゃみせん》もそれなりに弾《ひ》けるちや」

少しむきになった龍馬に、友姫はくすくすと笑った。

小舟の旅はまもなく終わる。

桂浜に打ち寄せる波の音を聞きながら、友姫がふと、龍馬に問うた。

「次の戦いに勝ったら、龍馬はどんな望みを叶《かな》えたいの？」

龍馬は目を糸のように細くして、くしゃりと笑った。

「まだ内緒じゃ」

＊

大海原は、銀色の水平線で空と接している。海も空も同じくらい青くてまばゆい。

龍馬は早々にブーツを脱いで裸足《はだし》になった。

白い砂浜に足跡を残しながら歩いていく。足の裏で踏みしめる砂の感触が懐かしい。一歩ごとに、足の指でぎゅっと大地をつかむ。

友姫は、着物の裾《すそ》も足袋《たび》も砂で汚しながら、ちょこまかとついてくる。

時折、龍馬は立ち止まって友姫を待った。

龍馬は桂浜の景色が好きだ。今日のように晴れた昼間も、しとしと雨が降る日も、荒れ模様のときも、月の明るい夜も、海から朝日が昇るさまも、夕日が龍王岬《りゅうおうざき》の松林に沈むさまも、すべて美しくて好きだ。

それなのに、ここを訪れたのはいつ以来のことだろうか。

あまりに忙しく走り回っていたせいで、こんなにもいとおしい場所があったことを忘れかけていた。

「こがな景色を目にしてしもうたら、やっぱり惜しゅうなるのう。ここで終わるがは、ちっくと惜しい。にゃあ、おんしもそう思うろう？」

龍馬は、久方ぶりの相手の前で笑ってみせた。

　岡田以蔵《おかだいぞう》が立っている。

「ここは……」

　呆然《ぼうぜん》とした顔の以蔵は、ぐるぐるとあたりを見回した。ざっと襟足で結んだだけの髪が、潮風に乱される。

　骨太で分厚い体躯《たいく》は、最後に会った頃と変わりないようだ。上背《うわぜい》は龍馬のほうがあるのだが、印象としては、がっしりとした以蔵のほうが一回り大きいように見える。

　龍馬は以蔵に告げた。

「ここは桂浜じゃ。昔、一緒に遊びに来たろう？　砂の上で相撲《すもう》を取りよったじゃいか。おんしはわしより三つも下じゃけんど、力が強かったき、えい勝負やったにゃあ」

　龍馬と以蔵は、少年の頃から互いに知る仲だ。武市の道場で顔を合わせていた。龍馬が江戸へ二度目の剣術修業に出たときは、武市や以蔵も江戸にいて、別の道場で腕を磨いていた。以蔵と連れ立って千住《せんじゅ》の女郎屋《じょろうや》に繰り出したこともある。

　以蔵は、龍馬の顔を見つめた。無言のまま、しばらくじっと見つめていた。

　あまりに以蔵が身じろぎしないので、龍馬は噴き出してしまった。

「以蔵、どういたが？」

改めて呼びかけられて、ようやく以蔵は、目が覚めたような顔をした。

「何で龍馬がここにおるんじゃ？」

「黄泉路《よみじ》の途中でひと悶着《もんちゃく》起こしよったら、スサノオさまのご要望とアマテラスさまのご配慮で〈ヨモツタメシ〉に挑めることになったんじゃ。おんしも験《タメシ》の武者じゃろう？　スサノオさまから何も聞かんかったがか？」

「か、神さまの話らぁて、おらが聞いてもどうせろくにわからんきに、頭がぐちゃぐちゃになってしもうて、返事もまともにできんかった。気づいたら、ここにおった」

龍馬は苦笑した。

「以蔵、そりゃあ悪い癖ぜよ？　話はちゃんと己《おのれ》の耳で聞いて、己の頭で判断せにゃあ」

目を丸くした以蔵は、勢いよくかぶりを振った。

「ほがなことはできん！　おらは頭が悪いきに、自分で判断したらいかんがじゃ。全部言われたとおりにせえ、と命じられちゅう」

以蔵の言葉に、龍馬は腹の底が冷たくなるのを感じた。

「何じゃ、それは？　誰の命令じゃ？」

「武市先生に決まっちゅうろう！　人斬りのほかに何もできんおらの面倒を見てくれるがは、龍馬がよそに行ってしもうてからは、武市先生だけじゃった」

龍馬の背後で、友姫が何事かをつぶやいた。

その声がよく聞こえなかったのは、龍馬の心ノ臓がどくどくと、嫌な感じに高鳴っていたからだ。先ほどの戦いのさなかに感じていた武市への怒りが、また込み上げてきていた。

龍馬は低い声で言った。

「以蔵、おんしは自分の頭で考えてえい。自分で聞いて、自分でしゃべってえい。自分の望みを言葉にしてもえいんじゃ」

「ほ、ほがなことをして、武市先生に怒られんがか?」

「誰も怒りゃあせん。以蔵よ、ほんまは望みがあるがじゃろ。それを言葉にしたこともあるはずじゃ。ほうでなけりゃあ、叶《かな》えたい望みを持つ者が魂を懸けて戦うための〈ヨモツタメシ〉に、おんしが挑めるはずがない。ほうじゃろ?」

以蔵は、おそるおそるといった体《てい》で、うなずいた。

「望んだかもしれんし、言うたかもしれん。ほいたら、神さまが現れたような気がする。ほんで、何を話してもろうたがか……とにかく、戦って勝ったら、生き返れるがじゃろ?」

「そのとおりじゃ。まずわしに勝ったら次に進むことができる。合わせて七つ勝てば生き返って、望みを叶えてもらえる。以蔵、おんしの望みは何じゃ? わしは何も否定せんき、言うてみい」

以蔵は、懐いた相手に対しては従順な男だ。龍馬とは喧嘩《けんか》したこともない。考えが分かれることがあっても、「きっと龍馬のほうが正しいぜよ」と言って、素直に従ってくれる。

その以蔵が、いきなり龍馬につかみかかった。

「違う、違う違う違う！　違うちや！」

「ど、どういた、以蔵？」

「嘘《うそ》じゃ！　嘘じゃち言いや、龍馬！　嫌じゃ。おらは、こがなところで龍馬と会いたぁなかった！」

「待ちや、以蔵。どういうことじゃ？　会いたぁなかったち、ずいぶんな言い方じゃのう。わしは、おんしと久しぶりに会えて嬉しいに」

「どういて龍馬がおらの戦いの相手なんじゃ！　龍馬がここにおるちゅうことは、龍馬も死んだちゅうことじゃろう？」

龍馬はうなずいた。

「ほうじゃ。おんしが死んだ二年余り後にな。黄泉路《よみじ》の途中で云々《うんぬん》ち、さっきも言うたぜよ。聞いちょったろう？」

以蔵は龍馬の胸ぐらを揺さぶった。

「何を言いゆう！　おんしは土佐勤王党を抜けて脱藩して、上手に逃げたはずじゃ。おらと違《ちご》うて金もちゃんとあって、仲間もおって、寒い思いもひもじい思いもせずに、あちこち飛び回っちょったはずじゃ！」

「いやぁ、うまくいくばかりではなかったぜよ。お尋ね者にもなってしもうた」

「何でじゃ？　人を斬ったがか？」

「斬っちゃあせん。薩摩と長州の盟約を仲立ちしたせいじゃ。公武合体の倒幕派が勢いをつけるがにも、大政奉還《たいせいほうかん》への流れを固めるがにも力を貸したき、わしは佐幕派《さばくは》から睨《にら》まれちょった。この二年ばぁ、命の危険を感じてばっかりじゃったぜよ」

以蔵のまなざしがぐらぐらと揺れた。

「な、何の話じゃ？　薩摩は敵じゃろう？　長州は武市先生の味方じゃろう？　どういて薩摩と長州が手を結んで、しかも龍馬がそこに関わるがか？」

龍馬は以蔵の肩をぽんぽんと叩《たた》いた。

「すまんすまん。順を追って話しちゃあせんき、わかりにくいろう。しかも、薩長の盟約は、おんしがいんようになった後の話やにゃあ。おんしが一年余り牢《ろう》につながれちょった間に、世の中はいろいろ変わったんじゃ」

以蔵はだらりと腕を下ろした。

「一年余り？　おらは、ほがな長い間、牢におったがか？　よう覚えちゃあせんけんど……」

呆然《ぼうぜん》として立ち尽くす以蔵に、友姫が慰めの声を掛けた。

「牢につながれると、罪を犯していようがいまいが、自分は罪人であると口にするまで、痛い目に遭わされ続けてしまうのでしょう？　以蔵はそれがあまりにつらかったから、そのことを思い出せなくなっているのではないかしら」

以蔵は表情のないままで首をかしげた。

「痛い目には遭《お》うたけんど、違う。ただの痛みよりずぅっと、酷《えず》いことがあって……いや、わからん。思い出せん。おらは、牢に入れられて、何をしちょったがか……？」

龍馬は以蔵の目をのぞき込んだ。

「思い出したいかえ？」

以蔵は幼子《おさなご》のように、こっくりとうなずいた。

ほうかえ、と龍馬は応じた。

「わしが聞いた話じゃけんどな、以蔵。おんしは、土佐勤王党に対する弾圧から逃れて京に隠れちょったとき、食い詰めて盗みを働き、つかまって土佐に送られた。ほんで、牢で拷問を受けて、土佐勤王党のことを洗いざらいしゃべってしもうた」

友姫は目を見張り、手で口を覆った。

「じゃあ、土佐勤王党が壊滅してしまったのは……」

「以蔵の証言によって、芋づる式に土佐勤王党の面々が捕らえられて、片っ端から切腹や打ち首の沙汰《さた》を言い渡されたらしい」

「そうだったのね……わたし、詳しいことは聞かされていなくて……」

「ひどい話やき、聞かせたぁない」

「いえ、教えて。土佐藩のことは、わたしもちゃんと知っておきたい。東洋の暗殺のことだって知らなかった。そういうのは、もう嫌なの。うつし世にじかに関われない身だからこそ、知りたい。その事柄が忘れ去られてしまわないために」

龍馬は、友姫と以蔵の顔を順繰りに見て、海のほうに目をやった。そして言った。

「土佐藩にとっちゃあ、捕らえた以蔵をうまいこと使うがは、当然の判断やったろう。土佐勤王党は、吉田東洋さまをはじめ、多くの役人や思想家、対立陣営の志士らを次々と暗殺した。とても野放しにゃあできんかったはずじゃ」

剣の腕が立つ以蔵こそが、土佐勤王党における天誅《てんちゅう》役の筆頭だった。

波の音を聞きながら、龍馬は呼吸を整え、また口を開く。

「土佐藩の役人や牢番《ろうばん》は、以蔵に拷問をしたそうじゃ。以蔵は己《おのれ》の罪を認めた。やき、土佐勤王党全体に探索の手が及んだ。次々とつかまって、拷問、打ち首、切腹じゃ。まだつかまっちゃあせん連中は以蔵を憎んで、差し入れの食べ物に毒を仕込もうともしたらしい」

友姫が、震える声で問うた。

「それで、その後は……？」

「手鏡にゃあ、何も書いちゃあせんかったがか？」

「見ていないの。ここへ来るまでの間、怖くて、見ることができなかった」

龍馬は友姫のほうを向いた。青ざめた友姫の前でどんな顔をしてよいかわからず、息をついた弾みで、苦笑のようなものを頬に浮かべてしまった。

「武市先生も捕らえられた。以蔵は、武市先生の切腹に先立って、首を刎《は》ねられて死んだらしい」

通常、武士が罪の責を負うならば、形だけでも切腹が許されるものだ。それが以蔵には許されなかった。以蔵は罪人として死に、その首は城下に晒《さら》された。

龍馬は、人づてにそんなふうに聞いた。

「信じたぁない話じゃった。けんど、いろんな人の話や手紙を突き合わせりゃあ、その話が本当らしいちゅう結論にたどり着いてしまう。にゃあ、これで合っちゅうろう、以蔵？」

以蔵は目を真ん丸に見開いて龍馬の話を聞いていた。

龍馬が口を閉ざすと、以蔵は言った。

「少し違うぜよ。おらは拷問されたけんど、黙っちょった。ほいたら、武市先生の友達ちゆう人が来て、おらの傷の手当てをしてくれた。ほんで、このまんまじゃあ武市先生が困る、ち言うたんじゃ」

龍馬は眉をひそめた。

うなずいてやると、以蔵は話を続けた。

「今は土佐勤王党について間違った話が流れちゅう。そのせいで、武市先生が罪に問われるかもしれん。そう言われて、おらは焦った。おらが本当のことをしゃべったら、武市先生を助けられる……おらはその言葉を、信じて、しゃべっ、て……」

以蔵の舌がもつれていく。おしまいまで言い切ることを恐れるかのように。

龍馬は、しかし、確かめずにはいられなかった。

「武市先生の名前を出されて、以蔵は罠《わな》にかけられたがか？　全部しゃべってしもうた後に、はめられたち気づいたがか？　武市先生らから裏切り者じゃち罵《のの》しられて、毒まで食わされそうになって、心が苦しゅうなってしもうたがか？」

龍馬は以蔵の肩を両手でつかんで、その顔をのぞき込んだ。

呆然《ぼうぜん》とした以蔵の目は、龍馬のほうを向いていながら、焦点を結んでいない。

「後悔したんじゃ。自分の頭で考えてしもうたき、失敗した。おらは悔いて悔いて悔いて……けんど、生きちゅう間はどうしようもなかった。やき、生き返ったら、今度こそ武市先生と龍馬のために命懸けで働こうち思うて……それが、おらの望みじゃ」

「武市先生だけじゃのうて、わしのためにも働いてくれるがか？」

「だって、龍馬がいちばんおらを心配してくれたきに。ほうじゃろう？　用心棒の仕事を紹介してくれて、刀も贈ってくれた。肥前《ひぜん》の、上等な刀じゃ。おらは、まっこと嬉しかった。それに龍馬は、おらを裏切り者と呼ばん。莫迦《ばか》とも言わん」

「当たり前じゃろ、以蔵。おんしはわしの友達じゃ。ほんまは海援隊に誘ってやりたかった。わしがもっと早《はよ》う自前の海軍を結成しちょったら、武市先生のとこじゃのうて、わしのところにおんしの居場所を作ってやれたに」

以蔵はゆるゆるとかぶりを振った。うつむきながら振り続け、やがて、体じゅうで揺れていく。

「わからん……龍馬が何の話をしゆうか、おらにゃあ、やっぱりわからんぜよ。海軍？　居場所ち、何じゃ？」

「ほうかえ？　おんしはまだ、いろいろと混乱しちゅうがじゃな。もっとゆっくり、一から聞かせようか？」

「……駄目じゃ。おらは頭が悪いき、龍馬がいろいろ教えてくれて、ちっくとだけ世界や未来が見えた気がしても……けんど、駄目じゃ。おらが調子に乗ったら、武市先生に叱られる。以蔵の裏切り者め、この卑怯者《ひきょうもの》、人でなし……」

以蔵が、がくりとうなだれた。

「どうした？　以蔵？」

地を這《は》うような低い声が、龍馬の名を呼んだ。

「にゃあ、龍馬」

「何じゃ？」

「……おんし、ほんまに龍馬か？」

以蔵が何を言い出したのか、とっさに意味がわからなかった。

「待ちや待ちや、以蔵、何を言いゆう？　わしは坂本龍馬じゃ」

「ほいたら、おらの望みはどうなる？　おらは生き返って、ずっとずっと先まで、武市先生と龍馬のために働きたいんじゃ。けんど、龍馬を倒さにゃあ生き返れん。けんど、おらが龍馬を倒したら、龍馬は死んだままじゃ。ほいたら、おらは、どういたらえい？」

以蔵の右手が、ゆるゆると刀の柄《つか》に掛かる。左手はすでに鞘《さや》を握っている。

龍馬は、はっとして跳びすさった。

勘は正しかった。

光が走り抜けたと思った。それは以蔵の手にある刀だった。目に見えないほどの猛烈な速さで、以蔵が抜き打ちを放ったのだ。

「肥前忠広《ひぜんただひろ》か」

直刃《すぐは》のきりりとした作風には覚えがある。龍馬がかつて以蔵に贈った刀だ。およそ二百年前に打たれた佐賀の名刀で、大業物《おおわざもの》と評価が高い。

身幅が広く、重ねが厚く、鋒《きっさき》が大きい。大太刀の大磨上《おおすりあ》げを模した、力強い姿だ。

龍馬もその肥前忠広を気に入っていた。だから、身ひとつで土佐を離れようと決心したとき、命を預ける相棒として肥前忠広を選んだ。

その刀身《とうしん》の力感のある体配は、まさに以蔵を思わせた。だからあの後、土佐勤王党のしがらみの中で以蔵が困窮していると知ったとき、龍馬は仕事の仲立ちをするとともに、肥前忠広を以蔵に贈ったのだ。

「以蔵、おんし……」

龍馬の言葉は、途中で断ち切られた。

以蔵の目が爛々《らんらん》と光っている。

「おらはまた誰かにだまされちゅうがか？　おらの頭が悪いき、みんなおらを利用しようとする。おらは、もう何も信じんかったらえいがか？　ただ目の前におる者に、天誅《てんちゅう》を下せば……それで、正しいがか……？」

まどろむようにつぶやくと、以蔵は獣じみた唸《うな》りを上げ、龍馬に斬りかかってきた。

＊

以蔵の剣術は一種異様だ。

虎《とら》だ、と言い表したのは道場仲間の誰だったか。

分厚い体躯《たいく》をしなやかに丸め、低い位置から剣技を繰り出す。音もなく、素早い。それが四つ足の獣が爪で獲物を襲うさまを思わせる。

「虎とはまた、うまいことを言うたもんじゃ」

龍馬は記憶をたどりながら、吐き捨てるようにつぶやいた。

後脚で地を蹴った虎が、宙に跳び上がる。上体をぐんと伸ばせば、その大きさに圧倒される。強靭《きょうじん》な肩から繰り出される爪の一撃は、ひたすら重い。

龍馬は以蔵の斬撃をまともに刀で受け止めた。

「くッ……！」

腕が痺《しび》れる。刀を取り落とさないようにするのが精いっぱいだ。

対する以蔵は、無造作なほどの動きで、ぶんと刀を振るう。横薙《よこな》ぎの一撃。

龍馬はとっさに転がって避《よ》けた。

空《くう》を薙いでいった刀に、ぞっとする。突っ立っていたら、胴が真っ二つにされていた。

以蔵の目に正気の色はない。ぎらぎらと凄《すさ》まじく輝いている。

龍馬は懸命に呼びかけた。

「どういた、以蔵？　わしがわからんがか？」

無言の斬撃。

龍馬は跳びのく。唾を吐くと、口に入った砂に、血が混じっていた。いつの間にか口の中を切っていたらしい。

「おい、以蔵！」

龍馬の声は波の音に吸い込まれる。

友姫が、離れたところから声を上げた。

「きっとこれが、以蔵の思う理想の自分の姿なの！　龍馬も、うつし世で負った傷の影響がない姿で、験《タメシ》の場に顕現しているでしょう？　その姿でこそ自分の力を最も引き出せる、と認めているから。以蔵にとっては、獣のような今の姿が理想の自分なのよ！」

友姫の言葉を聞きながら、龍馬は以蔵の刀を防ぎ続けている。受け止め、躱《かわ》し、受け流し、弾《はじ》き返す。勢いをそぎきれずに、左の小手《こて》をざくりとやられる。

血がしたたった。

痛みのあまり叫びそうになるのを、歯を食い縛ってこらえる。

「龍馬！」

友姫が悲痛な声を上げた。

「心配無用じゃ！　指は全部くっついちゅう！」

明るい調子を装ってみせながら、龍馬は自分に言い聞かせる。

「なんちゃあない。以蔵とは、数え切れんばぁ手合わせをした仲じゃ。初めて見る剣技ではない。なんちゃあないぜよ。その証拠に、あいつのほうが腕は上じゃけんど、わしはうまく合わせて動けゆう」

以蔵の、虎《とら》の爪のような自在で壮絶な攻撃を、ひたすらしのぐ。すべては避《よ》けきれない。傷が増えていく。

左の頬から耳にかけて、焼けつくような痛みが走っている。たらたらとこぼれてきた血が口に流れ込む。

うっすらと塩辛い。血も、汗も。

龍馬はもう砂まみれだ。幾度地に転がったか、わからない。

息が上がっている。心ノ臓が破れそうに激しく速く打っている。噴き出した汗が目に入る。汚れた袖で顔の汗と血を拭い、以蔵を見据える。

「以蔵、おんしは獣やない。自分で考える頭も、きちんと持っちゅうはずじゃ」

龍馬の声が以蔵に届いているようには見えない。爛々《らんらん》とした目の輝きは、龍馬を焼き殺そうとせんばかりだ。

それほどまでに以蔵を追い詰めてしまったのは、誰だったのだろう？

龍馬は、時代の流れの速さに食らいついていくのが楽しくて、周囲をかえりみなかった。走り続けることが爽快だったのだ。

でも、少しでよいから、足を止めてみるべきだったのかもしれない。

以蔵とも武市とも慎太郎とも、もっとゆっくり、くだらない話をしながら笑い合う時があればよかったのではないか。

男としての立場や意地や見栄や理想が邪魔をして、いろんなものがばらばらになってしまった。大切だったはずのものを、あまりにたくさん取りこぼしてきた。

龍馬は失笑した。情けなくて悲しくて、こういうときは笑うしかないのだ。

「以蔵、すまんかったな」

獣のような唸《うな》りを上げて、以蔵が飛びかかってくる。

袈裟《けさ》掛《が》けの斬撃だ。食らえばひとたまりもない。

龍馬は、握っていた砂を、以蔵めがけて投げつけた。目潰しだ。血混じりの砂が、あやまつことなく以蔵の顔に直撃する。

苦悶《くもん》の咆哮《ほうこう》。

しかし、視界を失いながらも、以蔵は刀を振り下ろす。幾度も暗殺に用いられた、龍馬譲りの肥前忠広による一撃。

龍馬は、その刃を陸奥守吉行で迎え撃った。

甲高く澄んだ音がした。

肥前忠広が折れた。

切っ先から四寸（約十二センチ）ほどのあたりで、以蔵の刀は二つに折れた。日の光を浴びてきらめきながら、折れたかけらが飛んでいく。

正気を失っている以蔵には、それもわからなかったらしい。

以蔵はがむしゃらに、折れた刀で刺突する。

龍馬は陸奥守吉行を棟《むね》に返した。以蔵を避《よ》けず、踏み込む。以蔵の右肩を打つ。鎖骨を叩《たた》き折る手応えがあった。

それと同時に、折れた刀の刺突を腹に受ける。

「ッ、以蔵……」

苦痛交じりの吐息で、龍馬は友の名を呼んだ。

時の流れが止まったような感覚が、わずかにあった。

以蔵の体から力が抜けた。

ぼろぼろと、砂交じりの涙をこぼしながら、以蔵の両目がどうにか焦点を結んだ。すぐ前に立つ龍馬の姿を認める。

「りょおま……？」

戸惑った様子で、子供のようにたどたどしく、以蔵は言った。

龍馬は笑ってみせた。

「おん、わしは龍馬じゃ。以蔵、目が覚めたかえ？」

以蔵の手から、折れた肥前忠広が落ちた。

龍馬は強烈な刺突から解放され、支えを失って膝をついた。

切っ先のない刀でも、刺突は凄《すさ》まじい衝撃だった。拳銃を納めた嚢《ふくろ》が刀身《とうしん》を防いでくれなかったら、どうなっていたか。

いや、すでに臓器のどこかが傷つけられているようだ。龍馬は、血混じりのものを吐いた。

以蔵が悲鳴のような声を上げ、龍馬に飛びついてきた。

「龍馬！　おんし、酷《えず》い怪我《けが》をしちゅうがか！」

口の中にたまった苦く酸《す》い液と血と砂を吐き、龍馬は強がった。

「大丈夫じゃ。おんしこそ、肩が痛むろう？」

以蔵は、龍馬に指差されて初めて、右肩の痛みに気づいたらしい。愕然《がくぜん》と目を見開き、呻《うめ》いた。

友姫が駆け寄ってきた。

「二人とも無理に動かないで。勝負の結果をはっきり示してくれたら、わたしがすぐに傷を治してあげるから！」

龍馬と以蔵は顔を見合わせた。

そうだ。この験《タメシ》の場では、勝敗を決しなければならないのだ。

「以蔵の勝ちじゃろ」

「おらは龍馬に負けた」

二人の声が重なった。お互いに、相手が勝ったと言葉にしたのだ。龍馬は、嘘《うそ》をついてはならない。

負ければ魂が消滅することなど、この瞬間は頭になかった。龍馬は、嘘をついてはならないとだけ思い、自分の感じたままを声に乗せた。

以蔵が目を白黒させるのを見て、龍馬は噴き出した。おかげでまた腹が痛んで、ぐっと息を詰まらせる。

　不意に。

　友姫の傍らに、白い衣をまとった姿が二つ、ふわりと現れた。友姫が目を見張る。

　アマテラスとスサノオである。

　スサノオは、轟《とどろ》くような大声で笑った。

「よい！　引き分けと認め、両者ともに勝利とみなそう！　よき戦《いくさ》ぶりを見せてもらった礼である！　武神たる我が認める！　姉者《あねじゃ》、後を頼む」

「わかった」

　アマテラスが両腕を広げると、暖かな光がその体から染み出し、龍馬と以蔵を包んだ。やわやわと心地よい光に洗われ、たちまちのうちに傷と痛みが消えうせる。

「治った……アマテラスさま、じきじきにありがとうございます」

「われにとっては造作もないことよ」

「ほんでも、気に掛けていただけて、嬉しゅう思います。わしはこれにて、〈ヨモツタメシ〉で七勝したことになりますろうか？」

「弟がそう認めると言っている。われも異存はない」

　スサノオはにこにこしてアマテラスの肩を抱き、龍馬に告げた。

「姉者はそっけなくしておるがな、実はおぬしの戦ぶりに感じ入って、涙しておったのだぞ」

「スサノオ、余計なことを言うでない」

「よいではないか、姉者《あねじゃ》。われは久方ぶりに姉者が目を輝かせておるところを見て、嬉しかった。龍馬よ、よく頑張ったな。これより、死したところに戻り、生き返って望みを叶《かな》えるがよい。ひっそりと生き返るもよし、盛大に生き返るもよし。どういたすか？」

龍馬は笑った。

「生き返るがはひっそりのほうがえいにゃあ。刺客《しかく》の目の前で盛大に生き返ってしもうたら、間髪《かんはつ》をいれず、もういっぺん殺されてしまうがよ」

スサノオは、違いないなとうなずいて、がははと笑った。

龍馬は跳ね起きるようにして立ち上がった。陸奥守吉行を鞘《さや》に納め、折れた肥前忠広のかけらを拾ってくる。かけらは、砂浜の上に横たわった本体のそばに、そっと置いた。

友姫が気遣わしげに以蔵に言った。

「以蔵、あなたは、ここから戦いが始まることになるのよね。そういう取り決めだったでしょう？〈ヨモツタメシ〉で龍馬に勝利した者は、次へと駒を進めることができる。そして七回勝てば、生き返ることと望みを叶えることが許される」

黙ったまま、以蔵はうなずくこともしない。戸惑った顔だ。

友姫はアマテラスとスサノオに目を向けた。

スサノオが友姫にうなずいた。

「友姫の言うとおりである。岡田以蔵、ここからは、おぬしのための〈ヨモツタメシ〉が始まるのだ。我には、ほかにも心当たりの武者がおる。その者らと出会い、おぬし自身の望みのために、刀を振るってみよ」

あっ、と友姫は声を上げた。

「でも、以蔵の望みは、やはり叶えることが難しいのではありません？　以蔵は、龍馬や武市半平太と『ずっとずっと先まで』一緒にいたいと望んでいました。でも、龍馬はともかく、武市の魂は、ええと……遠くへ去ってしまいましたから」

アマテラスは思案気に腕を組み、スサノオを振り仰いだ。

「弟よ、これでは確かに以蔵が哀れでならぬ」

「そうだな、姉者。十分に叶えてやれぬ望みが引き換えとあっては、魂を懸けた戦いに駆り出すことなどできぬ。初めに我らがあえて言挙《ことあ》げしたことと、食い違ってしまう。どういたそうか？」

「たやすいことよ。新たな望みを聞いてやればよい」

「許してくれるか、姉者！」

「乗りかかった船だ。われも、しまいまで見届けてやろう」

スサノオは笑みを浮かべ、砂浜にへたり込んだままの以蔵に尋ねた。

「落ち着いておるか？」

以蔵はびくりと震えたが、這《は》いつくばるように頭を下げながら声を発した。

「は、はい！」

「我の問いに答えよ」

「……お、おらが、自分で……？」

「むろんよ。おぬし自身の心で感ずるままに、おぬし自身の言葉で申すのだ。この我が、姉者《あねじゃ》とともに、確かに聞き届けようぞ」

以蔵は震えている。神の威風に押し潰されそうな心地なのかもしれない。

だが、それでも、以蔵は言葉を紡いだ。スサノオに問いかけたのだ。きっと、今までずっとその答えを欲していたに違いなかった。

「ほんまに、おらが、自分で望んでえいがですか？　武市先生の許しもなく、龍馬のためでもなく、おらが自分のために望んで、自分のために戦って……ほがなことをして、えいがですか？」

スサノオはアマテラスと目を見交わした。二柱《ふたはしら》とも、柔らかに微笑《ほほえ》んだ。

「よいぞ、以蔵よ！　なあ、姉者」

「そうだ。人の子は皆、己《おのれ》のために望んでよい」

「ほら、聞いたとおりだ。以蔵よ、今、おぬしを縛るものはない。さあ、叶《かな》えたい望みを、己の言葉で述べてみよ！　おぬしの心をのぞくことはたやすいが、我は、おぬし自身の言葉でその望みが紡がれるのを聞きたい。おぬしの望みは何だ？」

へたり込んだままの以蔵は、アマテラスとスサノオを見上げた。まるで呪いから解き放たれたかのように、問いへの答えは、以蔵の口からするすると紡がれた。

「おらは、一からやり直したい。今度は、人の言いなりになる獣ではのうて、自分で考えれる人間になりたいんじゃ。おらの頭ではきっと、龍馬や武市先生みたいには、賢うはなれん。うまくはいかんかもしれんけんど」

「一からとは言うが、歳を戻してはやれぬぞ」

「わかっちょります。二十八で死んで、ほんで生き返って、そこからのやり直しでえい。やき、全部忘れさせとうせ。おらが生まれてから一度死ぬまでのこと、全部、忘れたいんじゃ」

龍馬は息を呑《の》んだ。

やめろ、という身勝手な言葉が喉元まで出かかった。龍馬龍馬と慕ってついてくる以蔵を失いたくなかった。

だが、やり直すために過去を忘れたいという切実な望みから、龍馬の存在を例外にすることはできない。

龍馬のことを覚えているためには、おのずと、故郷のことも武市のことも土佐勤王党のことも、何もかも紐《ひも》づけられてしまう。それでは、以蔵の望みは叶《かな》えられない。

龍馬は、だから笑うことに決めた。

「えい望みじゃ。以蔵、時代の流れは速《はよ》うて、どんどん変わっていく。やき、古いところらぁて、しがみつきなや。新しいほうへ、明るいほうへ、進んでいくんじゃ。大丈夫、おんしはきっと、その手で何でもつかめるぜよ」

龍馬は以蔵に手を差し伸べた。おずおずと戸惑うように、以蔵は龍馬の手を握る。ぎゅっと握り返した龍馬は、以蔵を勢いよく引っ張って立たせた。

以蔵は、笑った。

「あと六つ勝つことができりゃあ、おらの望みは叶う。ほいたら生き返って、どっかでまた龍馬とも会えるかもしれん」

「そのときは、わしと以蔵の仲も、また一からじゃ。初めましてち言うて、友達になろう」

以蔵はうなずいた。

スサノオが以蔵に一振の刀を差し出した。抜き身の刀身《とうしん》には、龍馬も見覚えがあった。

「以蔵よ、おぬしの刀だ。直しておいたぞ。よい刀だな！」

あっ、と龍馬と以蔵は同時に声を上げた。力強い体配の肥前忠広は、傷ひとつなく美しい姿に戻っている。

以蔵はスサノオの手から愛刀を受け取り、泣き笑いのような顔をした。

「こいつがおったら、おらは独りぼっちやない。にゃあ、忠広」

以蔵の言葉に答えるかのように、陽光を宿した肥前忠広は、きらきらと輝いている。

友姫が龍馬の着物の袖をちょんとつかんだ。

「龍馬はこれからどうするの？　生き返ったら、何をするつもり？」

「ほうじゃのう」

龍馬は青い海を見やった。澄み渡る空を仰いだ。

潮の香りを胸いっぱいに吸い込む。

ずっと思い描いてきた望みが、ついに叶うのだ。

終章　はるかな船出に祝福を

長崎の港は、細長い入り江の奥にある。湾内は波風が穏やかで、岸辺まで水底が深い。おかげで大型船が接岸できる、天然の良港となっている。

「えい景色じゃ。戻ってきたにゃあ」

龍馬は、潮風を抱き締めるように両腕を広げた。

慶応三年（一八六七）の暮れ、冬晴れの一日である。

この季節にしては、海はさほど荒れていないらしい。西を目指す船は、予定どおり出航できそうだ。すでに龍馬は蒸気船に乗り込み、甲板の隅に立っている。桟橋《さんばし》を見下ろす舷《げん》側《そく》には、別れを惜しむ人々が詰めかけていた。

龍馬は一人、人混みから離れていた。長崎の景色をぐるりと見やって目を細める。

「潮のにおいに、船の油と木材のにおい、焼き立てのパンのにおい、肉を料理するにおい。火薬のにおいもするのう。長崎の港のにおいじゃ。この長崎から、わしの長年の望みが叶《かな》う」

〈ヨモツタメシ〉を制した龍馬が望んだのが、この船出である。
龍馬は、日本を飛び出して世界へ旅立つことを望んだのだ。

ほんの十数年前まで、長崎の港に出入りが許されていたのは、オランダと清国《しんこく》の船だけだった。それが今やイギリスやアメリカ、ロシアの船までも入港して、大いににぎわっている。海際の狭い平野だけでは、繁華な町並みを収めきれない。山手には、斜面に張りつくようにして家々が建っている。

真新しいヨーロッパ風の館があちこちから、港を見下ろしている。邸宅もあれば、教会もある。ヨーロッパ人を相手にする商いも、すでにいろいろと始まっている。

低い山手に見える階段状の庭園と多角形の屋根は、イギリス商人トーマス・グラバーの屋敷だ。銃の買いつけで幾度も商談をおこなった相手である。

風頭山《かざがしらさん》のふもとの丸山《まるやま》は、日本でも屈指の花街だ。遊郭《ゆうかく》や女郎屋《じょろうや》が栄えるばかりではない。丸山の料理茶屋では、商いや政《まつりごと》のための密談の席が多く設けられたものだ。

長崎には女傑が幾人もいる。丸山の芸妓《げいぎ》や遊女はとにかく頭が切れるし、商人や医者として敏腕を振るう才女もいるのだ。龍馬も、してやられたことがあった。

「懐かしいにゃあ。油断ならん人ばっかりで、おもしろうて、好きじゃった。長崎の皆よ、元気でな」

龍馬は、深く巻き直したマフラーの内側でつぶやいた。ブーツのかかとを鳴らして歩き、黒い癖毛を帽子の中に収め、着慣れた羽織袴《はおりはかま》を丈長《たけなが》のマントで隠せば、日本人には見えないはずだ。龍馬の背格好には、西洋人のいでたちもよく似合う。

「本当に、誰にも会わずに行くのね」

不思議な旅の間に聞き慣れた声が、龍馬の背中に触れた。

龍馬は振り向いた。

四季折々の花模様の着物を着た姫君が、いつの間にか、甲板に立っている。

龍馬は微笑《ほほえ》んだ。

「見送りは友姫さまだけじゃ」

「おりょうにも乙女にも言わなかったのね」

「決めたことぜよ。坂本龍馬は表向き、近江屋で死んでしもうた。わしはその死をひっくり返さんことを選んだ。やき、誰にも言わん。おりょうにも乙女姉やんにもじゃ」

「長崎にも馴染《なじ》みの人がいたんでしょ？　女の人」

「それは昔のことじゃ。おりょうと一緒になったことは長崎の皆にもちゃんと知らせて、祝ってもろうたぜよ。友姫さまはわしを浮気者みたいに言うけんど、えい仲やった時期が重なっちゅう相手はおらんちや」

「あら、前のおなごに気を持たせたまま次のおなごのところに行っていたくせに、どの口がそんなことを言うのかしら？」

つんとする友姫に、龍馬は苦笑した。

「あんまりいじめなや、友姫さま。もうこれっきり、めったなことでは会えんがじゃろ？」

「そうね……」

途端にしおらしい調子になって、友姫はうつむいた。

「寂しゅうなるのう」

「ええ。わたし、船が港を出るまでの間だけという約束で、うつし世の人の姿をとることをアマテラスさまからお許しいただいているの。でも、もうまもなく船出よね」

「ほうじゃな」

友姫は龍馬の顔を見ずに、つかつかと近寄ってきた。龍馬のマントの胸のあたりを、つんと引く。

「スサノオさまがゆうべ、龍馬の夢枕に立たれたんでしょう？」

「餞別《せんべつ》じゃち言うて、拳銃をくれたぜよ。スミス&ウェッソン社のモデル2じゃ。わしが前に使《つこ》うちょったがと同じ型じゃな。寺田屋遭難の折になくしてしもうたがやけんど、改めて一丁、贈ってもろうた」

むろん〈ヨモツタメシ〉で身に帯びていた愛刀の陸奥守吉行とスミス&ウェッソン社のモデル1も、手元にある。生前に負っていた傷もすべて癒え、不自由なところはない。

友姫は上目遣いで龍馬を見た。

「アマテラスさまからお預かりしてきたものがあるの。龍馬、屈《かが》んでちょうだい。ちょっと耳を貸して」

龍馬は言われたとおりにした。

「これでえいかえ？」

友姫は龍馬の肩に手をつき、少し背伸びをして、龍馬の耳にささやいた。

「アマテラスさまからの言伝《ことづ》てと預かり物よ。外《と》つ国《くに》では、勝利の褒美や門出の祝福に、こうするんですって」

龍馬の頰に柔らかいものが触れた。

「へっ？」

わずか一瞬のことだったが、横目でしかと確かめた。

龍馬の頰に触れたのは、友姫の唇だ。

友姫は頰を染めてうつむいた。

「は、はしたないなんて言わないで。アマテラスさまからのお使いなんだから」

日本で生まれ育った女、それも大名の家筋の姫君が、昼間の空の下で男とこれほど身を寄せ合うなど、あってはならないことだ。

ましてや、口吸《くちす》いでないとはいえ、接吻《キッス》など。

龍馬は、友姫の接吻を受けた頬に触れ、顔をくしゃくしゃにして笑った。

「ここが十五年前の土佐なら、わしの首はあっという間に、東洋さまの手で刎《は》ねられちょったにゃあ」

友姫は、ぷうっと膨《ふく》れて龍馬を睨《にら》んだ。

「十五年前の龍馬なんか、ちっとも格好よくなかったわよ。背伸びをして大きい口を叩《たた》くくせに、頼りなくて」

「今の龍馬は、なかなか格好えい男じゃろう？」

冗談めかして尋ねると、友姫はむくれた顔で黙ってしまった。

そんな顔もかわいらしい。

龍馬は友姫に向き直ってその小さな右手を取り、片膝をついて居住まいを正した。目を真ん丸にする友姫に、告げる。

「外つ国では、こうやって姫君への敬愛を示すらしいぜよ、マイ・レイディ」

龍馬は友姫の手の甲に、そっと唇を押し当てた。

頭《こうべ》を垂れたそのままで、龍馬はあいさつの口上を述べる。

「友姫さま御《おん》みずからのお見送り、並びに門出の祝福を賜《たまわ》り、恐悦至極《きょうえつしごく》に存じます。龍馬めはこれより、一路洋行の途に就きまする。友姫さまにおかれましては、暗き黄泉路《よみじ》を照らすお勤めのご多用な日々が続くことと存じまするが、どうぞお達者であられますよう」

いたずらっぽく見上げれば、友姫は真っ赤な顔で、口をぱくぱくさせている。

龍馬は友姫の手を己《おのれ》の両手で包んだ。白い歯を見せ、笑ってみせる。

「ほいたらのう、友姫さま。行ってくるぜよ！」


慶応三年十二月某日。

坂本龍馬は人知れず、長崎の港から船出した。


冬晴れの空はどこまでも高く澄んでいた。

この大海原の果てに何が待っているのだろう？

見も知らぬ世界に思いを馳《は》せれば、胸が高鳴る。

龍馬は、この上なく、わくわくしていた。


〈『龍馬THE SECOND 1』完〉

この作品に対するご感想、ご意見をお寄せください。

●あて先●

〒101-0052 東京都千代田区神田小川町3−3
イマジカインフォス　ヒーロー文庫編集部

「馳月基矢先生」係
「煮たか先生」係

ヒーロー文庫

ヒーロー文庫

龍《りょう》馬《ま》 THE《ザ》 SECOND《セカンド》 1

馳《はせ》月《つき》基《もと》矢《や》

2024年4月10日　第1刷発行

発行者　廣島順二

発行所　株式会社イマジカインフォス
〒101-0052 東京都千代田区神田小川町 3-3
電話／03-6273-7850（編集）

発売元　株式会社主婦の友社
〒141-0021
東京都品川区上大崎 3-1-1 目黒セントラルスクエア
電話／049-259-1236（販売）

印刷所　大日本印刷株式会社

ISBN 978-4-07-453262-9